# Cookies
# – ausgekrümelt zu Weihnachten

Melanie Amélie Opalka

„Lass mich in dein Leben
– ich bringe Chaos und Kekse mit.“

(Robin)

# Beschwipste Vorsätze

»Auf ein bescheidenes Jahr, das in wenigen Wochen einem viiiel besseren weichen wird.«

Melina erhob so schwungvoll ihren Prosecco, dass ein paar Tropfen überschwappten.

»Upsi.« Sie kicherte und lehnte sich seitlich gegen ihre Mitbewohnerin Lara.

Die gluckste ebenfalls vergnügt und hob statt ihres Glases gleich die restliche Proseccoflasche hoch.

»Auf unser Keksimperium, das einschlagen wird wie eine Bombe!«

Die Frauen stießen an und tranken. Melina leerte ihr tulpenförmiges Glas in einem Zug und ließ sich mit ihm in der Hand zurück in die Kissen sinken. Ihr Kopf war leicht und es war ihr einen Hauch schwindelig. Sie war eindeutig bereits beschwipst. Kein Wunder, sie, die sonst nie Alkohol trank, hatte gerade hintereinander zwei Gläser quasi gestürzt. Das bemerkte auch Lara.

»Langsam, Cookie, sonst ist der Abend in fünfzehn Minuten vorbei.« Die Freundinnen giggelten und kuschelten sich aneinander.

»Die Tradition des Monatsanfangs. Auf den Ersten«, bestätigte Melina und bemühte sich, deutlich zu sprechen. Lara goss ihr neu ein und schob einen weiteren Toast nach: »Auf die Freundschaft – wer braucht schon Männer.«

Melina erhob ihr Glas, nahm dann übermütig einen großen Schluck und bekam ihn prompt in den falschen Hals. Weil sie die Lippen geschlossen hielt, suchte sich das sprudelnde Getränk den einzigen Ausweg, der ihm blieb – nach oben. Sie hustete stumm und der Prosecco schoss ihr aus der Nase. Blitzartig setzte sie sich auf, keuchte, suchte hektisch nach den Küchentüchern und tupfte sich und die Kissen der alten Couch ab so gut es ging.

»Shit.« Lara stellte die Flasche neben dem Sofa ab und lehnte sich ebenfalls vor. Sie hatte den Arm um Melina gelegt und hielt ihr ihre langen dunklen Haare aus dem Gesicht.

Unwillkürlich musste Melina lachen.

»Geht schon.« Sie tauchte wieder auf und stellte ihr noch halb volles Glas auf den kleinen Tisch vor sich.

»Ich hol mir schnell ein frisches Shirt.« Sie stand auf, stabilisierte ihr Gleichgewicht und machte sich auf in ihr Zimmer. »Bin gleich wieder da – nicht weggehen.«

Sie hörte Laras glockenhelles Lachen hinter sich. Wie immer, wenn ihre Freundin lachte, fühlte sich Melina unwillkürlich an die Fee Tinkerbell aus dem Disneyklassiker Peter Pan erinnert. In ihrem Zimmer war es dunkel und weil sie beim Hereinkommen den Lichtschalter verfehlte, stieß sie zwei Schritte weiter mit dem Fuß gegen ihr Bett.

»Autsch«, fluchte sie leise und schaltete die Lichterkette über ihrem Bett ein.

Das nasse T-Shirt zog sie aus und warf es gezielt mit einem professionellen 3-Punkte-Wurf in ihren offenen Wäschekorb.

»Yes«, sagte sie und drehte sich bestens gelaunt um.

Im Kleiderschrank waren kaum saubere T-Shirts. Sie hatte die Wahl zwischen einem ausgeleierten und mehr grauen als schwarzen und einem pinken mit dem Aufdruck einer weißen Schleife. Es war von einem Spendenlauf zugunsten der Brustkrebshilfe, an dem sie vor Jahren teilgenommen hatte, als ihre Mutter krank gewesen war. Irgendwie fühlte sie sich nach ihrem letzten Jahr auch ein wenig wie eine Überlebende, auch wenn selbst sie zugeben musste, dass es nicht lebensbedrohlich gewesen war. Die unvorhergesehene Trennung, Job weg, Wohnung weg. Phasenweise hatte sie sich dennoch intensiv gewünscht, die Erde würde sich unter ihr auftun.

Melina schüttelte das aufkommende Gefühl von Enge in ihrem Hals ab und streifte rasch das pinke Shirt über ihren Kopf. Sie schloss den Schrank und ging zurück ins Wohnzimmer.

»Wow«, konstatierte Lara lachend und wischte sich eine Träne aus dem Augenwinkel, »da ist wohl morgen mal Waschtag angesagt.«

Auch Melina lachte und zuckte mit den Schultern. Mittlerweile machte es ihr nichts mehr aus, dass Lara sie mit ihrer Waschphobie aufzog. Sie hasste es einfach, Wäsche zu waschen und das nasse Zeug dann aufhängen zu müssen. Entsprechend wartete sie im wahrsten Sinne des Wortes immer bis zum letzten Hemd, ehe sie ihren Wäschesack hinunter in den Keller schleppte.

Sie ergriff ihr Glas und ließ sich zu Lara auf die Couch fallen.

»Kaum zu glauben, dass ich das schon wieder muss. Wie lange wohne ich jetzt hier?«

»Sechs Monate«, kam es wie aus der Pistole geschossen. »Ein weiterer Grund, miteinander anzustoßen.«

Es war der erste Dezember und tatsächlich feierten sie ihren Einzug in die Wohngemeinschaft heute schon zum sechsten Mal. Und wie am ersten Abend hatte Lara sich vorgenommen, sie abzufüllen, um sie auf andere Gedanken zu bringen. Die Tradition war geboren worden, als Melina im Frühsommer plötzlich verheult mit ihrem Rucksack bei ihr vor der Tür gestanden und um Asyl gebeten hatte. Ihr Freund Fabian hatte eine Neue … und da ihm das irgendwie sehr spontan eingefallen war zu dem Zeitpunkt, wo Melina tatsächlich mit einem Antrag gerechnet hätte, war sie aus allen Wolken gefallen und der Aufschlag auf dem Boden der Tatsachen mehr als heftig gewesen.

Gott sei Dank war im Sommer gerade bei Lara das dritte Zimmer freigeworden und so hatte sich die damals komplett am Boden zerstörte und besoffene Melina dort auf einer Yogamatte zusammengerollt und seither war es ihr Zimmer.

Natürlich hatten sie ihre Sachen noch bei Fabian abgeholt – zuvorkommend, wie er war, hatte er ihr sogar alles zusammengepackt.

»Was für ein Arschloch«, entwich es Melina. Lara wurde sofort hellhörig.

»Melina«, sagte sie gespielt streng und setzte sich aufrecht hin. »Jetzt muss aber wirklich Schluss sein. Kein Kerl ist es wert, dass man ihm sechs Monate nachheult.«

Und sie musste es wissen, denn sie erinnerte sich wahrscheinlich nicht einmal mehr an die Namen all ihrer Liebeleien im letzten halben Jahr, dachte Melina unwillkürlich und biss sich gleichzeitig innerlich auf die

Zunge für ihren gemeinen Gedanken. Ihre Freundin machte es sich nun einmal etwas leichter, wenn es darum ging, sich von einem Typen zu trennen. Manchmal wünschte Melina sich auch, dass sie ihr Herz nicht immer so entsetzlich an Dinge und vor allem die falschen Männer hängen würde.

»Heute in einem Monat feiern wir die Eröffnung unseres Ladens, das ist ein Grund zu feiern – guck gefälligst nach vorn, hör auf Trübsal zu blasen und trink. Cheers, Cookie!«

»Auf das *Cookies*!« Melina lächelte unwillkürlich und erhob ebenfalls ihr Glas. Sie konnte es noch gar nicht so richtig fassen, dass in wenigen Wochen ihr Kindheitstraum von einem eigenen kleinen Café Realität würde – noch dazu mit ihrem Spitznamen über der Tür.

Ihre Gedanken wanderten zu dem Bild, das sie als kleines Mädchen gemalt hatte, nachdem ihre Großmutter mit ihr ein Wochenende in Paris verbracht hatte. Es zeigte ein Bistro mit kleinen Tischen auf dem Bürgersteig, der typischen roten Markise und einer über das ganze Gesicht grinsenden Sonne darüber. Es hatte viele Jahre gerahmt in Wohnzimmer ihrer Großmutter gehangen und als sie letztes Jahr verstorben war, hatte Melina es mitgenommen. In Fabians Wohnung war dafür natürlich kein Platz gewesen. Jetzt in ihrem neuen Zimmer hatte es jedoch einen Ehrenplatz bekommen.

Wehmütig wurden ihre Augen schon wieder feucht. Wie sehr hätte ihre Großmutter es geliebt zu sehen, dass sich ihr Traum bald erfüllte. Sie wäre mit Sicherheit ihr bester Gast gewesen. Unauffällig wischte sie sich über die Augen.

»Och, komm«, schmollte Lara, »nun hör auf zu heulen. Das ist doch nun nicht mehr wegen dieses Spinners, oder?«

»Nein, nein.« Schnell wischte sich ihre Freundin über die Augen. »Ich hab nur gerade gedacht, wie Omi sich über das *Cookies* gefreut hätte.«

Laras Blick wurde weicher. Sie ließ sich zu Melina in die Kissen fallen und strich ihr zärtlich eine Strähne hinter das Ohr.

»Deine Omi sieht dich, Süße, und sie ist so stolz auf dich, war sie immer.« Der Schalk trat in ihre Augen. »Ich bin nur nicht so sicher, was deine butteranbetende Großmutter zu deinem Clean-Baking gesagt hätte … ihre schönen Rezepte …«

»… sind mit weniger Zucker, Fett und weißem Mehl noch viel leckerer«, unterbrach Melina sie und blitzte spielerisch zurück, »und ein paar konnte sie ja tatsächlich noch probieren, weil sie so viel diabetikerfreundlich waren.«

Oma Marlies hatte der kleinen Melina ihre Leidenschaft fürs Backen vermacht – ebenso wie ihre Geheimrezepte.

Als ihre ältere Schwester Katharina mit neun Jahren für längere Zeit ins Krankenhaus gemusst hatte, weil sie bei einem Unfall mit dem Fahrrad einen komplizierten Oberschenkelbruch erlitten hatte, waren die kleineren Schwestern auf die weitere Familie verteilt worden. Mama war täglich auf der Kinderstation gewesen und Papa hätte das nicht mit den beiden Kleinen zu Haus allein hinbekommen. Deshalb war Melina mit ihren sieben Jahren bei ihrer Großmutter untergekommen, die um die Ecke gewohnt hatte, um so weiter zur Schule gehen zu können. Das Nesthäkchen Emma war damals gerade mal zwei gewesen und bei der Schwester ihrer Mutter untergebracht worden. Tante Eva war älter als ihre Mutter und hatte selbst drei Mädchen, und die Kleine war auf dem Hof in Buxtehude gar nicht aufgefallen.

Es waren fantastische Wochen gewesen und Melina erinnerte sich nur zu gern daran, wie sie jeden Tag nach der Schule mit ihrer Omi gekocht und vor allem gebacken hatte. Ihre Großmutter war es auch gewesen, die ihr ihren Spitznamen Cookie gegeben hatte. Als dann ein knappes Jahrzehnt später Diabetes bei ihr diagnostiziert worden war, hatte sich das Essen zwar stark verändert, aber ihre Liebe war ungebrochen gewesen.

Je schlimmer der Zucker bei ihrer Großmutter wurde, umso mehr fand Melina zum Clean Eating. Sie fing an, sich vegetarisch zu ernähren und versuchte immer neue Rezepte, die sogar vegan funktionierten. Sie experimentierte mit alternativen Mehlsorten und Eiersatz und entwickelte so eine ansehnliche Sammlung gesunder Gaumenschmeichlern. Als sie sich als Teenager komplett dem Zucker verweigerte, hatten ihre Eltern zunächst nur die Hände über dem Kopf zusammengeschlagen – Omi Marlies jedoch hatte gelacht.

Melina schmunzelte. Ja, auf ihr Café wäre ihre Großmutter sicher stolz – auf die Nummer mit Fabian wahrscheinlich eher nicht. Sie war nie so für Herzschmerz gewesen, schon gar nicht, wenn er außerhalb eines Romans von Rosamunde Pilcher vorkam.

Nein, ihrem Liebeskummer hätte sie ebenso wie Lara den Kampf angesagt. Also hob Melina ihr Glas.

»Auf Omi.«

»Auf Omi«, wiederholte Lara und strahlte, »und auf nie wieder Liebeskummer.« Melina lachte freudlos auf.

»Wie soll denn das funktionieren?«

»Na ja, indem wir uns einfach nicht mehr mit solchen dummen Jungs einlassen. Mensch, wir sind jetzt siebenundzwanzig. Wir gründen unser eigenes Café. Jetzt ist Schluss mit so 'nem Kinderkram.«

»Darauf trinke ich«, bestätigte Melina und hob ihr Glas. Erst jetzt stellte sie fest, dass es bereits wieder leer war. »Upsi, aber nicht so.«

Lara kicherte, auch sie war mittlerweile angetrunken, und wollte ihr nachschenken, doch auch aus der Flasche kam nur noch ein dünnes Rinnsal, ehe es in wenigen Tropfen versiegte.

»O nein, das geht doch nicht, nicht jetzt, wo wir auf sowas Wichtiges anstoßen müssen.«

Sie sprang auf, schwankte kurz, ließ wieder das glockenhelle Lachen erklingen und machte sich auf den Weg in Richtung Küche.

Melina sah ihr nach, griff sich zur Abwechslung ein paar Erdnüsse und fiel genüsslich zurück in die Polster.

Richtig, wer brauchte schon einen Kerl, wenn man so eine Freundin und eine Mission hatte.

# Fast Food mit Folgen

Der nächste Morgen war, wie nicht anders zu erwarten, furchtbar. Entsetzlich. Unterirdisch. Und überaus schmerzhaft.

»O Gott, in meinem Mund ist ein Tier gestorben«, stöhnte Lara.

Melina öffnete mit der Hilfe ihrer Finger die Lider und sah buddhistische Gebetsflaggen über sich. Sie stöhnte nur als Antwort und schloss die Augen wieder. Sie wollte sich einrollen und weiterschlafen. Dass sie im Bett ihrer Mitbewohnerin lag, war ihr wirklich herzlich egal. Es war nicht das erste Mal, dass die Freundinnen nach einem besonders ätzenden Zombiefilm oder einer Nacht wie der gestrigen zusammen und sich gegenseitig stützend in ein Bett gekrochen waren. Im Gegenteil, auch das hatte, ähnlich wie das Besäufnis am Abend des Ersten, eine gewisse Tradition entwickelt. Melina kicherte und zog an der bunten Bettdecke, um sich darunter vor dem plötzlich einfallenden Licht zu verstecken. Lara hingegen war hektisch aufgesprungen, hatte erst das Licht eingeschaltet und dann auch noch die Gardinen aufgezogen. Ein klarer Dezembermorgen versprach zwar einen herrlichen Tag, sorgte jedoch im ersten Moment nur für stechende Kopfschmerzen.

»Nicht!«, protestierte Melina erstickt in den Kissen.

Doch nun begann Lara auch noch kopflos hin und her zu rennen.

»O Gott, wir müssen los. Hast du meine Lieblingsjeans gesehen?«

Melina antwortete wahrheitsgetreu von unter der Decke.

»Nein.« Dann hob sie allerdings doch Kopf, schob das Patchwork beiseite und setzte sich blinzelnd auf.

»Was ist denn los, wieso bist du so hektisch drauf?«

Lara unterbrach ihre Suche für eine Sekunde, stemmte die Hände in die Hüfte und nahm sich noch die Zeit, ihr einen empörten Blick zuzuwerfen. Dann tippte sie auf eine imaginäre Armbanduhr.

»Samstagmittag, 13 Uhr, klingelt's da?«

»Das Essen bei deinen Eltern.« Mit einem Schlag war auch Melina hellwach. Clustermanns aßen regelmäßig am Wochenende mit ihrer Tochter. Da sie sich jedoch kürzlich zudem entschieden hatten, den Freundinnen zur Seite zu stehen und als Bürgen für die Anmietung der Räumlichkeiten des Cafés im Stadtteil Winterhude zu fungieren ebenso wie ihnen die Kaution vorzustrecken, hatten sie dieses Mal auch Melina zum vorweihnachtlichen Mittagessen eingeladen.

Melina sprang auf und stellte fest, dass sie nur noch das pinke T-Shirt und ihren Slip trug. Doch sie machte sich gar nicht erst die Mühe, nach ihrer Jeans zu suchen. In Laras Zimmer würde die wahrscheinlich erst von Forschern nach der nächsten Eiszeit entdeckt werden. Sie machte sich staksend auf den Weg hinüber in ihr Schlafzimmer.

In der ganzen Wohnung roch es nach Alkohol … was hatten sie denn nur nach dem dritten Prosecco noch alles getrunken? Ihre Erinnerung glich einem Schweizer Käse. Im Vorbeigehen stellte sie das Fenster der Küche auf Kipp.

Kurz vor ihrer Zimmertür drehte sie ab und steuerte einer Eingebung folgend das Bad an – gewisse Dinge sollte man nicht aufhalten.

Sie saß noch auf der Kloschüssel, als ihre Freundin ins Bad stürzte.

Die blonden langen Haare standen verfilzt in alle Himmelsrichtungen ab, ihr sonst so makelloses Make-up sah aus, als hätte sie ihr Gesicht in den Wassermalkasten eines Grundschülers getunkt. Melina musste grinsen, ahnte sie doch, dass auch ihr Mascara vermutlich hübsche Waschbärenaugen gezaubert hatte. Lara jedenfalls hätte ohne Probleme bei einem Zombielauf teilnehmen können.

Sie ließ kurz den Kopf hängen und schüttelte ihr langes braunes Haar wie einen Vorhang vor ihr Gesicht.

»Hör auf zu trödeln, wir müssen los, es ist 11.15 Uhr. Wenn wir den Zug um 11.38 Uhr in Hasselbrook nicht kriegen, müssen wir den Umweg über den Hauptbahnhof fahren, du weißt, die anderen Regionalbahnen nach Oldesloe halten nicht bei uns.«

Sie begann sich fahrig das Gesicht zu reinigen, wusch und schrubbte, bis sie krebsrot war. Dann begann sie ihre Haare zu bürsten.

Melina stand auf, zog ihr Höschen hoch, spülte und stellte sich zu ihrer Freundin vors Waschbecken. Während die eine sich die Zähne putzte, kämpfte die andere mit ihren verwirrten Haaren, bis Melina Mitleid bekam.

»Komm her«, nuschelte sie, die Zahnbürste noch im Mund, und nahm ihr die Bürste aus der Hand. Rasch ließ

Melina ihre Rumpelstilzchenmagie wirken und verwandelte Stroh in Gold, indem sie mit geübten Schwüngen das lange Haar auszubürsten, bis es sich wieder in sanften Wellen tief in Laras Rücken ergoss. Anschließend reichte sie die Haarbürste zurück. Lara lächelte sie sichtlich zufrieden an. Ihre Freundin drückte ihr einen Kuss auf die Wange und begann Make-up aufzulegen.

»Abflug in fünf Minuten.«

»Mift.« Melina spuckte den Zahnpastaschaum aus und machte eine schnelle, aber gründliche Katzenwäsche. Dann bürstete auch sie rasch ihr glattes braunes Haar aus, das fast genauso lang war wie das ihrer Mitbewohnerin. Mit einem Blick auf die Uhr verzichtete sie auf Mascara. Ihre von Natur aus langen Wimpern umrahmten dicht ihre haselnussbraunen Augen, und schließlich wollte sie zu einem Familienessen und nicht zu einem Date.

»Passt schon«, lautete das pragmatische Fazit.

Das weit größere Problem war, was sie anziehen sollte.

Ratlos stand sie vor ihrem fast leeren Kleiderschrank.

Da war noch die Cordhose, die sie seit ewigen Zeiten nicht mehr trug, weil sie so breite Hüften machte oder ihre schwarze Wollhose. Die war etwas formal, aber für den Anlass vielleicht okay. Bei den T-Shirts hatte sie keine Wahl und griff das ausgewaschene schwarze.

»Pulli, Pulli, Pulli«, murmelte sie, während sie sich hektisch im Raum umblickte und schließlich ihren Wäschesack über Kopf stülpte und damit ihr Zimmer in das gleiche Chaos verwandelte, wie es drüben bei Lara herrschte. Doch ihr schwarzer Rollkragenpullover tauchte trotzdem nicht auf.

»Laraaaa«, schrie sie, »hast du meinen schwarzen …« Der Rest des Satzes erübrigte sich, als ihre Freundin in die Tür trat: mit Jeans und ihrem schwarzen Pulli bekleidet.

»O nein, das ist mein letzter sauberer Pullover gewesen«, protestierte Melina und ließ die Arme resigniert fallen.

»Du kannst einen von meinen haben«, offerierte Lara und zuckte nur mit den Achseln. Zu einem anderen Zeitpunkt hätte Melina vielleicht noch einmal nachgesetzt, doch im Grunde war jeder Widerstand ohnehin zwecklos. Lara schenkte ihr ein entwaffnendes Lächeln und sie gab auf. Mit hängenden Schultern trabte sie hinüber in das Chaoszimmer und versuchte, zum Kleiderschrank zu gelangen.

Der war im Gegensatz zu ihrem eigenen immer noch gut gefüllt, obwohl überall im Raum Klamotten herumlagen. Sie scannte die Berge und erblickte etwas leuchtend Rotes. Es war ein Kaschmirpullover mit V-Ausschnitt. Sie zog ihn aus dem Stapel, schüttelte ihn aus und unterzog ihn einer kurzen Sicht- und Riechprobe. Ja, das würde gehen. Sie warf ihn über und zupfte ihn über ihrem zum Unterziehen etwas zu weiten T-Shirt zurecht. Auch wenn Lara und sie fast gleich groß waren, war Lara noch zarter gebaut als sie selbst und damit saßen ihre Pullis meist etwas knapp. Aber es half nichts. Denn alle anderen Sachen von Lara wären entweder sehr viel pinklastiger oder mit Strass versehen. Für beides hatte ihre Freundin im Gegensatz zu ihr ein echtes Faible, also war dieser Pulli nicht nur ihre beste, sondern auch ihre einzige Wahl.

»Wir müssen gehen!«, ertönte es aus dem Flur und Melina beeilte sich, hinterherzukommen.

Das Mittagessen war lecker und die Unterhaltung gut gewesen. Clustermanns hatten eine nette und entspannte Art und lasen ihrem einzigen Kind jeden Wunsch von den Lippen ab. Sie freuten sich, Melina zu sehen, auch wenn die neben der schnatternden Lara kaum ein Wort zum Tischgespräch beisteuern konnte. Mit glänzenden Augen erzählte Letztere von den Fortschritten der Renovierung im Laden und wie schön es erst wäre, wenn es losginge mit dem *Cookies*.

Melina hatte diesen Zug an ihrer Freundin schon immer bewundert. Seit sie in der fünften Klasse nebeneinandergesetzt worden waren, waren die beiden ungleichen Mädchen unzertrennlich gewesen.

Während die stille und ehrgeizige Melina sich immer fleißig bemühte und hart arbeitete, schienen ihrer Freundin Sympathien ebenso wie gute Noten einfach zuzufliegen. Und während Melina von ihrem eigenen Laden geträumt hatte, wollte Lara schon immer nur Prinzessin sein – oder bleiben. Sprich, obwohl sie ein hervorragendes Abitur und auch eine gute Abschlussprüfung zur Groß- und Außenhandelskauffrau absolviert hatte, hatte sie keinerlei Ambitionen, selbst Karriere zu machen. Ihr Job als Abwicklerin in der Getreidesparte eines internationalen Konzerns reichte ihr völlig. Sie hatte es gerade so weit gebracht, dass sie ihren Chef zu jeder Warenbörse rund um die Welt begleiten durfte und immer wieder neuen Menschen begegnete. Also Männern. Denn im Grunde suchte sie nur nach einem Ehemann, der ihr fortan alle Wünsche von den Augen ablesen würde – so wie sie es eben von zu Hause kannte.

Melina beobachtete sie neidlos und lächelte. Sie liebte diesen Paradiesvogel wie eine Schwester … na ja, vielleicht nicht wie ihre eigene große Schwester Katharina, sondern eher wie ihre kleine, Emma, aber ja, sie würde für Lara durchs Feuer gehen. Auch wenn sie zugeben musste, dass Lara nicht immer das gleiche Maß an Commitment ihr gegenüber bewies.

Innerlich schmunzelnd erinnerte sie sich an die vielen Male, die sie allein hatte von einer Party nach Hause fahren müssen, weil Lara mit irgendwem angebandelt hatte. Einmal hatte sie sogar kurzfristig einen Urlaub abgesagt und Melina war notgedrungen allein nach Mallorca geflogen. Aber sie hatte sie aufgenommen, als Fabian sie so unvorhergesehen vor die Tür gesetzt hatte und jetzt zog sie das *Cookies* mit ihr durch. Ohne die finanzielle Unterstützung ihrer Eltern wäre das viel komplizierter gewesen. Melina war sehr dankbar, dass sie so ihren Lebenstraum erfüllen konnte – und außerdem stand sie ohnehin gar nicht so gern im Mittelpunkt.

So lehnte sie sich nach dem Essen zufrieden zurück, schleckte ihren kleinen Löffel bis auf den letzten Rest Mousse au Chocolat ab und zupfte an dem nun noch engeren Pulli herum.

Sie musste dringend Wäsche waschen, denn sonst hatte sie morgen nichts zum Anziehen für die Arbeit. Bei dem Gedanken an ihren Job erschauerte sie. Da hatte sie auch noch was zu erledigen …

Bereits auf dem Heimweg stellte sich heraus, dass Lara sie nicht begleiten würde.

»Du, ich bin noch verabredet heute Abend, da lohnt es sich gar nicht, erst wieder in die Wohnung zu fahren. Ich fahre gleich durch. Du bist doch nicht böse, wenn du allein nach Hause fährst, oder?«

Melina winkte ab. Sie hatten nur eine der Regionalbahnen bekommen, die über den Hauptbahnhof fuhr, und so ging sie allein über den an einem verkaufsoffenen Samstag bis zum Bersten überbevölkerten Bahnhof zum S-Bahngleis Richtung Wandsbek.

Sie war in Gedanken schon ganz bei dem Wäscheberg, dem sie sich jetzt die nächsten Tage widmen musste, und bemerkte daher zu spät, was um sie herum passierte.

An der Ecke vom Zeitungsladen sprang plötzlich ein großer schwarzer Hund neben seinem Besitzer auf und kläffte, was Melina überrascht nach links ausweichen ließ. Dabei geriet sie in die Einflugschneise eines weiteren Reisenden, der mit hohem Tempo versuchte, sich durch die anderen Fahrgäste auf der Brücke zu schlängeln. Da Melina unvorhergesehen aus ihrer Flugbahn geraten war, rannte er sie nun ungebremst über den Haufen. Ein noch warmes Stück Pizza und ein Jumbobecher Cola ergossen sich über sie, während sie verzweifelt versuchte, wieder auf die Füße zu kommen.

Der Typ auf ihr fluchte und rappelte sich blitzschnell wieder auf.

»O Mann, Scheiße, alles okay? Ich hab dich nicht gesehen.«

»Wie wäre es damit, besser aufzupassen und weniger zu rennen?«, brummelte Melina und kam auch ohne die angebotene Hand wieder auf die Füße. Sie sah an sich hinunter und stellte fest, dass nicht nur ihre offene Wollwinterjacke aussah wie das geschlachtete Buffet eines Kindergeburtstags, sondern auch Laras Pulli einiges abbekommen hatte.

»Nein, nein, nein, nicht doch, das ist nicht meiner.« Die Pizzareste klebten noch in ihrem Dekolleté. Sie nahm sie samt Unterlegpappe ab und warf sie in einen Mülleimer, der neben ihr stand. Hektisch suchte sie nach einem Taschentuch in ihrer Tasche und begann, auf dem sich ausbreitenden Colafleck herumzureiben.

Als der Typ mit einer Serviette behutsam ihren Hals berührte, zuckte sie zusammen und hob zum ersten Mal den Blick.

Island war das Erste, was ihr durch den Kopf schoss, als sie in die tiefblauen Augen sah. Das Gesicht war gebräunt und umrandet von einem feinen Kranz weißblonder Löckchen, die unter einer Wollmütze hervorlugten. Der Typ war mindestens einen Kopf größer als sie und breit gebaut. Melina schluckte und machte instinktiv noch einen halben Schritt zurück.

»Sorry, Mann, das tut mir echt voll leid. Ich hab keine Ahnung, wie das passieren konnte. Wo bist du denn so plötzlich hergekommen, Mädel?«

Melina funkelte ihn böse an.

»Ich musste dem Hund ausweichen und wenn du hier nicht auf dem Bahnhof herumrennen würdest wie ein Irrer, dann wäre das wohl nicht passiert.«

Statt auf ihren Vorwurf zu reagieren, grinste er sie jetzt nur mit einem unglaublich charmanten Lächeln an. Melina erschauerte und musste sich daran erinnern, dass sie guten Grund hatte, sauer zu sein.

»Jetzt siehst du jedenfalls zum Anbeißen aus – im wahrsten Sinne des Wortes.« Wieder streckte er die Hand nach ihr aus.

»Nicht«, machte Melina fassungslos und kochte sofort wieder, »du hast schon genug angerichtet, fass mich ja nicht an.«

»Fein.« Er hob abwehrend eine Hand. Erst jetzt bemerkte sie, dass er unter dem anderen Arm ein Skateboard klemmen hatte. Sie musterte ihn mit zusammengekniffenen Augen: Er trug trotz der Temperaturen Sneaker und Baggyjeans zu einer grobkarierten Flanelljacke, darunter erkannte sie einen Hoodie von Thrasher. Der Typ war mindestens so alt wie sie, hatte einen frisch gestutzten Dreitagebart und machte hier auf Teenie, das waren ihr ja die Liebsten.

»Du hast da Peperoni im Haar.« Um seine Augen bildeten sich zauberhafte Lachfältchen.

Wütend über ihre eigene Beobachtung, die so gar nicht der Situation angemessen war, fauchte sie ihn an: »Toll, dass ich jetzt auch noch dein ekliges Fastfood überall hab. Und hör endlich auf zu lachen.« Erbost puhlte sie die Peperoni von ihrem Hals und eine Salamischeibe aus ihrem Haar.

»O Gott, ist das widerlich, wie kann man so etwas bloß essen?«

Nun war es an ihm, in gespielter Empörung die Augenbrauen zu heben.

»Also, ich muss doch sehr bitten, ich hab mich doch entschuldigt. Und außerdem ist es sehr unhöflich, das Essen eines Mannes zu beleidigen. Auch eine Pizza hat schließlich Gefühle.« Mühsam beherrschte er sich, um nicht laut loszulachen.

Auch Melina war sich durchaus der Komik der Situation bewusst, aber da hier eindeutig sie diejenige war, auf deren Kosten der Scherz ging, konnte sie nicht lockerlassen.

»Pizza hat nicht nur keine Gefühle, sondern auch so gut wie keinen Nährwert. Sie macht einfach fett und blöd.«

Sie widerstand dem Reflex, ihm auch noch die Zunge herauszustrecken. Der Typ brachte sie auf die Palme, und dass er dabei so unverschämt gut aussah, half gar nicht.

»Komm schon, vielleicht kann ich es ja irgendwie wieder gutmachen? Kaffee? Gegen den kannst du ja wohl nichts einzuwenden haben, oder?«

»Nein … ich meine, ja … also nein, der Kaffee ist okay, aber du glaubst doch nicht, dass ich mit dir Kaffee trinke … jetzt … und so … und überhaupt … ich muss los.«

Je mehr sie vor sich hin stotterte, umso heißer wurden ihre Wangen, und dass er nicht aufhörte, sie amüsiert zu beobachten, machte alles nur noch schlimmer.

Mit gesenktem Kopf schob sie sich an ihm vorbei und eilte Richtung S-Bahn.

Er machte demonstrativ noch einen Extraschritt beiseite und rief ihr mit theatralischer Übertreibung nach: »Wie, erst wirfst du mich hier aus der Bahn und jetzt lässt du mich einfach stehen – und das auch noch ohne Snack? Du brichst mir das Herz …«

Weil ihr nichts Schlagfertiges darauf einfiel, zog sie nur den Kopf zwischen die Schultern und lief rasch weiter.

Es war tatsächlich ein herrlicher Tag geworden und obwohl es jetzt schon wieder dunkel und für Hamburg typisch feuchtkalt war, genoss Melina die frische Luft auf dem kurzen Spaziergang von der Bahn zurück zu ihrer Wohnung.

Den Geruch von Pizza und Cola omnipräsent in der Nase, konnte sie nicht anders, als immer noch an diese seltsame Begegnung zu denken. Was für ein dämlicher Fastfoodjunkie und Ewigteenie. Laras Pulli war mit Sicherheit hin, denn Melina hatte keine Ahnung, wie sie aus der empfindlichen Wolle die fettigen Tomaten- und Colaflecken bekommen sollte. Und auch ihre einzige Winterjacke sah übel aus. Sie würde sie morgen in die Reinigung bringen müssen und stattdessen ihren Mantel in die Firma anziehen. Sie seufzte. Ja, morgen musste sie wieder arbeiten. Schlimmer noch, vorher musste sie Wäsche waschen. Wieder tauchten diese unglaublich blauen Augen vor ihr auf und ein Schauer lief ihr den Rücken hinunter. Rücksichtsloser Idiot – aber süß. Sie zuckte mit den Schultern und bog in ihre Straße ein.

Im Gegensatz zu den meisten Gebäuden im Viertel war ihr Wohnhaus kein Rotklinker aus der Nachkriegszeit, sondern ein weißverputztes Gebäude mit grauem Stuck an der Fassade. Das Erdgeschoss bewohnte die ältere Dame, der das Haus gehörte und die jeden Tag mit ihrem Pudel einen Spaziergang machte. Im ersten Stock wohnte eine junge Familie, von der Melina nicht viel mitbekam. Es sei denn, sie beschwerten sich über zu lauten Besuch bei Lara. Ihre Wohnung lag ganz oben und Melina schlich auf Socken die Treppe hoch. Da sie sie erst Freitag – wie alle vierzehn

Tage – sauber gemacht hatte, bemühte sie sich, sie möglichst wenig schmutzig zu machen.

Oben angekommen, gönnte sie sich als Erstes eine heiße Dusche. Hinterher zog sie ihren Lieblingspyjama an und stellte sich mit in die Hüften gestemmten Händen mitten ins Zimmer, um eine optische Bestandsaufnahme zu machen. Ja, so übel war es lange nicht gewesen. Sie sortierte in Windeseile die Wäsche und stellte zu ihrer Bestürzung fest, dass es mehr als sechs Maschinen werden würden. Hoffentlich würde der Platz auf der Leine im Wäschekeller reichen. Denn hier oben konnte sie nur das Nötigste aufhängen, was sie direkt für Montag brauchte. Der Rest hatte Zeit zu trocknen, entschied sie.

Zunächst legte sie den Kaschmirpullover in ein Wasserbad. Erst jetzt ging ihr auf, dass sie eigentlich diesem Fast-Food-Renner die Reinigung hätte in Rechnung stellen sollen. Spontan zu sein, war noch nie ihre Stärke gewesen. Frustriert schnappte sie sich dann den ersten Wäschestapel und trat den Weg in den Keller an. Der stand ihr dieses Wochenende noch öfter bevor. Wie ein Kind erschauerte sie bei dem Gedanken an den schlecht beleuchteten Treppenabgang. Es half nichts. Sie biss die Zähne zusammen und ging los.

# MÄNNER SIND WIE PUDERZUCKER

Als Melina Montag ins Büro kam, ging es schon wieder zu wie in einem Taubenschlag. Man sollte meinen, dass es in der Adventszeit hier endlich etwas ruhiger würde, doch weit gefehlt.

Da sie wie immer kurz vor knapp durch die Tür gefallen war, schlich sie hinüber zu ihrem Arbeitsplatz in dem Großraumbüro und versuchte vergeblich, ihren langen, dunkelblauen Mantel ordentlich über die Lehne ihres Stuhls zu hängen. Zwecklos, sie nahm ihn also über den Arm und ging zurück in den Flur, der das Marketingbüro mit dem Vertrieb verband, und hängte ihn hier an einem der Garderobenhaken auf. Als sie zu ihrem Schreibtisch zurückkehrte, stand Sabrina bereits mit erwartungsvoll gelüfteten Augenbrauen dort.

»Schön, dass du auch mal kommst«, sagte sie anstelle einer Begrüßung. Melina zog unwillkürlich den Kopf ein.

»Ich hab nur meinen Mantel …«

Doch wie immer hatte ihre Vorgesetzte keine Zeit für unnötige Erklärungen und wimmelt sie ab, als würde sie ein lästiges Insekt vertreiben. Obwohl ihre Chefin einen halben Kopf kleiner war als sie, untersetzt und aus ihrer Sicht alt – also mindestens die hässlichere Hälfte von vierzig, war sie ein Powerweib, das auch morgens um 8 Uhr bereits herumhüpfte wie ein Duracell-Häschen auf Ecstasy. Ihre roten Locken standen heute in alle Himmelsrichtungen von ihrem Kopf ab, ungebändigt von dem violett-grünen Seidentuch, das sie als Haarband eigentlich in Form halten sollte.

»Nachdem wir mit Sommer fertig sind, steht Herbst an. Patty und Lisa übernehmen das und du …«, sie machte eine theatralische Pause und Melina fürchtete das Schlimmste, »du übernimmst Halloween.«

Unter normalen Umständen hätte Melina sich ein Loch in den Bauch gefreut, dass die Marketingleiterin ihr nach einem knappen halben Jahr bereits ihre erste eigene Kollektion anvertraute … doch jetzt zog sich ihr Magen wie nach einem fiesen Tiefschlag zusammen.

»Wow, super«, murmelte sie mit dem Mindestmaß an Enthusiasmus, zu dem sie eben nur fähig war, um die strahlende Sabrina nicht ganz im Regen stehen zu lassen. Die zog ihre sorgfältig gezupften Brauen zusammen und verstand offensichtlich die Welt nicht mehr.

»Also, ein bisschen mehr Begeisterung, bitte. Auch wenn man es nicht für möglich hält, aber neben Weihnachten und den Zitronellakerzen im Sommer ist Halloween ein nicht zu unterschätzender Faktor im Saisongeschäft.«

Melina beeilte sich, eifrig zu nicken. »Natürlich, es ist nur …«

Wieder gebot ihr die schlanke Hand mit dem großen Amethystring Einhalt.

»Nicht jetzt. Du hast später noch Gelegenheit, mir zu danken, Herbstmeeting in fünfundvierzig Minuten im Teamraum.« Damit wehte sie wie ein Herbststurm wieder hinüber in ihr Goldfischglas, denn größer war ihr separiertes Büro nicht.

Melina ließ sich seufzend auf ihren Stuhl fallen und fuhr ihren Rechner hoch. Das schlechte Gewissen zerriss sie fast, aber ihre Feigheit war eben noch größer.

Sie war froh gewesen, dass, nachdem mit Fabian alles zu Ende gewesen und sie so überstürzt aus ihrem letzten Job geflohen war, sich diese Chance bei Chandelles, einem Anbieter für Premiumkerzen, ergeben hatte. Sie hätte keinen Tag länger im Marketing der Always Fitness arbeiten können, immer fürchtend, dass sie bei jedem Gang zur Toilette dem Verkaufsleiter und damit ihrem Ex über den Weg laufen könnte. Nein, der Wechsel war das Beste gewesen, was ihr hatte passieren können. Und doch hatte sie sich nie so richtig dafür begeistern können, alle paar Wochen eine ganz neue und ach wie trendige Serie Kerzen zu entwerfen. Immer ganz eng am Puls der Modeindustrie, um die Farben und Accessoires der Saison richtig zu erkennen und einzusetzen. Sie hörte förmlich Sabrinas zu schrille Stimme in ihren Ohren. Melina schüttelte den Kopf und öffnete ihren Posteingang.

Seit das *Cookies* angefangen hatte, konkrete Formen anzunehmen, war sie noch einmal weniger bei der Sache. Eigentlich hätte sie Sabrina längst sagen müssen, dass sie nicht mehr vorhatte, nach Weihnachten wiederzukommen. Auch wenn das hart war, aber es war ihr Recht, innerhalb der Probezeit so kurzfristig zu kündigen. Melina hatte das jetzt allerdings auch fast bis zur letzten Minute ausgereizt. Und nun bekam sie auch noch die Chance mit dem eigenen Projekt. Sie schluckte hart. Nein, sie musste Sabrina sofort reinen Wein einschenken. Sie hatte gerade ihren Mut zusammen und wollte aufstehen, als ihre Chefin schon wieder mit wehenden Fahnen und wild wippendem, überdimensionalem Ohrschmuck an ihr vorbeieilte. Ein »Bin im Vertrieb« schwebte durch den Raum in bester Begleitung ihres wie immer etwas zu blumigen, teuren Parfums.

Auch während des Teammeetings war natürlich nicht der richtige Zeitpunkt, um mit ihr zu sprechen. Während Patty und Lisa mit leuchtenden Augen Farbpaletten und passende Muster dazu auf den Tisch legten und den kommenden Herbst in die gemütlichste Zeit des Jahres verwandelten, wurden Melinas halbherzige Vorschläge zu Halloween rasch damit abgehakt, dass man sie ans Reißbrett zurückschickte. Im Anschluss war Sabrina sofort weitergeeilt zur Geschäftsführung für irgendein Strategiemeeting und so hatte Melina das Gespräch gedanklich wieder verschoben.

Zurück am Rechner befasste sie sich also schnell so gründlich wie möglich damit, was die letzten Jahre Teil der Halloweenkollektion gewesen war. Mit ein paar neuen Accessoires sollte das für eine Präsentation bei Sabrina reichen. Sie tippte alles in eine Exceltabelle und hinterlegte eine schnelle Kostenkalkulation, die größtenteils ebenfalls einfach zusammenkopiert war. Für mehr hatte sie einfach nicht den Kopf im Moment.

Das antizyklische Saisongeschäft war etwas, woran sie sich auch noch nicht gewöhnt hatte. Während alle anderen sich auf Weihnachten freuten und Glühwein auf dem Weihnachtsmarkt tranken, hatte sie gerade das Sommer-Sonne-Ferien-Sortiment mit auf den Weg gebracht und erwartete täglich die Kataloge.

Ihr Magen knurrte. Erst jetzt fiel ihr auf, dass es schon Zeit für die Mittagspause war. Aus ihrer großen Umhängetasche suchte sie ihren Frühstücksbeutel und verzog sich hinüber in die Teeküche. Doch der Appetit war ihr bei all der Hektik und vor allem ihrem inneren Druck vergangen. Lustlos kaute sie eine Weile auf ihrem Brot herum. Es war eines ihrer Lieblingsrezepte mit vielen Nüssen, belegt mit einem veganen Aufstrich und frischer Kresse. Trotzdem legte sie es nach wenigen Bissen zurück in die Brotdose. Sie überlegte: Wenn sie sich richtig ranhielt, konnte sie den Großteil für die Halloweenaufsteller vorbereitet haben, bevor sie Sabrina final die Wahrheit sagen musste. Vielleicht wäre das dann nicht ganz so unfair den Kolleginnen gegenüber, die so kurz vor Weihnachten auch alle was anderes im Kopf hatten.

Aber auch Melinas To-do-Liste für das *Cookies* war noch lang genug. Sie hatte bei einem Secondhandhändler im Hafen eine größere Charge Bistrostühle entdeckt, und da sie nicht alle 150 brauchte, hatte der ihr netterweise angeboten, dass sie auch nur einen Teil nehmen könnte – wenn sie bald käme, um sie abzuholen. Allerdings wurde im *Cookies* immer noch der Bodenbelag gemacht und da konnte sie die neuen Stühle schon mal nicht lagern. Sie musste rasch eine Zwischenlösung finden, denn die Stühle mit in die Wohnung zu nehmen, fiel auch aus.

Sie verbrachte dementsprechend ihren Nachmittag weniger damit, Gruselkerzen und -dekoration vorzubereiten, sondern telefonierte noch mal mit dem Händler, fragte diverse Anbieter für Lagerräume an und musste feststellen, dass die meisten Optionen zwar kurzfristig verfügbar waren, aber eben auch recht teuer. Dann fiel ihr siedeheiß ein, dass sie sich ja auch noch um den Transport kümmern musste. Also wechselte sie das Ohr, klemmte sich den Telefonhörer auf die andere Schulter und wählte weiter.

Zwischendurch hatte sie Sabrina noch ein paarmal von einem zum anderen Meeting vorbeischießen sehen wie einen lila leuchtenden Kugelblitz. Doch nicht nur, dass sie auf die Schnelle ihren Mut nicht beisammengehabt hatte, ihre Chefin hatte sie auch nicht einmal eines Blickes gewürdigt. Das Gespräch würde schlicht noch warten müssen, redete sie sich ein.

Seufzend sandte Melina abends wenigstens noch schnell ihre Excelübersicht mit der Musterbestückung ihres Halloweenvorschlags an Sabrina, ehe sie den Rechner runterfuhr und sich auf den Heimweg machte.

Der Tag hatte sich als unergiebig erwiesen und die nervliche Anspannung, weil sie immer noch nicht reinen Tisch gemacht hatte, ließ sie zusätzlich erschöpft in die S-Bahn sinken. Sie freute sich auf die Reste von dem Wokgericht, das sie gestern Abend kreiert hatte, und ein heißes Bad. Den mattschwarzen Mercedes AMG GT Roadstar, der in zweiter Reihe mit Warnblinker vor dem Haus stand, nahm sie zwar nur aus dem Augenwinkel wahr, da er aber so dreist im Weg parkte, fiel er ihr trotzdem auf.

Sie schloss die Haustür auf und sofort hörte sie von oben das klingelnde Lachen ihrer Mitbewohnerin.

Nanu, was macht Lara denn schon zu Hause, überlegte sie, während sie die Treppe hinaufging, und vor allem mit wem unterhält sie sich so angeregt im Hausflur?

Als sie ihren Treppenabsatz erreichte, gewahrte sie einen großen Mann mit pechschwarzem Haar und einem Schnurrbart, der in einem weißen Jogginganzug aus Ballonseide steckte.

Wow, komische Wahl bei dem Wetter, durchzuckte es Melina unwillkürlich, aber vielleicht stand bei dem Fremden auch dringend mal wieder ein Waschtag an. Zumindest war jetzt wohl klar, wem dieses klimaschädigende Monstrum vor der Tür gehörte.

Lara hatte ihre Hand auf die mit Goldkettchen verzierte Brust des Kerls gelegt und warf gerade ihr Haar mit einer einstudierten Kopfbewegung über die Schulter zurück, als sie ihre Mitbewohnerin erblickte.

»Oh, da kommt ja schon meine süße Cookie.«

Wie immer zuckte Melina zusammen, wenn man sie öffentlich mit ihrem Spitznamen ansprach. Er war zwar süß und sie liebte ihn, aber er war auch irgendwie privat und nichts für fremde Schönlinge, die neuerdings scheinbar auch in das Beuteschema ihrer kleinen Gottesanbeterin fielen. Denn Selbige blieben meist nicht einmal lange genug, als dass Melina sich die Mühe machen musste, ihre Namen zu behalten.

Melina seufzte und versuchte, sich an den beiden vorbei in die Wohnung zu schieben.

»Hallo Süße, sorry, aber ich bin so platt …« Weiter kam sie nicht, denn Lara hatte ihre Hand von der Brust des Fremden gelöst und ihren Arm ausgestreckt, um ihr den Weg zu versperren. Sie drehte Melina herum und zog sie in ihren Arm.

»Das ist Tarkan.« Der schmachtende Blick, den sie dem Typ dabei zuwarf, der immer noch lässig im Türrahmen lehnte, war nicht sehr jugendfrei.

»Hallo Tarkan«, sagte Melina brav und streckte ihre Hand aus. Der Typ ergriff sie breit grinsend.

Hübsche Zähne, dachte Melina und versuchte ebenfalls, höflich zu lächeln.

»Tarkan war gestern auch auf der Party von Fee, und stell dir vor, sein Vater ist der Gemüsekönig von Hamburg. Ihm gehören so gut wie alle türkischen Supermärkte und halb Altona.«

Melina bemühte sich, ein beeindrucktes Gesicht zu machen.

»Wow«, machte sie, und weil sie nicht unfreundlich sein wollte und ihr beim besten Willen gerade nichts Besseres einfiel, fügte sie hinzu: »Hübscher Schnurrbart.«

Lara warf ihren Kopf zurück, entblößte dabei ihren weißen Hals und ließ wieder ihr glockenhelles Trällern hören.

»Ist sie nicht süß, das ist ein Chevron-Bart.«

Tarkan und Melina tauschten einen Blick. Er war offensichtlich verzückt und geschmeichelt, Melina hingegen war wenig überrascht, dass Lara derartige Dinge wusste. Schließlich waren Männer ihr Lieblingsstudienobjekt.

»Nun gut, ich bin jetzt jedenfalls mit der Wanne verabredet …« Sanft wand sie sich der Umarmung ihrer Freundin. Die packte sie jedoch umgehend an der Hand und hielt sie wieder fest.

»Wir wollten gerade noch schnell einen Happen essen, komm doch mit.«

Melina lächelte ihre Freundin liebevoll an, die jederzeit bereit war, sie aus ihrem Streber-Schneckenhaus zu holen.

»Du bist so lieb, aber ich möchte wirklich nicht stören …«

»Blödsinn, Tarkan bringt auch noch einen Freund mit, nicht wahr, T?«

Aha, einen Spitznamen hatte der Schönling also auch schon. Damit war der Fall ja auch schon klar. Und dass sie hier nicht um ihretwillen gefragt worden war, die zwei zu begleiten, sondern nur, damit der Freund beschäftigt wurde, während sich die beiden ihrem Vorspiel hingaben, entsprach nun so gar nicht ihrer Vorstellung für den Abend.

»Och nö, Lara, ich möchte wirklich …«

»Keine Widerrede, wir gehen auch nur zum Perser an der Ecke. Du musst ja auch nicht lange bleiben. Nur ein bisschen essen … bitteeee.« Lara machte riesengroße süße Kleinmädchenaugen inklusive Schmollmund, und wie immer war Melina nicht in der Lage, ihrer besten Freundin einen Wunsch abzuschlagen.

»Okay«, stimmte sie resigniert zu. »Lasst mich nur eben meine Taschen abstellen und mich wenigstens etwas frisch machen.«

»Super.« Lara fiel ihr überschwänglich um den Hals und küsste sie auf die Wange.

»Wir gehen dann schon mal vor, T muss noch einen ordentlichen Parkplatz für sein Cabrio finden.« Natürlich. War ja eh nur ein Zweisitzer, also würden sie wohl bis zum Restaurant laufen. Kopfschüttelnd schloss sie die Haustür hinter den beiden Turteltäubchen.

Eine halbe Stunde später betrat sie das Padideh, das beste persische Restaurant im Umkreis, und erschauerte bei dem plötzlichen Temperaturunterschied. Der Raum hatte eine gefächerte, halbrunde Glasfront, die direkt zur belebten

Straße zeigte, und doch war es innen elegant und gemütlich. Warme Creme- und Goldtöne, Raffvorhänge, edle Fliesen und dunkle Holzmöbel schufen ein typisches mediterranes und doch zeitloses Ambiente. Die Freundinnen waren im Sommer öfter hier gewesen, als man noch draußen auf der vom Fußweg abgetrennten Terrasse hatte sitzen können.

Sie fand das Pärchen, das bereits Händchen hielt und heiße Blicke tauschte, an einem der Tische direkt am Fenster. Für einen Montagabend war es hier erstaunlich voll und bei den zusammengeschobenen Tischen im hinteren Teil war sie ziemlich sicher, dass es sich um eine Weihnachtsfeier handelte.

Sie lächelte der Kellnerin Almena freundlich zu und winkte ihr zur Begrüßung mit der Hand kurz zu. Die junge Frau hob das Kinn und deutete hinüber auf den Tisch, an dem Lara mit ihrem Begleiter saß, und Melina nickte, um zu signalisieren, dass sie sie gesehen hatte. Auch Lara bemerkte sie jetzt mit ihrem sechsten Sinn und winkte ihr erfreut zu.

Melina beeilte sich, an den Tisch zu kommen und sich aus dem Mantel zu schälen.

Es standen bereits Getränke für drei Personen auf dem Tisch, jedoch war der ominöse Freund, für den sie hier die Tischdame geben durfte, nirgends zu sehen.

»Hey ihr zwei«, sagte sie und ließ sich auf den letzten freien Platz neben Lara gleiten.

Dann deutete sie auf das Bier, das auf dem Platzdeckchen ihr gegenüber stand.

»Und, ist dein Freund etwa schon wieder gegangen?«

Tarkan lachte ein sonores und etwas zu lautes Lachen.

»Nein, der Robin ist nur kurz zum Klo.«

Melina nickte. Wie eloquent, doch das war es vermutlich auch nicht, weshalb Lara ihn so anhimmelte. Sie griff sich eine Speisekarte, doch ehe sie sie aufschlagen konnte, stupste Lara sie von der Seite an.

»Du brauchst dir nur noch was zu trinken auszusuchen. Bestellt haben wir schon.«

»Oh, okay …« Melina hasste es, wenn Leute das machten, aber da sie nichts mehr daran ändern konnte, hoffte sie, dass bei Laras Auswahl wenigstens irgendetwas Vegetarisches dabei wäre, und bestellte sich eine Saftschorle.

Ein Schatten fiel auf ihren Platz und sie wollte sich gerade wundern, in welcher Lichtgeschwindigkeit Almena ihre Bestellung brachte, als ihr Blick auf einen in Baggyjeans steckenden Schritt fiel. Melina wich zurück und ihre Augen krochen über einen schwarzen Hoodie bis zu einem Gesicht mit einem gepflegten Dreitagebart und den klarsten blauen Augen, die sie je gesehen hatte. Island. Sie schluckte hart. Dieses Mal trug er keine Mütze, sondern sein blondes Haar in einem perfekt gestylten kleinen Man Bun am Hinterkopf. Er entblößte seine makellos weißen Zähne und grinste über das ganze Gesicht. Melina wurde heiß und kalt und schwindelig zugleich. Ein Glück, dass sie saß. Das konnte doch jetzt wohl nicht wahr sein.

»Sweet, was machst du denn hier?«

Sie schloss kurz die Augen, doch als sie sie wieder öffnete, war der Skateboardrüpel, der sie gestern im Hauptbahnhof über den Haufen gerannt hatte, immer noch da. Zusätzlich spürte sie jetzt die neugierigen Blicke von Lara und Tarkan in ihrem Rücken, und mit all der Aufmerksamkeit entflammte ihr Gesicht sofort.

»Ja, das kommt jetzt unerwartet«, stimmte sie dem Fremden widerwillig zu.

»Krass, dann bist du die Freundin von Lara?«

Lara war nicht entgangen, dass Melina angefangen hatte, sich auf ihrem Stuhl zu winden. Interessiert lehnte sie sich vor und präsentierte damit ihr ohnehin einladendes Dekolleté noch mehr.

»Scharf beobachtet«, knirschte sie zwischen den Zähnen und riss ihren Blick von ihm los.

»Ach, und woher kennt ihr beiden euch?«, schaltete sich Lara ungeniert ein.

»Na, das ist die, die Samstag meine Pizza beleidigt hat«, erklärte er freimütig. Sein freches Grinsen war so ansteckend, dass Melina die Zähne fest zusammenbeißen musste, um nicht reflexartig mitzulächeln. Die Erinnerung an den Zusammenprall half und brachte ihr Blut gleich noch ganz anders in Wallungen.

»Ein ganz einmaliger Auftritt.« Bestätigte sie und verzog das Gesicht, dann fügte sie spitz hinzu: »Darf ich vorstellen, Lara, der Typ, der deinen Kaschmirpulli auf dem Gewissen hat.«

Lara warf ihr Haar über die Schulter und lachte laut.

»Das ist ja ein ganz unglaublicher Zufall. Wie witzig. Ach, und vergiss den Pulli, ich mochte den eh nie wirklich. Viel zu bieder.«

Der Fremde sah sie gar nicht an, sondern fixierte immer noch Melina so eindringlich, dass sie anfing, intensiv die Falttechnik der Serviette zu inspizieren.

»Bist du denn sonst gut nach Haus gekommen – ohne weitere Zwischenfälle?«, fragte er immer noch mit diesem amüsierten Lächeln, das seinen schönen Mund umspielte, während er sich wieder auf seinen Platz ihr gegenüber gleiten ließ.

»Ja«, erwiderte Melina und fand langsam zu ihrer Form zurück, »danke, und ich hoffe, du musstest nicht womöglich was Gesundes am Abend essen.«

Der Typ lachte auf, ohne sie aus den Augen zu lassen. »Nee, passt schon, auf der Party gab's reichlich Chips und Tacos.«

Lara und Tarkan hatten den Austausch interessiert verfolgt, nun fragte auch er nach: »Wie, also kennt ihr euch schon?« Wirklich nicht die hellste Kerze auf der Torte.

»Ja«, antwortete sein Kumpel.

»Nein«, entgegnete Melina zeitgleich und die beiden sahen sich wieder an. Sie korrigierte nach: »Dein Kumpel hat mich zwar Samstag auf dem Hauptbahnhof umgerannt, vorgestellt hat er sich in dem Zusammenhang allerdings nicht.«

Tarkan grinste und schlug seinem Sitznachbarn etwas zu kräftig auf den Rücken, doch der zuckte nicht einmal.

»Das sieht meinem Robin ja mal wieder ähnlich, feurig und impulsiv, das ist er. Und mein bester Kumpel seit der Schulzeit.«

Melina konnte es nicht genau deuten, aber wenn sie es nicht besser gewusst hätte, hätte sie geschworen, dass diese Form der Vorstellung ihrem Gegenüber einen Hauch unangenehm war. Das wiederum weckte nun auch ihr Interesse, doch ehe sie etwas sagen konnte, hatte sich Lara eingeschaltet: »Oh, ist das nicht herrlich, noch eine Gemeinsamkeit. T und ich haben so viel gemeinsam.«

Sie blinkerte ihn mit ihren Wimpernextensions an. »Cookie und ich sind auch schon seit der fünften Klasse unzertrennlich.«

Auch sie hatte sich hinübergelehnt und ihre Freundin in den Arm genommen. Die warf ihrem Gegenüber einen Blick zu. Der musterte sie aufmerksam.

»Was ist denn das für ein Spitzname für jemanden, der einen Tick für gesundes Essen hat?«

Sofort runzelte Melina wieder die Stirn. Sie hatte nicht im Mindesten Lust, sich diesem Robin gegenüber zu rechtfertigen oder ihm etwas über die innige Beziehung zu ihrer geliebten Großmutter zu erzählen. Also konterte sie nur ausweichend: »Man kann durchaus mit ausgewogenen Zutaten und wenig verarbeiteten Produkten sehr leckeres Essen zaubern – und auch backen. Da braucht es weder viel Zucker, Fett noch sonstigen Mist.« Ihre Antwort war viel heftiger ausgefallen, als sie gewollt hatte, aber irgendetwas an diesem Typ reizte sie zum Äußersten.

Beschwichtigend übernahm Lara wieder: »Und deshalb ist das mit dem *Cookies* auch so eine gute Idee. Mit dem Clean Baking haben wir ein totales Alleinstellungsmerkmal in unserem Café. Und wir machen die Sachen nicht nur zum Verzehr vor Ort, sondern auch zum Verkauf außer Haus. Nicht wahr, Cookie? Und es ist voll im Trend. Die Leute werden immer gesundheitsbewusster heutzutage.«

Wie immer bewunderte Melina, mit welcher Leichtigkeit Lara solch ein Verkaufspitch von den Lippen ging. Wieder einmal war sie froh, dass sie nicht allein war mit dem Projekt, denn obwohl sie selbst im Marketing arbeitete, war Selbstdarstellung ganz klar ein Fall für Lara.

Robin hatte sie nicht aus den Augen gelassen und anerkennend genickt. Dann schaltete sich Tarkan plötzlich ein.

»Und ich kann sicher mit meinem alten Herrn was drehen, dass ihr hier und da gute Preise bekommt, dann läuft der Laden bald.«

Das hörte Melina nun zum ersten Mal und drehte sich überrascht zu Lara um, doch die hing schon wieder an Tarkans Lippen und himmelte ihn an. Melina rollte mit den Augen und lehnte sich zurück.

Keine Minute zu früh erschien Almena und servierte eine große gemischte Vorspeisenplatte und Melinas Saftschorle.

Robin warf einen prüfenden Blick darauf und fragte dann mit gespielter Sorge: »Wird denn da etwas dabei sein, was deinen hohen Ansprüchen an Nahrung genügt?«

Sie verzog ihr Gesicht kurz zu einer grinsenden Maske und schnappte sich dann ein gefülltes Weinblatt. Statt nur abzubeißen, stopfte sie es sich quer in den Mund und hob dann die Schultern, als wolle sie sagen: »Sorry, kann leider nicht antworten.«

Robin grinste und griff seinerseits zu einem frittierten Teilchen. Genüsslich kauend ließ er sie nicht aus den Augen.

Doch Melina beschied, dass jetzt Schluss sei mit dem Kinderkram. Sie schluckte also ihren Riesenhappen hinunter und nahm einen Schluck von ihrer Schorle. Auch ohne hinzusehen, wusste sie, dass dieser Robin sie immer noch ungeniert anstarrte, und das nervte sie gewaltig. Ihn mit Nichtbeachtung zu strafen, war das Beste, was ihr einfiel. Doch Ablenkung war gar nicht so einfach, denn Tarkan dozierte gerade über irgendwas an seinem Auto, und da

Melina den Anfang verpasst hatte, konnte sie nichts beisteuern. Wortlos beobachtete sie, wie Lara es schaffte, selbst das Essen einer Vorspeise zu einem sinnlichen Erlebnis zu machen. Sie genoss so offensichtlich die einzelnen Geschmacksfeuerwerke der persischen Küche, dass wirklich niemand am Tisch einen Zweifel daran hatte, dass sie die Situation schamlos ausnutze für eine ganz andere Message.

Unangenehm berührt davon, suchte Melina verzweifelt nach etwas Unverfänglichem.

»Und, Tarzan, ihr wart also zusammen in der Schule? Hier in Hamburg?«

Das plötzliche Gelächter am Tisch erwischte sie kalt, und auch ohne dass sie sich bewusst war, wieso, lief sie rot an.

»Was … ?«, stammelte sie und wurde sofort wieder ärgerlich. »Was hab ich denn gesagt.«

»Tarzan«, kicherte Lara, die gar nicht zu bemerken schien, wie sich ihre Freundin wand.

»Halb so wild«, winkte Tarkan ab, »passiert mir dauernd und passt doch.« Stolz hob er seinen Arm und spannte den Bizeps unter dem schwarzen T-Shirt an. Da er mittlerweile die Jacke seines Ballonseidensportanzuges über den Stuhl gehängt hatte, zeichneten sich die Muskeln gut sichtbar ab. »Stimmt doch, oder?« Selbstzufrieden grinste er in die Runde.

Auch wenn Melina ihm dankbar war für seine Reaktion, war ihr die erzeugte Aufmerksamkeit peinlich.

Robin stand unvermittelt auf. »Sorry, aber da wird mir auch gleich ganz warm ums Herz.« Mit diesen Worten zog er seinen Hoodie von hinten über den Kopf.

So, wie er ihn auszog, hatte Melina ungehinderte Sicht auf seinen zu tief sitzenden Hosenbund und viel nackte Haut bis hinauf zum Schlüsselbein. Auch ohne hinzusehen. wusste sie, dass Lara jetzt vermutlich ein Sabberfaden aus dem Mundwinkel laufen würde. Das Sixpack, die glatte, feste Brust und seine trotz der Jahreszeit leicht gebräunt Haut schienen im Licht der Lampen zu glitzern. Über seiner linken Brustwarze hatte er ein Symbol tätowiert, das wie ein überdimensionaler Angelhaken mit Wellenmotiven aussah. Irgendein wasseraffines Naturvolk, tippte Melina. Es gelang ihr nicht mehr rechtzeitig, ihren Mund zu schließen und den Blick loszureißen, ehe er aus seinem Pulli wieder auftauchte und das T-Shirt zurechtzog. Offensichtlich war er sich seiner Wirkung durchaus bewusst und setzte sich grinsend wieder hin, während er den Hoodie achtlos zwischen seinen Rücken und die Stuhllehne stopfte.

»Du alter Poser«, zog Tarkan ihn auf und damit die Aufmerksamkeit wieder auf sich, »was stemmst du so?«

Melina konnte sich ein Augenrollen nicht verkneifen. Wo fand Lara diese Typen bloß immer? Als sie bemerkte, dass Robin ihre Reaktion mitbekommen hatte, zog sie sofort den Kopf ein.

Er zwinkerte ihr zu. Dann wandte er sich seinem Kumpel zu und nun war es an ihm, Tarkan jovial auf den Rücken zu klopfen.

»Du weißt doch, Studio ist nix für mich. Ich bin auf dem Board zu Hause. Zu Land, zu Wasser und in der Luft.«

Die Männer lachten laut und es klang aufgesetzt. Dann wurde Robin wieder ernst, denn im Gegensatz zu Tarkan hatte er Melinas Frage nicht vergessen.

»Ja«, antwortete er also, »wir waren hier in Hamburg zusammen am Gym. Aber eigentlich wohne ich in St. Peter-Ording.«

Dankbar für den Themenwechsel lächelte sie ihn zum ersten Mal ehrlich an. Dann besann sie sich, dass sie den Typen eigentlich albern, kindisch und nervenaufreibend fand und wischte sich das Lächeln mit der Serviette aus dem Gesicht.

»Und seither sind wir die besten Kumpel, was Rob? Ich nenn ihn ja auch gern den schönen Rob.« Grinsend knuffte er Robin wieder in die Seite, der bei der Erwähnung des Spitznamens kurz zusammenzuckte. »Auch wenn du Penner dich andauernd rumtreibst auf der Welt und rar machst. Schön, dass du heute da bist.« Tarkan erhob sein Glas und stieß erst mit Robin und dann mit Lara an – Melina überließ er Robin. Robin hielt ihr sein Glas mit einem schiefen Lächeln hin und sie ließ ihn nicht hängen, sondern erhob auch ihres.

Tarkan war jetzt jedenfalls in seinem Element, und während die Hauptspeisen serviert wurden, begann er, seine glänzenden Pläne für das Business seines Vaters vollmundig auszuschmücken.

An mangelndem Selbstbewusstsein leidet er zumindest nicht, konstatierte Melina gedanklich und schmunzelte beim Anblick von Lara, die fasziniert lauschte. Sie wünschte, sie könnte sich davon eine Scheibe abschneiden, denn ein bisschen neugierig war sie ja schon, was Robin so machte. Doch er sollte ein Mysterium bleiben. Seine Redebeiträge dienten nur dazu, als guter Wingman Tarkan noch besser dastehen zu lassen und Lücken zu füllen, wenn der sich mit seiner Angeberei in eine Sackgasse manövriert hatte. Melina musste sich eingestehen, dass Robins Art, seinen Freund zu unterstützen, irgendwie süß war. Wie er sie hingegen immer wieder ansah, machte sie kirre. Lachte er sie vielleicht aus, wenn er dieses Blitzen in den Augen hatte?

Als sie das Dessert bestellten, wollte Melina passen – und wurde überstimmt.

»Keine Sorge, du musst den ungesunden Süßkram nicht essen, Robin macht das schon«, bot Tarkan selbstlos an. Robin warf ihm ein schiefes Grinsen zu. Dann wechselte seine Aufmerksamkeit zurück zu Melina.

»Obwohl, gegen Bananen und Honig kannst du doch eigentlich gar nichts haben – alles voll natürlich«, scherzte er.

Doch Melinas Bauch war schon mit den Schmetterlingen beschäftigt genug, da brauchte sie vor dem Schlafengehen nicht auch noch einen Zuckerschock.

»Nein, danke«, sagte sie, »mir reicht es mit Süßem heute.« Dabei funkelte sie Tarkan und Robin gleichermaßen an.

Lara, die, obschon sie nur Weißweinschorle getrunken hatte, mittlerweile angeheitert war, quietschte plötzlich vor Vergnügen: »Cookie, wie sagst du immer: Männer sind so süß wie Puderzucker?«

Ohne nachzudenken korrigierte Melina: »Männer sind wie Puderzucker: zu süß, und wenn sie warm oder feucht werden, klebrig und am Ende machen sie meist eine Sauerei oder sogar fett.«

Es folgte eine Sekunde, in der man hätte eine Stecknadel auf den Boden fallen hören können, und dann prusteten die drei laut los. Melina guckte erst etwas verdutzt, doch dann realisierte auch sie, was sie gesagt hatte. Da es jedoch so gar nicht zu ihren Stärken gehörte, über den Dingen zu stehen oder über sich selbst zu lachen, schoss ihr stattdessen das Blut in die Wangen und sie sprang auf.

»Ich muss dann auch wirklich … früh aufstehen … also schlafen … « Mit einem letzten Blick auf den lachenden Robin und Lara, die auch so gar keine Hilfe war, schnappte sie sich ihren Mantel und stürzte aus dem Restaurant.

# Die schneeweiße Sünde

Dienstagmorgen wäre Melina am liebsten im Bett geblieben. Ihr ganzer Körper war so müde, dass er sich kaum bewegen ließ. Kein Wunder. Nachdem sie aus dem Padideh gekommen war, hatte sie sich noch stundenlang in inneren Monologen kleingemacht. Dass sie sich auch immer mit so tollpatschigen Bemerkungen ins Aus schießen musste. Dieser selbstgefällige Skaterboy und der sonnige Von-Beruf-Sohn, was bildeten die sich alle ein … und Lara, die es versäumt hatte, ihr zu helfen, als sie sie gebraucht hatte. Sie hatten alle über sie gelacht.

Wütend war sie schließlich doch eingeschlafen – nur um eine halbe Stunde später geweckt zu werden, als Lara und Tarkan betrunken durch die Tür gepoltert waren und sich giggelnd und laut flüsternd an ihrem Zimmer vorbei in den letzten Raum der Wohnung vorgearbeitet hatten. Melina hatte sich die Decke über den Kopf gezogen und ihr Kopfkissen über die Ohren gepresst. Doch obwohl das Wohnzimmer zwischen ihren Schlafzimmern lag, hatte sich die Nachtruhe erst in den frühen Morgenstunden eingestellt. Als der Wecker klingelte, war Melina gerädert.

Sie kroch aus dem Bett und beeilte sich, mit ihrem kompletten Satz Klamotten für den Tag ins Bad zu kommen. Danach kochte sie sich einen starken Espresso, der jedoch auch nicht sofort wirkte.

Mit hängendem Kopf stand sie da und überlegte, ab der wievielten Tasse auf nüchternen Magen sie sich wohl übergeben müsste, als sich Laras Zimmertür öffnete und ihre Freundin nur mit Tarkans T-Shirt bekleidet in die Küche schlich. Sie hob schnuppernd die Nase.

»Hast du schon Kaffee gemacht?«

»Ja«, brummte Melina. Lara nahm sich zwei Espressotassen aus dem Schrank und wollte hinter Melina nach dem Perkolator greifen, der noch auf dem Herd stand.

Als Melina keine Anstalten machte beiseitezutreten, betrachtete Lara sie, runzelte die Stirn und fragte: »Alles okay bei dir?«

»Bei mir? O ja, natürlich.« Jede Silbe triefte vor Sarkasmus.

»Ach, komm, dazu bin ich heute früh viel zu fertig. Sag schon, was ist los?«

Melina blitzte ihre Freundin an.

»Was los ist? Hatten wir nicht vor gerade mal drei Tagen geschworen, dass wir das mit den Kerlen jetzt erst mal lassen und uns voll aufs *Cookies* konzentrieren?«

Lara sah immer noch nicht so aus, als wollte sie Melinas Ärger verstehen.

»Ja, und? Das tun wir doch? Wir reden quasi von nichts anderem, und das mit den Stühlen hast du doch geregelt, oder?«

»Nein«, entgegnete Melina hitzig, »hab ich nicht, die muss ich nämlich transportieren und zwischenlagern, solange der Boden im Laden nicht fertig ist. Da ist gar nichts geregelt …«

Lara wischte ihren Einwand weg, als habe sie Melinas Bemerkung in Bezug auf Männer gar nicht gehört.

»Ist gut, ich frag Tarkan. Sein Vater hat sicher einen Lieferwagen oder so. Was gibt es Neues wegen der Druckerei und der Speisekarten?«

»Ich glaube nicht, dass ich möchte, dass Tarkan sich da einmischt«, protestierte Melina, doch ehe sie fortfahren konnte, hatte Lara auch diesen Widerspruch schon wieder beiseitegeschoben.

»Blödsinn, natürlich macht er das, und er hat bestimmt auch Platz, sie zu lagern. Er hat schließlich Verbindungen. Also, wann und wo?«

Melina starrte ihre Freundin wütend an. Ihr fehlten eindeutig die richtigen Worte, um ihr klarzumachen, was sie hier so aufregte.

Stattdessen setzte Lara nach: »Also, um die Karten kümmerst du dich heute, und wie weit bist du mit der Website? Wir brauchen auf jeden Fall auch so eine Reservierungsseite, die an diesen Open-Table-Service angeschlossen ist ...«

»Das wollten wir doch nicht.« Dieses Mal war es an Melina, ihr ins Wort zu fallen.

»Ach, jajaja, war durch, hatte ich kurz vergessen. Aber die Website?«

»Bin ich dran.«

»Und die Markise?«

»Kommt frühestens im Februar ...«

»O nein, kannst du da nicht noch mal nachhaken?«

Kleinmädchenblick mit Kulleraugen und Melina stimmte zähneknirschend zu. Was sollte sie auch sonst tun? Musste ja alles gemacht werden. Dann fiel ihr etwas ein.

»Gibt es eigentlich schon was Neues vom Vermieter?«,

fragte sie zurück, denn eigentlich hätte der den Vertrag längst schicken sollen.

Statt einer Antwort streckte Lara sich genüsslich, schob Melina nun doch beiseite, goss zwei Tässchen von dem schwarzen Lebenselixier ein und hob sie demonstrativ.

»Läuft, ich muss mich dann mal um Tarzan kümmern … O man, ich kann dir sagen, der ist vielleicht gebaut …«

Sie überließ den Rest glücklicherweise Melinas Fantasie und schlich auf Zehenspitzen zurück in ihr Zimmer.

Resigniert ließ Melina die Luft entweichen.

»Irgendwas läuft hier doch eindeutig schief«, murmelte sie leise und trank ihren Espresso aus. Mit einem Blick auf die Uhr geriet sie sofort in Wallungen, denn wenn sie sich jetzt nicht beeilte, war gleich noch was ganz anderes los.

Die Farbe des Tages war heute kobaltblau und Sabrina wirbelte bereits mit einer kaftanartigen Bluse unter einem Kunstpelzjäckchen durch das Großraumbüro, als Melina ankam. Sie beeilte sich, unauffällig an ihren Platz zu kommen, und schaltete den Rechner schon ein, ehe sie sich aus ihrem Mantel geschält hatte.

Er war noch nicht fertig hochgefahren, als Sabrina, vom Klingeln einer Reihe dicker goldener Armreifen angekündigt, neben ihr auftauchte. Schuldbewusst fuhr Melina hoch.

Bevor sie etwas sagen konnte, klackerte Sabrina bereits mit dem Stift gegen das Tablett in ihrem Arm.

»Melina, deine Tabelle ist schon ganz nett. Ein Highlight mehr wäre noch schön und setz dich mit Patty zusammen, die zeigt dir, wie du das Briefing für die Produktion der

Muster machst, damit es kein Theater mit dem Zoll gibt. Die sind am Jahresende erfahrungsgemäß immer etwas unterbesetzt, Nicht, dass da Verzögerungen entstehen.«

»Ja, natürlich, und ähm, Sabrina …«

»Was denn?«, fragte ihre Vorgesetzte abwesend zurück, während sie auf ihrem Tablett schon wieder parallel durch ihre E-Mails scrollte.

In diesem Moment tauchte Freddy aus dem Versand in der Tür auf und pfiff auf zwei Fingern, dass der ganze Raum für den Bruchteil einer Sekunde in Schweigen verfiel.

Sabrina blickte selbst jetzt nicht auf, wandte sich allerdings dem Neuankömmling zu. Niemand sonst hätte sich eine derartige Unterbrechung der Kreativabteilung erlaubt, einzig das Urgestein des Betriebes, der eigentlich schon verrentete Freddy konnte sich das leisten. Mit seiner glänzenden Halbglatze und der kugelrunden Figur war er der Inbegriff eines Pfundskerls und seit über vierzig Jahren der gute Geist des Hauses. Er wusste einfach alles, über jeden und vor allem jeden Vorgang im Haus. Bereits während der Einarbeitung, die darin bestanden hatte, dass sie einen Tag dauerlächelnd durch alle Abteilungen des Hauses gelaufen war und jedem der neunundachtzig Mitarbeitenden vor Ort die Hand geschüttelt hatte, hatte er Melina angeboten, jederzeit bei ihm reinzuschauen, wenn sie Hilfe bräuchte. Schüchtern winkte sie ihm jetzt zu und er schenkte ihr ein breites Lächeln. Dann wanderte sein Blick zurück zu ihrer noch immer beschäftigen Chefin.

»Madame Sabrina«, rief er mit übertriebener Ehrerbietung, »Ihre Kataloge sind da.« Damit hatte er eindeutig auch ihre ungeteilte Aufmerksamkeit errungen.

Melina wollte schon mit aufspringen, doch Sabrina legte ihr eine Hand auf die Schulter. Ohne den jetzt hergestellten Blickkontakt mit Freddy zu unterbrechen, sagte sie: »Highlight, ein echtes Highlight.« Und schon war sie verschwunden – bis auf den intensiven Geruch ihres Parfums.

Auch an diesem Tag sollte sich keine weitere Gelegenheit zu einem Gespräch ergeben. Zwischen der umfangreichen Aufgabe, die Kataloge an den Verteiler versandfertig zu machen inklusive der persönlichen Anschreiben und der passenden Pressemitteilung dazu, und dem Heraussuchen der einzelnen Zollnummern für jedes Teil der Musterbestellung für ihren Halloweenaufsteller war sie gut beschäftigt. Fast hätte sie nicht einmal die Zeit gefunden, um mit der Druckerei wegen der Menükarten zu telefonieren. Gefühlt wuchs ihre To-do-Liste täglich. Nach ihrem vierten Kaffee hatte sie dann auch endgültig den Eindruck zu fliegen und beschied, dass sie heute früher Feierabend machen musste … also, pünktlich und ohne Überstunden. Es wurde ein Spießrutenlauf unter den missbilligenden Blicken der Kolleginnen, als sie um 17 Uhr das Büro verließ.

Zu Hause erwärmte sie schnell den Rest des Wokgerichts von Sonntag und öffnete das in Stoff gebundene Buch, in dem ihre Großmutter ihre Rezepte notiert hatte. Ehrfürchtig und behutsam, als würde sie einen wertvollen kulturellen Schatz in einem Museum berühren dürfen, blätterte sie durch die Seiten. An vielen Stellen waren sie mit Flecken unterschiedlicher Farben gespickt und einige Seiten waren auch schon zu Lebzeiten ihrer Großmutter nur noch lose eingelegt gewesen. Melina hatte sich angewöhnt, eine große Schleife um das Sammelsurium zu machen, wann immer sie es zurück ins Regal stellte.

Zu einigen der Rezepte kamen ihr sofort Erinnerungen. Omas Doppeldeckerkekse mit Himbeermarmelade zum Beispiel hatte es jedes Jahr zum Advent gegeben. Die Ersten meistens sogar schon zum Nikolaus. Damit war auch klar, wonach Melina heute zum Nachtisch der Sinn stand und sie angelte ihr eigenes Scrapbook, das ihre besten Rezeptkreationen beinhaltete und von ihr ebenfalls gehütet wurde wie ein Schatz.

Sie hatte gerade die Seite mit dem Rezept für Doppeldecker-Cookies mit Chia-Marmelade aufgeschlagen, als sie den Schlüssel in der Haustür hörte. Von ihrer Position am Küchentisch aus konnte sie direkt den langen Flur entlang bis zur Haustür sehen und ihr Lächeln erstarb, als sich hinter Lara direkt auch Tarkan durch die Tür schob. Melina wollte gerade aufstöhnen, als ihr Blick auf die letzte Person fiel, die noch im Türrahmen stand: Robin. O Gott, nicht schon wieder. Sofort begann ihr das Herz bis zum Hals zu schlagen. Am liebsten wäre Melina augenblicklich im Boden versunken, doch nicht nur die Erde hatte kein Erbarmen mit ihr, sondern es gab auch sonst kein Entrinnen – oder Verstecken.

Sowohl die Tür zum Bad als auch die zu ihrem Zimmer wurden versperrt von dem Dreiergespann, das sich aus Stiefeln, Jacken und Schals schälte und dabei laut lachend herumscherzte. Melina, die wie gelähmt immer noch am Tisch saß, hatten sie gar nicht bemerkt. Unauffällig zog sie den Kopf ein, hob langsam ihr Kochbuch bis vors Gesicht und hoffte, dass das so bleiben würde. Doch auch diese Hoffnung zerschlug sich im nächsten Moment.

»Hey, du bist ja schon da, Cookie«, begrüßte sie ihre Freundin, kam in die Küche und drückte ihr einen dicken Kuss auf die Wange. »Das ist ja super, Robin will für uns ein Dessert aus Neuseeland zaubern, vielleicht ist das ja auch was fürs *Cookies*?«

Wenig begeistert beobachtete Melina, wie Robin mit einer braunen Papiertüte in die Küche kam, ihr zuzwinkerte und anfing, Zutaten auszupacken: Ein Paket Zucker, ein Sechserpack Eier, eine Vanilleschote, diverse Kiwis, Schlagsahne und Crème fraîche kamen nacheinander zum Vorschein.

»Ich hab mir gedacht, so was wie Salz, Weißweinessig und Speisestärke habt ihr wohl, oder? Wo in diesem Haus doch gesund gekocht wird«, sagte er grinsend an Melina gerichtet. Diese Augen … dieses Lächeln.

Sie räusperte sich und machte gute Miene zum bösen Spiel.

»Ja, sicher, Gewürze und Essig stehen im Schrank über der Dunstabzugshaube und die Speisestärke ist im Apothekerschrank zweites Fach hinten beim Mehl.« Neugierig betrachtete sie seine Zutaten.

»Und was soll das werden, wenn es fertig ist?«

»Pavlova.«

Und weil ihr die Unwissenheit ins Gesicht geschrieben stand, ergänzte er freundlicherweise: »Die schneeweiße Sünde. Ist ein Dessert aus Neuseeland. Unschlagbar, damit hab ich noch jede rumgekriegt.« Er zwinkerte Melina zu.

Lara kicherte und Melina musste so überrascht ausgesehen haben, dass auch er loslachte – ein wundervoll warmer Klang, der Melina gleich noch einmal mehr verwirrte.

Dann, während er sich auf den Esstisch stütze und zu ihr beugte, fügte er hinzu: »Scherz. Ich weiß doch, du isst keinen Zucker. Aber das hier wird dich umhauen.«

»Aha«, machte sie ominös, um sich nicht die Blöße zu geben, zu interessiert oder zu beeindruckt zu klingen, dass er so was kochen konnte. Als er wie selbstverständlich begann, die Schränke und Schubladen in der Küche zu öffnen, auf der Suche nach den Utensilien, die er für sein Vorhaben brauchte, wurde Melina unruhig. Sie sprang auf.

»Eigentlich wollte ich gerade Kekse machen.« Er guckte sie an und schien sie auf einen Schlag zu durchschauen. Sofort errötete sie und senkte den Blick, wich aber nicht zurück. Verdammt, das war schließlich ihre Küche … also fast. Zumindest das meiste daraus.

»Kein Problem«, erwiderte er, »wie lange brauchen denn deine Kekse im Ofen? Die Pavlova muss nachher darin abkühlen, das dauert gewöhnlich etwas länger.«

Melina warf einen prüfenden Blick auf die Uhr, es war bereits 19.30 Uhr.

»Wann sollen wir das denn dann bitte essen?«

»Später?«, offerierte er und guckte sie schon wieder so verschmitzt an, dass es ihr unter den Haarwurzeln und in den Fingern gleichzeitig kribbelte. Machte er das eigentlich mit Absicht? Ein verwirrender Gedanke. Sie runzelte unwillkürlich die Stirn.

»Ich glaube, ihr kommt dann allein zurecht, oder?«

Erstaunt sahen Melina und Robin zur Tür und erblickten Lara und dahinter Tarkan, die im Türrahmen lehnend den Austausch belustigt beobachtet hatten. Melina nickte mit zusammengekniffenen Lippen. Lara schnappte sich Tarkans Hand und zog ihn mit sich in ihr Zimmer. Robin und Melina wechselten noch einen Blick, dann fragte er: »Also, wie lange?«

»Wie lange was?« Melina hatte den Faden verloren. Der Typ machte sie wahnsinnig und jetzt, als er so dicht vor ihr stand, noch einmal mehr, denn wie gut roch er bitte? Wenn sie es nicht besser gewusst hätte, hätte sie geschworen, dass er nach Sonne und Salzwasser duftete – und das mitten im Winter.

»Wie lange brauchst du den Backofen, Cookie?«

Melina wurden spontan die Knie weich. Wie Honig floss ihr Spitzname von seiner Zunge, und ihr wurde abwechselnd heiß und kalt. Doch dann war da wieder dieses freche Grinsen, und sofort wurde sie an ihren peinlichen Auftritt von gestern Abend erinnert – und schlimmer noch, was er auf dem Bahnhof für ein Rüpel gewesen war, und schon kochte ihr Temperament ein ganz anderes Süppchen. Wenn er glaubte, hier mit seinem Surfercharme punkten zu können, hatte er sich schwer getäuscht. Entschlossen stand sie auf und trat ihm entgegen.

Er hatte sie die ganze Zeit nicht aus den Augen gelassen und wirkte schon wieder amüsiert. Er wich auch keinen Millimeter zurück, als sie sich an ihm vorbei schieben musste.

Wieder stieg ihr unvermittelt diese süß-herbe Mischung in die Nase und sie musste kurz die Augen schließen.

»Gar nicht. Trotzdem sollte ich wohl anfangen, dann kannst du hinter… «

»Ach Quatsch, die Küche ist doch groß genug, das kriegen wir schon nebeneinander hin.«

Melina schluckte, doch wich nicht zurück. Rasch schnappte sie sich ihre Rührschüssel, das Handrührgerät inklusive des Pürierstabes, ihren Lieblingsschaber und ihr Muffinformenblech und rettete sich wieder auf die andere Tischseite.

Sie musste noch einmal an ihm vorbei zu ihrer Kühl-Gefrier-Kombi, um die tiefgefrorenen Himbeeren, den Limettensaft und das Kokosöl herauszuholen. Robin hingegen war an der engsten Stelle in der Küche stehen geblieben und lehnte mit seinem Po lässig an der kurzen Seite des Küchentisches. Er genoss es sichtlich, dass Melina sich dreimal eng an ihm vorbeischieben musste.

Sie würdigte ihn jedoch keines Blickes mehr. Wenn er glaubte, sie hier in ihrem Reich herausfordern zu können, hatte er sich so was von geschnitten.

Sie stellte die Zutaten zu den Backutensilien, öffnete den Apothekerschrank und suchte die restlichen Bestandteile des Rezeptes zusammen: Kokosflocken, Cashewkerne, Mandelmehl, Chia-Samen und Kakao. Zum Süßen würde sie Zuckerrübensirup und Agavendicksaft verwenden.

Robin sah ihr zu und nahm die beiden Dosierspender für den Zuckerersatz in die Hände, um mit ernstem Gesicht die Etiketten zu studieren.

»Soso«, machte er, »und das kann man wirklich essen?«

Sie nahm ihm die beiden Verpackungen wieder aus der Hand und sah ihm dieses Mal fest in die Augen.

»Man kann sie nicht nur essen, sie sind auch noch viel aromatischer und leckerer als weißer, raffinierter Zucker. Aber ich glaube kaum, dass deine völlig überreizte Zunge das zu schätzen wüsste.«

Nun war es an Robin, merklich auf Distanz zu gehen.

»Wow, hier wird ja scharf geschossen. Ich denke, wir wollen backen und uns nicht duellieren?«

Melina hob das Kinn und erwiderte herausfordernd: »Keine Ahnung, was du da vorhast, aber ich mach jetzt meine Lieblingskekse.«

Damit begann sie, Cashewkerne mit Kokosflocken und Mandelmehl in ihrer Schüssel abzuwiegen und zu mischen.

»Okay«, sagte Robin bestens gelaunt und jonglierte mit Küchenschaber, Suppenkelle und einem Kochlöffel, »Challenge accepted. Ich versuche nachher deine Dinger da und du probierst die Pavlova. Und du sagst ehrlich, wie du es findest.« Er fing die Utensilien alle in der linken auf und hielt ihr seine rechte Hand ausgestreckt hin. Melina zögerte und suchte nach einem Haken. Doch da sie keinen finden konnte, außer dass sie ihrem Körper einen Löffel dieses vermutlich viel zu lätschigsüßen Zeugs würde zumuten müssen. Also zuckte sie mit den Schultern und schlug ein. Sein Händedruck war warm und fest und bei der Berührung ihrer Hände kribbelte es in ihrem ganzen Körper wie damals, als sie als Kind durch einen Elektrozaun gegriffen hatte, um ein Kälbchen zu streicheln. Sie riss sich förmlich wieder von ihm los und schob hastig Zutaten von rechts nach links, bis sich ihr Nervenkostüm wieder beruhigt hatte.

Er hatte sich abgewandt und begonnen, Eier zu trennen. Das Eigelb deckte er ab und stellte es in den Kühlschrank.

»Kann ich mal den Mixer haben?« Sie blickte auf und stellte fest, dass er auf das Handrührgerät deutete.

»Ähm nein, das brauche ich gerade.« Schnell griff sie danach und montierte den Pürierstab. Herausfordernd blickte sie Robin an, als erwarte sie einen Gegenangriff, doch er zuckte nur mit den Schultern und fragte weiter: »Habt ihr einen Schneebesen?«

Mit dem Kinn deutete Melina auf die Schubladen.

»Rechte Schublade.« Er fand ihn und legte ihn in die Glasschüssel, die er sich ausgesucht hatte. Dann zog er seinen Hoodie aus.

Ist das eigentlich der einzige, den er hat, oder sind alle seine Pullover schwarz, fragte sich Melina stumm.

Von ihr abgewandt zog er das gleiche Manöver durch wie gestern im Restaurant und dieses Mal erhaschte Melina einen Blick auf seinen muskulösen Rücken, der am unteren Ende sogar ein schmales Stück eines fast milchweißen Bräunungsstreifens preisgab. Melina schluckte gegen das ihr im Mund zusammenlaufende Wasser an und zwang sich, ihren Blick auf ihre Schüssel zu richten. Robin warf den Pulli achtlos über einen Stuhl und begann von Hand, das Eiweiß steif zu schlagen. Fasziniert beobachtete Melina das Spiel der Muskeln in seinem Arm und wie konzentriert er dabei war. Dann fiel ihr ein, dass auch sie nun wirklich anfangen sollte.

Also zerkleinerte sie ihre Zutaten in ihrer Schüssel und gab alles Weitere hinzu, was in den Teig gehörte. Anschließend vermischte sie alles und drückte mit der Hand jeweils eine Portion Teig auf den Boden einer Muffinform.

»Kann ich mal vorbei bitte?«

Robin war immer noch dabei, Löffel für Löffel Zucker in den fester werdenden Eischnee rieseln zu lassen, der anfing, an Volumen zu gewinnen, und sich in eine glänzenden Masse verwandelte. Erst jetzt sah er auf.

Melina hatte das Muffinblech in der Hand und deutete Richtung Kühlschrank.

»Die müssen jetzt zwanzig Minuten ins Gefrierfach.«

Er trat einen Schritt zur Seite, damit sie um den Tisch und an ihm vorbeigehen konnte. Dann drehte er sich wieder um, um seinen Eischnee zu beenden. Dabei streifte sein Ellbogen ihren Oberarm. Es war nur ganz sanft, doch weil sie einen weiteren, ausweichenden Schritt machte, wirbelte er zurück, griff reflexartig nach ihr und zog sie an sich. Melina fuhr so sehr von der plötzlichen Bewegung überrascht zusammen, dass sie vor Schreck ihr Muffinblech aus der Hand verlor. Gerade noch rechtzeitig griff er mit der zweiten Hand zu.

»Sorry, ich wollte dich nicht anrempeln.«

Das Grinsen und alle Selbstsicherheit waren für einen Moment von ihm abgefallen, und er wirkte plötzlich verletzlich und ehrlich zerknirscht.

»Alles okay?«

Verdutzt sah sie ihn an und nun war es an ihr, ihm ein aufmunterndes Lächeln zu schenken.

»Hast du doch gar nicht – und meine Cookies hast du auch noch gerettet. Danke dir.«

Verlegen lächelte er sie an. Für einen Moment lang sahen sie einander in die Augen. Island. Dann wirkte es so, als ob sein Gesicht ihrem näher käme und Melina hätte fast die Augen geschlossen. Doch in dem Moment wurde plötzlich die Tür zu Laras Zimmer aufgerissen und ihre Freundin streckte ihren Kopf durch den Türrahmen.

»Riecht ihr das? Ich nicht – also backt schnelleeeeeer!«, rief sie übermütig. Erst jetzt fiel ihr die Situation in der Küche auf und sie guckte neugierig.

»Hab ich was verpasst?«

Melina sah sie irritiert an und blickte dann wieder zu Robin auf. Doch auch in seinen Blick war schlagartig ein anderer, sehr ernster, fast erstaunter Ausdruck getreten. Als würde er erst in der Sekunde bemerken, dass er sie immer noch so dicht an sich gezogen am Ellbogen hielt, dass sie selbst durch ihren Pulli und die Jeans seine Wärme spürte. Ebenso abrupt, wie er nach ihr gegriffen hatte, ließ er sie jetzt los. Sie taumelte einen Schritt zurück. Dann drückte er ihr das Blech wieder in die Hand.

»Dauert noch«, gab er dann an Lara gewandt zurück, »da musst du dich noch ein bisschen gedulden.«

»Okay«, gab sie zurück, »dann nasch ich weiter an Tarkan.« Sie kicherte und zwinkerte den beiden zu, ehe sie wieder in ihrem Zimmer verschwand.

Melina sah Robin an, doch der hatte sich von ihr abgewandt wieder an die Arbeitsfläche gestellt und war jetzt dabei, ein Backblech mit Papier auszulegen und einen Kreis darauf zu malen.

Die Atmosphäre im Raum war komplett verändert und Melina fragte sich, was sie falsch gemacht hatte, dass er plötzlich so in sich gekehrt wirkte. Leise schob sie ihre Muffinformen in das Gefrierfach und ging dann zum Herd – sorgfältig darauf achtend, Robin nicht ungefragt zu nahe zu kommen.

Er fügte seinem Eischnee noch Weinessig, Salz und Speisestärke hinzu, und als sein Baiser fest genug war, füllte er die Masse auf das Blech in den gemalten Kreis, machte eine kleine Vertiefung in die Mitte und schob das Ganze in den bereits vorgeheizten Ofen.

Er hatte kein Wort mehr gesagt und sie auch sonst komplett ignoriert. Jetzt murmelte er bereits zur Tür gewandt: »Das muss jetzt etwa eine Stunde backen … ich geh mal … ähm … ins Wohnzimmer.« Und als sie nicht widersprach, ging er, ohne sie anzusehen, hinaus.

Mit gerunzelter Stirn blickte sie ihm nach. Was war denn bloß passiert? Hatte sie irgendwas Falsches gesagt? Oder tickte der einfach wirklich nicht ganz sauber. Melina versuchte die Sache abzustreifen, doch während sie die Füllung für ihre Kekse kochte, musst sie sich eingestehen, dass ihre Gedanken die ganze Zeit um den Mann in ihrem Wohnzimmer kreisten.

Sie war nach weiteren zwanzig Minuten fertig in der Küche und räumte auf. Kurz wollte sie sich ärgern, dass Robin nicht einmal seine Glasschüssel eingeweicht hatte, doch dann kam sie sich kleinlich vor und stellte sie einfach mit in den Geschirrspüler. Mit Blick auf die Uhr und weil er noch nicht wieder aufgetaucht war, überlegte sie, was sie tun sollte. Sie war ihm nichts schuldig und schließlich war er nicht ihr Besuch. Trotzdem fand sie es irgendwie unhöflich, ihn da allein sitzen zu lassen. Sie öffnete also den Kühlschrank, nahm ein Bier und eine Flasche Saftschorle heraus, schnappte sich den Flaschenöffner und ging hinüber ins Wohnzimmer.

Robin stand am Fenster und sah auf die dunkle Straße hinunter. Er hatte Melina nicht reinkommen gehört – oder ignorierte sie noch immer. Jedenfalls hatte er sich nicht gerührt. Sie räusperte sich.

»Möchtest du vielleicht was trinken?«

Erst jetzt drehte er sich um und sah sie an. Dann fiel sein Blick auf die Flaschen in ihrer Hand. Er nickte und kam ihr entgegen. Erleichtert ging sie auf ihn zu und hielt ihm die Hand mit den zwei Flaschen entgegen. Er ergriff die Saftschorle. Irritiert blickte Melina auf die verbleibende Flasche Bier in ihrer Hand. Gerade setzte sie an zu protestieren, als er sich grinsend vorbeugte und ihr zuzwinkerte.

»Scherz!«

Er tauschte die Flasche mit ihr und ließ sich den Öffner geben.

»Haha«, machte Melina und kuschelte sich mit angezogenen Füßen in eine Ecke ihrer großzügigen Sofalandschaft.

Robin warf sich in die andere Ecke und streckte genüsslich seine langen Beine aus. Seine Laune hatte sich eindeutig wieder gebessert.

»Und Cookie, was machen die Cookies?«

Sie zog die Augenbrauen hoch, doch mehr ließ sie sich nicht aus der Reserve locken.

»Meine sind fertig und die Pavlova?«

Er warf einen Blick auf die Smartwatch und sprang geschmeidig auf die Füße. »Mal gucken.«

Nach wenigen Augenblicken kam er bestens gelaunt aus der Küche zurück.

»Hab die Temperatur runtergeregelt, aber sieht super aus. Ist noch nicht einmal gerissen. Viertel Stunde noch, dann kann der Ofen aus.«

Zufrieden ließ er sich zurück in die Kissen sinken und prostete ihr zu, ehe er einen langen Zug aus seiner Flasche trank.

»Erzähl mal«, sagte er dann, »was machst du sonst so, wenn du nicht backst? Lara hat erzählt, ihr macht ein Café auf? Tapfer, Ladengeschäfte sind krass mit all den Verbindlichkeiten und so. Stellt ihr denn Servicepersonal ein?«

Überrascht stellte Melina fest, dass er klang, als würde er sich mit diesem Thema auskennen. Das hatte sie nicht erwartet. Schnell antwortete sie: »Nein, wir werden das am Anfang allein machen … also ich. Ich muss nur noch kündigen. Und Lara hilft am Wochenende und reduziert dann ab März ihre Stunden, um auch unter der Woche mithelfen zu können.«

»Wieso erst im März? Und wieso gehst du all in und sie hilft nur mit? Ich denke, ihr macht das zusammen?«

Melina überlegte. Im Grunde hatte er recht, sie trug definitiv das größere Risiko, aber Lara hatte es alles so logisch erklärt.

»Ende Februar sind immer die Mitarbeitergespräche und die Gehaltserhöhungen. Die will sie noch mitnehmen. Wenn die dann durch sind, reduziert sie ihre Stunden, damit sie auch mehr im *Cookies* arbeiten kann.« Und weil sie sich eingestehen musste, dass das aus ihrem Munde jetzt gar nicht mehr so überzeugend klang wie damals aus Laras, fügte sie rasch hinzu: »Im Grunde ist das *Cookies* sowieso mein Baby. Ich hab schon immer davon geträumt, ein Café zu haben.«

»Aha«, machte er jetzt und sie konnte die Skepsis hören, die in diesem einen kleinen Wort mitschwang. Doch dann zuckte er mit den Schultern und schloss: »Okay. Und wo soll das Café eröffnen?«

»Wir haben einen echt schönen Laden in Winterhude gefunden. Nur eine Straße vom Marktplatz entfernt, das ist total super.«

Wieder ein Blick, in dem sie Zweifel las. Weil das eben knapp keine 1A-Location war, wappnete sich Melina innerlich schon für die Einwandbehandlung, doch außer einem kleinen Stirnrunzeln erwiderte Robin nichts darauf. Stattdessen fragte er: »Und wie weit seid ihr? Ich meine, ist ja nicht mehr viel Zeit bis zum neuen Jahr mit den ganzen Feiertagen und so.«

Unruhig begann Melina auf ihrem Platz hin und her zu rutschen.

»Na ja, im Moment können wir noch gar nicht rein, weil der Vermieter den Laden irgendwie kernsaniert hat und noch dabei ist, den Boden wieder zu schließen. Da war irgendwas mit einem Wasserschaden, die hatten jedenfalls alles aufgestemmt …«

Robins Augen weiteten sich. »Nicht dein Ernst …«

Sie fiel ihm ins Wort: »Aber jetzt ist alles gut. Nächste Woche oder so bekommen wir die Schlüssel und dann können wir anfangen, uns einzurichten. Ich hab schon einen super Tresen gebraucht gefunden und Bistrotische und Stühle … die müsste ich allerdings ganz dringend abholen … und wir lassen richtig schicke Menükarten drucken.«

Robin sagte gar nichts mehr. Deutlich konnte sie erkennen, wie es hinter seiner Stirn arbeitete, doch weil sie auf keinen Fall seine Kritik hören wollte, plapperte sie einfach immer weiter.

»… und mit der Markise wird es dann richtig hübsch und im Sommer können wir sogar zwei Zweiertische draußen neben die Tür stellen …« Sie brach ab.

»Na, da habt ihr ja noch jede Menge Arbeit für …«, demonstrativ schaute er auf seine Smartwatch, um das Datum zu checken, »für nur noch sechsundzwanzig Tage.«

Melina kaute auf ihrer Unterlippe, die offene Kritik stachelte ihr Ego an und so fragte sie forsch: »Und was machst du so, wenn du nicht gerade Baisers bäckst?«

»Pavlova«, korrigierte er augenzwinkernd.

»Wie auch immer«, antwortete sie und guckte ihn herausfordernd an. Doch er war in seiner Couchecke mal so gar nicht aus der Ruhe zu bringen.

»Och, so dies und das. Ich skate oder surfe und manchmal geh ich auch Snowboarden.«

Provokant grinste er zurück. Und schon fühlte sich Melina in all ihren Vorurteilen bestätigt. Also doch ein nutzloser Rumtreiber ohne Ziele oder Plan im Leben. Keine Ahnung von nix und eine Meinung zu allem. Nun war es an ihr, skeptisch die Augenbrauen zu heben.

»Und davon kann man leben?«

Sein Lächeln vertiefte sich. »Klar, ziemlich gut sogar.«

»Aha«, machte sie und da sie mit keiner der genannten Sportarten viel am Hut hatte, sah sie sich am Ende ihrer Konversation. Ehe das Schweigen zwischen ihnen peinlich werden konnte, piepte der Backofen dankbarerweise.

Robin sprang auf und eilte hinüber in die Küche. Nach kürzester Zeit war er zurück mit Lara und Tarkan im Schlepptau, die, vom Piepen angezogen, wie die Motten ums Licht um Robin rotierten.

»Nein, Leute, das muss im Ofen bleiben und abkühlen, sonst fällt das gleich zusammen. Ihr müsst euch leider noch gedulden. Und Finger weg von der Ofentür. Lasst die ja zu, sonst war alles umsonst.«

Lara warf Melina einen flehenden Blick zu.

»Cookie, mach doch was!!! Es riecht so lecker und er sagt, ich darf nichts essen und mir ist sooo nach was Süßem.«

Der Blick, den sie Tarkan dabei zuwarf, sagte zwar alles, aber Melina bot trotzdem an: »Mein Gebäck ist fertig. Wenn ihr wollt, können wir mit den Chia-Cookies anfangen. Es sei denn, es hat noch jemand was gegen Dessert, das nicht die Arterien verstopft und den Blutzuckerspiegel durchdrehen lässt.« Mit einem giftigen kleinen Seitenblick auf Robin erhob sie sich. Lara sprang ihr um den Hals.

»O ja, ich will, ich will. Ihr werdet sehen, die Dinger sind der Kracher. Die verkaufen wir definitiv auch im *Cookies*.«

Melina ging in die Küche, drapierte ihre Kekse auf einem Teller und kam damit zurück ins Wohnzimmer, in dem es sich mittlerweile alle auf der Couch bequem gemacht hatten. Sie hätte sich zu Laras Füßen direkt neben Robin setzen können, doch darauf wollte sie lieber verzichten, also blieb ihr nur das runde Sitzkissen vor dem Couchtisch.

Sie stellte den Teller vor sich ab und ehe sie sich auf dem Kissen niederlassen konnte, hatte Lara sich schon den ersten Keks geschnappt. Sie ließ zunächst Tarkan kosten, bevor sie selbst von dem großen Gebäckteil abbiss.

Sie rollte mit den Augen und seufzte genüsslich. Zufrieden stellte die Bäckerin fest, dass auch Tarkans Augen sich geweitet hatten.

»Wie geil ist das denn«, sagte er, als er den Bissen heruntergeschluckt hatte, »Mann, die sind ja wirklich krass lecker.« Er angelte sich ein eigenes Stück und nahm einen großzügigen Bissen. Er gab Robin ein Zeichen, und als habe der auf eine Extraeinladung gewartet, nahm auch er sich jetzt ein Cookie. Er lehnte sich zurück, roch erst demonstrativ daran, beäugte es von allen Seiten und biss dann vorsichtig hinein. Er kaute, ohne die Miene zu verziehen. Schließlich konnte er doch sein strahlendes Lächeln nicht mehr zurückhalten und stimmte zu.

»Also, dafür, dass das was ist – Clean Baking? – ist das wirklich lecker.«

Melina ließ ihren Atem entweichen. Erst jetzt bemerkte sie, dass sie die Luft angehalten hatte. Als hätte von seiner völlig unmaßgeblichen Meinung irgendetwas abgehangen. Sie schüttelte innerlich den Kopf über sich selbst. Sie nahm sich auch ein Gebäckteilchen und aß es in kleinen Stücken, um sich nicht zu verschlucken.

»Hat deine Oma etwa solche Kuchen gebacken?«, fragte Tarkan plötzlich unvermittelt und Melina stellte wieder fest, was Lara für ein unglaubliches Plappermaul war, denn woher sollte er sonst wissen, dass die meisten ihrer Rezepte von ihrer Großmutter inspiriert waren?

»Nein, eigentlich nicht«, erwiderte sie knapp. Versöhnlicher fügte sie hinzu: »Meine Großmutter hat im Prinzip sehr traditionell gebacken.« Weil immer noch alle an ihren Lippen hingen und keiner etwas sagte, ließ sie sich tatsächlich dazu bewegen, noch etwas Persönliches preiszugeben: »Aber als meine Omi Diabetes bekam, konnte sie viele ihrer Lieblingskuchen nicht mehr essen – und da hab ich halt angefangen, Alternativen für sie zu entwickeln.«

»Echt krass, wenn das bei euch alles so schmeckt, dann werde ich jedenfalls Stammgast im *Cookies*«, verkündete Tarkan und schob sich ungeniert auch den letzten Keks in den Mund.

»Das ist ja wohl selbstverständlich«, neckte Lara ihn und schmiegte sich dann wieder in seinen Arm.

Noch geschmeichelt von dem Kompliment lächelte auch Melina, obwohl sich ihr beim Anblick des turtelnden Pärchens auch gleichzeitig die Nackenhaare aufstellten.

»Wie dem auch sei«, sie rappelte sich von ihrem Kissen hoch, »es ist spät und ich muss morgen echt wieder früh raus.«

»Och, komm schon«, bettelte Lara, »ich denke, der Sommer ist vorbei und jetzt wird's vor Weihnachten ein bisschen entspannter im Kerzenhimmel?«

Melina blickte in die ratlosen Gesichter der Männer, fühlte sich allerdings nicht mehr dazu berufen, die beiden über diesen Insider aufzuklären. Stattdessen entgegnete sie an Lara gewandt: »Ist es Süße, aber nun hat mir Sabrina kurzfristig Halloween aufs Auge gedrückt …«

»Obwohl du gekündigt hast?«

Melina trat verlegen von einem Fuß auf den anderen. Das war jetzt ganz sicher nichts, was sie in großer Runde erörtern wollte.

»Hat sich noch nicht ergeben …«

»Aber das wolltest du doch längst gemacht haben!«

»Ja, wollte ich, aber wie gesagt, das ist nicht so einfach ...«

»Doch, ganz einfach. Geh hin und sag: Ich kündige zum Monatsende, danke und auf Wiedersehen im *Cookies*.« Ihre Freundin grinste sie bestens gelaunt an, ohne zu bemerken, dass Melina die Diskussion zunehmend peinlicher wurde.

»Ich hab ja noch fast zwei Wochen ...«

»Ich weiß, dass du das in der Probezeit auch auf die letzte Minute machen kannst, aber mal ehrlich, Melina, wir haben doch noch genug zu tun für den Laden. Da halst du dir jetzt auch noch völlig überflüssigerweise den Stress mit einem Halloweensortiment auf für eine Firma, in der du sowieso nicht mehr sein wirst. Das ist doch Blödsinn.«

Natürlich hatte Lara völlig recht, aber sie hier und jetzt damit quasi vorzuführen, war unfair. Doch während Tarkan noch an seinem letzten Cookie kaute, hatte Robin zu Boden gesehen, als würde er gar nicht zuhören. Trotzdem reichte es ihr jetzt.

»Ich mach das noch. Und euch jetzt noch einen schönen Abend. Gute Nacht.«

»Dann schlaf gut, du Spielverderberin«, rief Lara ihr ungebrochen gut gelaunt nach und auch von Tarkan kam noch ein „Gute Nacht".

Schon wieder musste sie verärgert ins Bett gehen.

## Hochstapeln erwünscht

Am nächsten Morgen fand Melina einen kleinen Zettel auf dem Frühstückstisch in einer Handschrift, die sie nicht kannte.

»Sahne auf das Baiser streichen und dann die Kiwi darauf. Guten Appetit – und ich will eine ehrliche Antwort, wie du sie findest. Robin«, las Melina halblaut und öffnete den Kühlschrank. Im obersten Fach standen alle Zutaten wie beschrieben in Reih und Glied. Normalerweise frühstückte sie nie, denn mit ihrem 16:8-Intervallfastenplan erlaubte sie sich morgens nur ihren Espresso. Doch die Neugier, was Robin da verzapft hatte, siegte. Sie nahm den Teller mit dem Baiserstück und wickelte die Klarsichtfolie ab. Dann löffelte sie wie beschrieben erst Sahne und dann das Kiwikompott darauf und schnupperte. Das Aroma war interessant und die Süße kitzelte ihren Gaumen. Sofort lief ihr das Wasser im Mund zusammen.

Wie um sich zu vergewissern, dass sie niemand dabei erwischte, nahm sie zunächst nur einen ganz kleinen Löffel voll und schob ihn sich schnell in den Mund. Augenblicklich explodierten ihre Geschmacksknospen und sie riss die Augen auf.

»Alter Schwede«, entfuhr es ihr. Sie hatte wirklich lange keinen raffinierten Zucker zu sich genommen, ebenso wenig wie Sahne. Aber die Kombination aus der satten Süße und den sauren Kiwis war einfach ein himmlischer Widerspruch. Sie seufzte und nahm einen weiteren Löffel. Natürlich war das Ganze insgesamt für sie viel zu süß, aber sie konnte sich dem Charme der Komposition nicht entziehen und das Baiser war Robin wirklich perfekt gelungen. Das musste sogar Melina neidlos anerkennen und sie hatte selbst genug Baiserversuche wegwerfen müssen.

Als sie ihren Dessertteller bis auf den letzten Krümel leer geschleckt hatte, räumte sie die verräterischen Beweise ihrer kleinen Zuckerorgie schnell in die Spülmaschine und machte sich Kaffee. Der war auf diesen Zuckerschock genau das Richtige. Beflügelt und ausnahmsweise mal wieder bestens gelaunt machte sie sich auf zur Arbeit.

Die Luft im Büro brannte und noch ehe Melina ihren Mantel ausgezogen hatte, hatte sie die allgemeine Anspannung angesteckt.

Irgendetwas war in der Produktion los und Sabrina rannte wie ein kopfloses Huhn durch das Großraumbüro, als Melina eintraf. Da sie vom Sommersortiment unbetroffen war, zumindest hatte sie keine direkte Produktverantwortung gehabt, sondern nur am Katalog mitgewirkt, setzte sie sich jetzt unauffällig an ihren Tisch. Aus sicherer Distanz schaute sie zu, wie Anuta, Severine und Mika um Sabrina kreisten wie wild gewordene Satelliten, zwischendurch an ihre jeweiligen Schreibtische stießen, um den Katalog zu holen oder schnell etwas am Rechner zu tippen, und dann wieder aufgeregt schnatternd in Sabrinas Orbit zurückkehrten. Erst als das freidrehende Viergestirn das Marketingbüro Richtung Konferenzraum verlassen hatte, kehrte etwas Ruhe ein, und Melina wagte es, sich bei Patty zu erkundigen, was denn eigentlich los war.

»Da ist irgendwas mit der Dekoration im Katalog schiefgelaufen. Jia hat heute ganz früh schon bestätigt, dass sie da improvisieren mussten.«

»O Gott«, entfuhr es Melina. Das war wirklich der Super-GAU. Wenn die Chinesen sich nicht an ihre Vorgaben hielten beziehungsweise leichtsinnigerweise aufgefordert wurden, selbst etwas Passendes zu ergänzen … Als Sabrina bei Chandelles angefangen hatte, war ihr die Pfui-Bah-Kiste vorgeführt worden: Lila Kerzen mit hellgrünen Schleifen, Dreierpacks Ostereier in Neonfarben … ja, wenn man China freie Hand ließ, setzten die zu kreativen Tiefflügen an – zumindest für den europäischen Geschmack. Sie erschauerte und zog sich an ihren Schreibtisch zurück. Gut, dass sie das nicht betraf … dann fiel ihr wieder ihr Briefing für die Muster ein und sie rief die Datei rasch noch einmal am Rechner auf. Nachdem sie mit ihrer Überprüfung fertig war und auch von Jia eine Antwort im Mailpostfach vorfand, dass sie die Muster noch dieses Jahr schicken würden, lehnte sie sich beruhigt zurück. Ein Glück war Halloween ein wirklich kleines Sortiment mit nur sehr wenig Raum für kreative Fehltritte. Denn was konnte zwischen Schwarz und Orange schon schiefgehen …

Ihr Handy klingelte. Schuldbewusst blickte sie in die Runde und fischte es schnell aus ihrer Tasche.

»Ja, hallo?«, flüsterte sie, während sie sich beeilte, für dieses Privatgespräch auf den Flur zu kommen.

»Moin, hier ist Hein, von Tüddel und Büddel. Ich wollt mal hören, wann ihr Mädchen nun wegen der Stühle kommt. Ich erwarte eine neue Lieferung heute Nachmittag und da müssen die Stühle raus sein. Ich brauch jetzt echt den Platz.«

So sehr Melina das Hamburger Platt vom Inhaber des Secondhand-Großhandels für Gastronomie und Ladenbau am Hafen liebte, waren das jetzt nicht die Art von Neuigkeiten, die sie brauchte.

»O nein, echt heute?«

»Jo«, bestätigte er fest. »Mien Deern, ich hab dir schon einen Gefallen getan, dass ich sie aus dem Lot genommen hab, aber ja, bis 17 Uhr müssen die vom Hof sein, sonst geb ich sie doch dem Käufer dazu, der die anderen einhundert genommen hat. Der hatte da echt ein Auge drauf geworfen.«

»Jaja, ich weiß«, unterbrach Melina ihn, »ich weiß, Hein, und ich bin dir echt dankbar. Ich muss nur schnell einen Wagen organisieren und dann legen wir los. Versprochen, bis 17 Uhr sind die Dinger weg.«

»Und keine Minute später …«

»Nein, nein, Hein, alles gut, ich mach das …«

»Denn is ja goot.«

»Ja, gut, genau, danke noch mal …«

Er hatte schon aufgelegt. Melina fuhr sich durch die Haare. Was sollte sie denn jetzt bitte machen? Sie wählte Laras Nummer, doch nach dem fünften Klingeln sprang die Mailbox an. Melina versuchte es ein zweites Mal, landete allerdings wieder auf dem Anrufbeantworter. Also hinterließ sie ihrer Freundin eine Nachricht und schickte ihr zusätzlich eine über den Messenger. Sie gestattete sich, gegen die Wand zu sinken, und mit einem Blick nach links und rechts und der Gewissheit, dass sie allein war, ließ sie den Kopf hängen.

Nicht zum ersten Mal beschlich sie das Gefühl, dass sie sich vielleicht doch übernommen hatte mit der Erfüllung ihres Kindheitstraums. Und gefühlt blieb auch gerade irgendwie alles an ihr hängen. Ja, Lara hatte den Laden gefunden und ihre Eltern gebeten, zu bürgen, und sich um den Vertrag und so gekümmert. Aber Melina war noch nicht einmal sicher, ob die Kaution eigentlich schon überwiesen war, und sie musste auch dringend noch mal mit ihr die Finanzen durchgehen, denn obwohl sie viele Dinge für das Mobiliar gebraucht gekauft hatten, zog ihre Barreserve gerade ziemlich die Füße ein. Vielleicht könnten ihre Eltern ihr auch einen kleinen Kredit geben …

Müde rieb sie sich über die Augen. Eigentlich müsste alles passen, denn die Berechnungen hatte sie mit einem Gründungsberater zusammen gemacht. Aber die vielen Kleinigkeiten, die jetzt auf die letzte Minute zu regeln waren, machten sie nervöser, je näher sie ihrem Ziel kam.

In der Vertriebsabteilung am Flurende wurde es unruhig und Melina wandte sich ab Richtung Marketing. Mit hängenden Schultern schlich sie zurück zu ihrem Platz.

Sie hatte sich noch nicht richtig hingesetzt, als ihr Smartphone erneut klingelte. Wieder zuckte sie zusammen und schickte entschuldigende Blicke an die Kolleginnen um sie herum. Die Nummer auf dem Display kannte sie nicht.

»Hallo?«, flüsterte sie atemlos, während sie wieder in den Flur rannte.

»Cookie?«

»Ja«, antwortete sie verdutzt.

»Robin.« Erst jetzt erkannte sie auch die Stimme und sofort lief es ihr heiß und kalt über den Rücken. Ihre Knie wurden weich und sie stützte sich einen Moment mit einer Hand an der Wand ab.

»Was willst du denn? Und woher hast du meine Nummer?«, fragte sie überrascht und bereute im gleichen Atemzug, dass sie so gestresst und abweisend klang.

Unbeeindruckt entgegnete er: »Ich soll da fünfzig Stühle irgendwo abholen.«

»Wie bitte? Wieso du?«

»Lara hat Tarkan angerufen und der mich. Er hat einen Wagen, ich hab Zeit und du brauchst Hilfe beim Stühletransportieren, oder hab ich da was missverstanden?«

Melina stand vor Aufregung immer noch auf der Leitung. »Aber wie sollen wir denn mit seinem Cabrio …«

Schallendes Gelächter am anderen Ende unterbrach sie. Sie verstummte und versuchte, ihre Gedanken zu sortieren.

»Cookie, er hat natürlich einen Transporter von seinem Vater geliehen. Sag einfach, wann wir wo sein sollen und dann holen wir deine Stühle ab.«

Sie überlegte immer noch fieberhaft. Auf keinen Fall wollte sie, dass die Männer das alleine machten. Schon schlimm genug, wenn Lara es mal wieder geschafft hatte, sich sehr elegant aus der Affäre zu stehlen, wenn es ums Anpacken ging, aber sie würde das nicht tun. Sie nahm kurz das Handy vom Ohr und warf einen Blick auf die Uhr.

»Wenn ihr mich hier um 16 Uhr abholen würdet, dann wären wir in dreißig Minuten am Hafen und könnten die Stühle bei Hein einladen … und dann muss ich mal sehen, wohin damit.«

»Na, die kann man doch bestimmt stapeln. Dann stellt ihr sie halt erst mal bei euch in die Wohnung.«

»Fünfzig Bistrostühle?«, fragte sie skeptisch.

»Ach, das passt schon«, wischte Robin ihren Einwand weg, »also, wo sollen wir dich abholen?«

Melina gab ihm die Adresse und instruierte ihn, im Wendehammer vor dem Haupteingang zu warten und auf keinen Fall mit einem Lkw auf den Besucherparkplatz zu fahren. Sie würde die Männer dann am Tor erwarten.

»Gebongt, dann bis 16 Uhr.«

Melina zögerte. »Ähm, Robin …«

»Ja?«

»Danke.«

»Kein Ding, aber sag mal, wie war die Pavlova? Hammer, oder?« Seine Begeisterung in diesem Fall war ansteckend.

»Ja, das war sie«, gab sie unumwunden zu, konnte sich jedoch eine kleine Spitze nicht verkneifen, »nur ein bisschen süß.«

Robin lachte sein wundervolles Lachen und auch Melina schmunzelte.

»Cookie, mir machst du nichts vor. Du bist der Pavlova verfallen.«

»Das werde ich nicht kommentieren, reicht ja, wenn du derart von deinen Fähigkeiten überzeugt bist«, gab sie zurück und lachte ebenfalls. Dann sah sie aus dem Augenwinkel Sabrina und ihre Entourage auf sich zukommen.

Rasch wandte sie sich mit dem Telefon ab und flüsterte: »Ich muss Schluss machen, wir sehen uns nachher am Tor.« Ihr Herz machte einen kleinen Hüpfer bei der Aussicht.

Um fünf vor vier schlich sie mit eingezogenem Kopf aus dem Büro, nicht ohne sich im Vorbeigehen einen Kommentar aus dem Off zu fangen, dass sie wohl neuerdings nur noch Teilzeit arbeiten würde. Melina verkniff sich eine Entgegnung und beeilte sich, am Verwaltungsgebäude entlang Richtung Hauptausgang zu laufen.

Es war schon wieder richtig dunkel. Ein kalter Wind pfiff um die Hausecken und durch die nur wenig befahrenen Straßen des Industriegebietes. Ausnahmsweise war Melina froh, ihren langen Mantel anzuhaben, der ihr bis zur Wade reichte und so wenigstens etwas Schutz vor der Kälte bot. Die Arme eng um sich geschlungen, eilte sie weiter.

Hinter dem Tor stand rechter Hand ein 3,5-Tonner mit Warnblinker. Beim Näherkommen erkannte Melina auf der weißen Plane das Bild eines großen Obst- und Gemüsekorbs und darüber den Firmenschriftzug Özir Supermarkt. Der Wagen hatte eindeutig schon einige Jahre auf dem Buckel und bessere Tage gesehen. Selbst in der Dunkelheit konnte sie im Schein der Straßenlaterne erkennen, dass die Plane an den Rändern schmutzig war und an vielen Stellen gerissen. Auch der Aufdruck hätte eine Auffrischung gebraucht. Aber das Fahrzeug war riesig und bot reichlich Platz für ihre paar Stühle.

Die Beifahrertür wurde aufgestoßen und jemand sprang aus der Fahrerkabine. Es war Robin, der wieder seine dicke Flanelljacke und die Wollmütze trug, die Melina schon auf dem Hauptbahnhof gesehen hatte. Sie winkte ihm im Näherkommen zu und beschleunigte ihre Schritte noch einmal. Er grinste sie an und blies sich dabei in die Hände.

»Nur keine Hektik, junge Frau, wir frieren uns hier nur gleich was ab.«

Sie warf ihm einen Blick zu, aus dem so offensichtlich das schlechte Gewissen sprach, dass er seine Worte selbst mit einem Lachen wieder entwaffnete.

»Nun guck nicht so und steig schon ein, wir sind auch gerade erst gekommen.«

Melina knuffte ihn im Vorbeigehen und kletterte in die warme Fahrerkabine. Tarkan saß am Steuer und grinste sie an.

»Da bist du ja schon. Dann kann's ja losgehen. Operation Stühle ist gestartet.«

Auch Robin war wieder in die Fahrerkabine geklettert und es ließ sich nicht vermeiden, dass sie etwas gedrängt auf der Doppelsitzbank der Beifahrerseite saßen. Melina wurde viel wärmer, als es durch die emsig pustende Heizung des Wagens gerechtfertigt gewesen wäre. Sie schnallte sich an, öffnete dann die oberen Knöpfe ihres Mantels und lockerte ihren Schal. Dabei rempelte sie immer wieder Robin an.

»Tut mir leid«, murmelte sie und war froh, dass ihre ohnehin von der Kälte brennenden Wangen nicht noch heißer werden konnten.

»Schon gut.« Er sah sie an und lächelte.

»Und, wo müssen wir hin?«, unterbrach Tarkan.

»Ach ja, warte …« Melina kramte ihr Smartphone aus der Tasche und suchte ihre Karten-App, in der sie bereits die Route eingegeben hatte. Sie drückte auf Start und hielt das Handy so, dass Tarkan es mühelos als Navigationsgerät während der Fahrt benutzen konnte. Sie fuhren los. Überall in der Stadt war ziemlich viel Verkehr. Zwischen den frühen

Feierabendmachern, den Schon-mal-Weihnachtsshoppern und den Glühweinanbetern waren die Straßen und Bürgersteige voll.

Eigentlich liebte Melina diese Jahreszeit und sie sog begierig all die Eindrücke der Dekorationen der Schaufenster und des Lichterschmucks der Fassaden in sich auf. Sofort flammten Erinnerungen an ihre Kindheit auf. In der Adventszeit hatte es bei ihrer Großmutter jeden Tag anders gut gerochen.

Ihr Magen und Herz zogen sich bei dem Gedanken zusammen. Es würde das zweite Weihnachten ohne sie werden. Eigentlich das erste, korrigierte Melina sich selbst, denn von den letzten Feiertagen hatte sie so überhaupt nichts mitbekommen, nachdem ihre Omi im November gestorben war. Es war alles so schnell und so überraschend gewesen, aber der tödliche Herzinfarkt hatte sich nicht angekündigt. Vielleicht war es gut so gewesen und sie hatte nicht gelitten.

Melina und der Familie hatte die Plötzlichkeit des Endes jedoch keinen Raum für Abschied gelassen und Melina hatte lange gebraucht, um mit ihrer Trauer umgehen zu können. Noch immer gab es Tage und Momente, in denen ihr unerwartet die Tränen in die Augen schossen bei einem bestimmten Geruch oder einer Erinnerung. Auch jetzt, eingequetscht zwischen den beiden großen Männern, wischte sie sich unauffällig über die Augen und dann eine Strähne ihres langen braunen Haares hinter das Ohr. Ihre Omi wäre so stolz gewesen, dass Melina ihrem Traum folgte. Und dieser Gedanke gab ihr Mut.

Viel später als geplant erreichten sie erst um kurz vor 17 Uhr den Speicher, in dem Hein seinen Handelsplatz hatte. Sie hatten auf dem Weg noch schnell in zweiter Reihe mit Warnblinker vor einer Bank halten müssen, um Bargeld zu holen. Glücklicherweise war wenigstens der Parkplatz in der Ladezone direkt an der Rampe frei und Melina war beeindruckt und positiv überrascht, wie geschickt Tarkan das riesige Gefährt manövrierte.

Sie stieg aus und rannte die Stufen zum Eingang hinauf. Noch im Türrahmen prallte sie mit dem stämmigen Hein zusammen, der wie immer in einem dunkelblauen Fischerpullover steckte und seine Kapitänsmütze trug. Melina brannte auch bei der heutigen Begegnung zwangsweise die Frage auf der Zunge, ob das alles authentisch war oder zum geschickten Marketing des Händlers gehörte. Sein Dialekt war jedenfalls echt.

»Du kummst laat.«

Melina musste kein Plattdeutsch können, um zu wissen, dass sie spät dran war.

»Alles gut, Hein, ich hab zwei Männer dabei, wir sind hier im Nullkommanichts raus, versprochen.«

Seine Stirn war zerfurcht, doch die Falten um seine hellen Augen vertieften sich etwas, als er Melina ein schiefes Lächeln zuwarf.

»Denn man tau.«

Die Männer waren hinter ihr auf der Rampe aufgetaucht und er gab den dreien ein Zeichen, ihm zu folgen.

Wie immer war das Lager ein buntes Sammelsurium an Dingen, die man sonst vielleicht in Restaurants und Cafés finden würde, die im Schabby-Chic eingerichtet waren.

Melina hatte heute keine Augen dafür. Wo sie bei vorangegangenen Besuchen gern gestöbert hatte, war sie heute voll fokussiert. Sie folgten Hein in den hinteren Teil, wo ihre Stühle immer schon zu viert übereinandergestapelt standen. Unwillkürlich zuckte Melina zusammen, als sie die Menge sah. Hier im Lager wirkte der Haufen noch eher verloren und auch im Lkw wäre dafür reichlich Platz, aber in ihrer Wohnung …

»O Gott, sind das viele.«

»Fuffzig Stück.«

»Jaja, natürlich«, sagte sie schnell an Hein gewandt und schluckte. Plötzlich war sie wirklich froh, die beiden Männer dabeizuhaben. Denn sie war zwar einigermaßen sportlich mit ihren 1,68 m, aber als stark hatte sie noch niemand irrtümlich bezeichnet.

»Ihr könnt die Sackkarre benutzen«, sagte Hein wieder in verständlichem Hochdeutsch. Noch einmal drängte sich Melina die Frage nach der Echtheit seines Auftrittes auf. Doch im Moment hatte sie andere Sorgen.

»Und beeilt euch«, fügte er hinzu, während er auf das Ziffernblatt seiner Armbanduhr tippte.

»Fünf Minuten«, versprach Melina und schnappte sich die Karre. Allein das Ding wog irgendwie eine Tonne.

Hein entfernte sich und Robin trat neben sie.

»Lass mich das mal lieber machen.« In ihr rangen sofort Engelchen und Teufelchen miteinander. Natürlich hatte er recht, dass er das Ding mit seinem Körperbau besser würde bewältigen können, jedoch stand Melina so gar nicht drauf, wenn man ihr Dinge aus der Hand nahm. Stur die Griffe umklammernd blitzte sie ihn an.

»Ich schaff das schon.«

Mit gehobenen Händen trat er einen Schritt zurück.

Tarkan hatte den Austausch beobachtet und schüttelte den Kopf.

»Na dann los.« Er ergriff einen Stapel mit vier Stühlen, balancierte das Gebilde gegen seine Schulter aus und marschierte damit los Richtung Eingang. Robin tat es ihm gleich und zwinkerte Melina im Vorbeigehen zu.

Sie schob daraufhin entschlossen die Ärmel ihres Mantels hoch, zog das Haargummi, das sie so gut wie immer ums Handgelenk trug, ab und band ihre Haare im Nacken zu einem Pferdeschwanz zusammen. Wie die meisten Frauen mit langem Haar hatte sie eigentlich in allen Jacken- und Manteltaschen irgendwo Haargummis herumfliegen. Sie wollte den ihr am nächsten stehenden Stapel von vier Stühlen zu sich heranholen und auf die Bodenplatte der Sackkarre ziehen, doch bewegte sich das Gebilde nicht einen Millimeter. Sie runzelte die Stirn und nahm beide Hände. Nun rutschte der Stapel zwar, aber auch nur, wenn sie ihr gesamtes Gewicht dafür einsetzte. Damit war es unmöglich, gleichzeitig die Sackkarre dagegenzuhalten.

Tarkan und Robin kamen scherzend zurück und warfen ihr einen Blick im Vorbeigehen zu, ehe jeder einen weiteren Stapel mit je vier Stühlen gegriffen hatte.

»Brauchst du Hilfe?«, fragte Tarkan, doch Melina schüttelte nur verbissen den Kopf.

Sie ging um die Sackkarre herum und schob sie mit dem Bodenblech an die hinteren Stuhlbeine ihres Stapels heran. Dann lehnte sie sich über die Griffe hinweg so weit wie möglich vor, um den Stapel von ihr weg auf die

Vorderbeine zu kippen. Das Manöver gelang und sie konnte mit ihrem ganzen Körper die Sackkarre unter die Hinterbeine schieben. Schweiß brach ihr aus allen Poren, nicht nur wegen der Anstrengung, sondern vor allem, weil die Männer schon wieder zurück waren, ehe sie sich mit ihrem ersten Stapel in Bewegung gesetzt hatte. Mit Schwung wuchtete sie die schwere Sackkarre auf die Rollen und balancierte das Gewicht der Stühle aus. Dann machte sie sich auf den Weg zum Eingang. Robin und Tarkan waren mit ihrem jeweils dritten Stapel ebenfalls unterwegs. Melina drängte sich der Gedanke auf, dass es vielleicht einfacher gewesen wäre, die Stühle einfach einzeln zu tragen, statt sich mit diesem schweren Monstrum herumzuquälen. Doch die Blöße, es jetzt wieder abzustellen, mochte sie sich nun auch nicht geben.

An der Ladefläche angekommen erkannte Melina, wie hoffnungslos überdimensioniert der Wagen für ihre paar Stühle war. Die vier bereits verstauten Stapel standen in einer ordentlichen Reihe hinter der Fahrerkabine. Melina stellte ihren Stapel dazu. Er stand etwas zu weit von der Wand weg. Sie wuchtete also die Karre aus dem Weg und begann den Stuhlstapel zu schieben. Mittlerweile war ihr heiß und sie musste sich den Schweiß von der Stirn wischen.

»Lass mal, wir machen das schon«, sagte Tarkan noch einmal und legte ihr freundlich die Hand auf die Schulter. Doch eher wäre die Hölle eingefroren, als dass sie hier jetzt auf schwaches Weibchen gemacht hätte. Sie war schließlich eine erwachsene Frau und demnächst hatte sie ihren eigenen Laden. Da würde sie ja wohl mit so einer lausigen Sackkarre fertig werden und ein paar sperrigen Stühlen.

Sie schüttelte eine Strähne aus ihrem Gesicht, lockerte ihren Schal und öffnete entschlossen den Mantel. Nachdem sie ihn ausgezogen hatte, warf sie beides am Eingang achtlos über das Geländer, das verhinderte, dass jemand seitlich von der Ladeplattform fiel.

»Ich mach das schon«, sagte sie mit erhobenem Haupt und schob ihre schwere Sackkarre, die auch ohne Beladung, mindestens einen halben Zentner wog, an ihm vorbei.

Tarkan warf Robin einen hilfesuchenden Blick zu, doch der zuckte nur mit einem amüsierten Grinsen die Schultern. Mit finsterer Entschlossenheit fuhr Melina an den nächsten Stuhlstapel. Die Jungs griffen sich Haufen neun und zehn und damit waren sie auch schon quasi durch. Melina ärgerte sich über sich selbst, ihre Sturheit, ihre Schwäche und alles zusammen, doch sie konnte einfach nicht aus ihrer Haut. Also wiederholte sie das Manöver wie beim ersten Mal, kippte erst den Stuhlstapel an, fuhr dann mit der Sackkarre darunter und wollte alles mit Schwung zu sich ziehen.

Ob es der Frust war oder die Anspannung oder etwas, was sie unter der Sohle gehabt hatte – sie zog jedenfalls mit zu viel Schwung und rutschte gleichzeitig mit ihrem linken Fuß nach vorn weg. Das Ergebnis war, dass sie nach hinten zu Boden stürzte und von der Sackkarre und ihren vier Stühlen begraben wurde. Ihr spitzer Schrei hatte nicht nur die Männer auf dem Absatz kehrtmachen lassen, sondern auch Hein steckte den Kopf hinter einem Regal hervor und kam dann mit gerunzelter Stirn näher.

Robin war als Erster bei ihr. Mit besorgtem Blick grub er sie unter den Stühlen aus und begann, sie von oben bis unten zu untersuchen.

»Bist du okay, hast du dir was getan?«

Melina ahnte, dass falls sie nicht ohnehin schon feuerrot gewesen war, sie es wohl spätestens jetzt wäre.

»Jaja«, machte sie und schob seine Hände weg, unter deren sanften Berührungen es sie nur am ganzen Körper angefangen hatte zu kribbeln. »Nichts passiert.« Sie versuchte aufzustehen und fiel mit einem kleinen Aufschrei zurück. Ihr linker Knöchel hatte wie unter dem Schlag eines Hammers aufgegeben und war einfach weggeknickt.

Robin folgte ihrem Blick und legte seine Hand vorsichtig gegen ihren Fuß. Beim kleinsten Druck stöhnte Melina sofort wieder unter Schmerzen auf.

»Der Knöchel«, konstatierte er, »mit Glück nur verstaucht, mit Pech ein Bänderriss.«

»Ach, bist du jetzt auch noch Arzt, oder was?«, zischte Melina und es tat ihr im gleichen Moment leid. Er konnte ja nichts dafür und meinte es sicher gut. Aber gut gemeint war das Gegenteil von gut gemacht und diese Pseudodiagnose half ihr gerade so gar nicht. Außerdem ärgerte sie sich unendlich über sich selbst und ihren Dickschädel und …

»… musst damit auf jeden Fall sofort zum Arzt«, hörte sie Tarkan sagen und gleichzeitig wurde Hein ganz unruhig.

»Aber das ist nicht meine Schuld. Denn hier ist alles top in Ordnung … und außerdem müsst ihr jetzt endlich den Platz an der Laderampe frei machen …«

Auf einmal war so gar nichts mehr von seiner nordischen Gelassenheit übrig.

Melina biss die Zähne zusammen und kam, Robins Hand ausschlagend, auf die Füße. Sie konnte den linken nicht belasten und hüpfte auf dem rechten herum, bis Tarkan reagierte und ihr einfach einen der umgefallenen Stühle aufstellte und unter den Po schob.

»Danke«, presste sie zwischen zusammengebissenen Zähnen hervor. Wie peinlich war das bitte. Entwürdigend. Überhaupt nicht die Frau Geschäftsführerin, die sie eigentlich sein wollte. Am liebsten hätte sie sich auf der Stelle in ihrem Bett unter der Decke versteckt und geheult. Und dabei wusste sie noch nicht einmal, was gerade verletzter war, ihr Stolz oder ihr Knöchel.

Auf jeden Fall kämpfte sie mit den Tränen und konnte keinen klaren Gedanken mehr fassen.

»Okay, kein Thema«, übernahm Robin, die Ruhe in Person. Mit einer natürlichen Autorität, die sie so noch nicht an ihm wahrgenommen hatte, legte er Hein die Hand auf die Schulter. »Wir packen jetzt schnell die Stühle ein und dann ziehen wir los. Machen Sie doch schon mal die Rechnung fertig. Und da die junge Frau ja eindeutig hier gestürzt ist und wir doch keinen Ärger machen oder den Betrieb unnötig aufhalten wollen, wie wäre es, wenn sie ihr einen netten kleinen Rabatt einräumen würden?«

Heins Mund war auf- und wieder zugeklappt. Dann schnaubte er und ergriff Robins zweite, dargebotene Hand.

»Fünf Minuten«, brummelte er gar nicht mehr freundlich und als Robin seine Hand nicht losließ fügte er hinzu: »Ich geb dir zehn … okay, fünfzehn Prozent. Aber das ist mein letztes Wort und dann will ich euch hier nicht mehr sehen.«

Er eilte in Richtung des Büros davon. Robin zwinkerte Melina zu, die immer noch wie ein Häufchen Elend auf dem Stuhl hockte und nun wegen der Kälte und des Schocks auch noch anfing zu zittern wie Espenlaub.

Zu Tarkan gewandt sagte Robin: »Du hast den Mann gehört, packen wir's.« Die Männer sammelten die verstreuten Stühle ein, schnappten sich die nächsten Stapel und verschwanden zum Wagen. Auf dem Rückweg brachte Robin Melina ihren Schal und Mantel mit, in die sie sich dankbar einhüllte. Dann brachten sie die letzten Stühle in den Wagen.

Robin kam allein zurück.

»Tarkan zurrt das kurz fest, dann können wir fahren. Kannst du auftreten?« Melina versuchte aufzustehen, konnte den Fuß aber noch immer nicht belasten. Niedergeschlagen schüttelte sie den Kopf. Ihre tapfere Fassade bröckelte.

»Nein«, gab sie zu.

»Kein Problem.« Bevor sie sich wehren konnte, kniete er wie ein Ritter auf einem Knie nieder, schob einen Arm unter ihre Kniekehlen und den anderen hinter ihren Rücken und hob sie hoch, als wöge sie gar nichts.

»Nicht doch, ich schaff das schon … ich bin doch viel zu schwer.«

Er lachte sein warmes Lachen. Sein trotz der Jahreszeit leicht gebräuntes Gesicht war jetzt so dicht vor ihrem, dass sie erkennen konnte, dass die tiefblauen Iriden seiner Augen einen dunkelgrauen Ring hatten. Wie ein felsengesäumter Bergsee … Sie hätte sich hineinstürzen können … und wusste plötzlich nicht mehr, wo sie hinsehen sollte.

»Keine Sorge, du Fliegengewicht.« Er griff sich auch noch den Stuhl und weil er sich dafür leicht vorgebeugt hatte, hatte sie ihm reflexartig die Arme um den Hals geworfen. Wieder strömte ihr dieser süße Duft nach Sonne und Meer durch die Nase, der so gar nicht in die

Vorweihnachtszeit passen wollte und trotz seiner Herbheit das süßeste wahr, was sie seit Ewigkeiten gerochen hatte. Ihre Augen begegneten sich. Jetzt fühlte sich Melina tatsächlich leicht wie eine Feder.

»Wir sollten los, denn jetzt fängt's zu allem Überfluss auch noch an zu schneien«, verkündete Tarkan im Näherkommen. Er guckte die beiden grinsend an und offerierte dann: »Kann ich dir was abnehmen?«

Robin drückte ihm im Vorbeigehen den Stuhl in den Arm und trug Melina dann zum Lastwagen. Er half ihr, auf einem Bein die Stufe zur Fahrerkabine hochzuhüpfen und sich richtig hinzusetzen.

»O Gott, ich hab vergessen, Hein zu bezahlen«, fiel ihr siedend heiß ein.

»Kein Problem, ich mach das.«

Robin hielt ihr die offene Hand hin. Melina zögerte und kramte dann ihr Portemonnaie aus der Umhängetasche.

»Vereinbart waren 450 Euro«, sagte sie und zählte ihm 500 Euro in bar in die Hand. Robin nahm das Geld und schenkte ihr ein kleines Lächeln.

»Ich mach das schon.«

Sie hörte, wie die Ladefläche hinter sich geschlossen wurde und wenig später schwang sich Tarkan auf den Fahrersitz. Er warf den Laster an und rollte schon mal ein paar Meter von der Laderampe weg.

Ein ankommender Lastwagen fuhr an ihm vorbei auf das Gelände. Tarkan ließ den Wagen bis zum Eingang weiterrollen und wartete dann mit laufendem Motor. Melina, der immer noch kalt war, schob bibbernd ihre Hände ineinander.

Die Beifahrertür wurde geöffnet und Robin schwang sich geschmeidig hinein.

»Hier«, sagte er und gab ihr zwei 100-€-Scheine zurück.

»Wie hast du …?«

Er schüttelte nur leicht den Kopf.

»Der Preis war Bullshit.«

Melina runzelte die Stirn. Wenn ihr nicht gerade so kalt gewesen wäre, dass sie kaum sprechen konnte, ohne mit den Zähnen zu klappern und ihr außerdem der Fuß so höllisch wehgetan hätte, hätte sie das sicher mit ihm ausdiskutieren wollen. So ließ sie sich einfach nur in den Sitz zurücksinken, stopfte das Geld in die Tasche und murmelte: »Danke.«

»Passt schon.«

Er hatte sich weggedreht und sah jetzt einfach aus dem Seitenfenster, ohne sie weiter zu beachten. Melina sah verwundert zu ihm hoch. Ihr war nicht entgangen, dass sie schon wieder eine gewisse Distanz spürte. Was war denn das bloß mit dem Typ? Vorhin hatte er doch wieder eindeutig mit ihr geflirtet, oder nicht? Und mit welcher Leichtigkeit er sie auf den Arm genommen hatte … oder litt sie schon an weihnachtsbedingter, romantischer Verwirrung? Nicht, dass sie ihrer Männerkenntnis besonders weit traute, nicht nach ihrem letzten Reinfall, aber so schief konnte sie doch nun auch wieder nicht gewickelt sein. Grimmig schob auch sie ihre Fäuste tiefer in die Taschen und starrte ebenfalls vor sich hin. Egal, sollte er machen, was er wollte, sie hatte jetzt eh keinen Kopf für Männerkram. Sie hatte ein Café einzurichten. Aber zunächst musste sie schnell etwas wegen ihres Fußes unternehmen.

In der Wohnung wurden sie von Lara empfangen, die die Männer mit den Stühlen einfach machen ließ und Melina erst mal auf die Couch half. Mit einer Packung Tiefkühlwintergemüse auf dem Bein und einem heißen Tee in der Hand fühlte Letztere sich immer noch maximal nutzlos, aber wenigstens schon etwas besser.

Lara versprach den beiden Männern ein Essen als Dankeschön und war dann überraschenderweise sensibel genug, beide für heute nach Hause zu schicken. Melina kuschelte sich dankbar in ihre Wolldecke und schlief dort erschöpft ein.

# JETZT KOMMT'S DICK

Der Mittwoch war einer der schlimmsten Tage, die Melina seit Langem erlebt hatte.

Sie wachte um kurz nach 7 Uhr auf dem Sofa auf und obwohl es noch stockfinster war und die Straßenlaternen durch das Fenster leuchteten, wusste sie sofort, dass sie verschlafen hatte. Wie elektrisiert schoss sie in die Höhe und sah sich um. Ihre linke Socke und ihr Hosenbein waren durchweicht und auf dem Boden lag der Rest des aufgetauten Tiefkühlgemüses. Richtig, ihr Knöchel.

Vorsichtig zog sie die Decke weg und das feuchte Hosenbein so weit wie möglich hoch. Es brauchte keinen großen Sachverstand, um auch durch den Strumpf zu erkennen, dass der Knöchel ziemlich angeschwollen war.

Behutsam schob sie das Bein über die Kante der Sitzfläche und setzte den Fuß probehalber neben dem anderen am Boden ab.

Schon sein Eigengewicht in dieser veränderten Position schoss schmerzhafte Blitze durch ihre Nervenenden.

Melina zuckte zusammen und biss sich auf die Zunge, um nicht laut aufzuschreien. Sie überlegte, ob die Situation es rechtfertigte, Lara früher zu wecken. Die war ein echter Morgenmuffel und wäre sicher wenig begeistert. Melina entschied sich dagegen. Sie würde das auch allein schon irgendwie schaffen.

Quasi ohne den linken Fuß den Boden berühren zu lassen, glitt sie auf den Boden. Auf allen vieren krabbelte sie anschließend ins Badezimmer hinüber. Bereits im Flur waren ihr zwei Stuhlstapel begegnet.

»O Gott, die Stühle …« Noch etwas, worum sie sich kümmern musste. Aber nicht jetzt. Ihre Blase platzte fast und das war eindeutig das Dringendste – und dann musste sie sich so schnell wie möglich fertig machen, um in die Firma zu kommen. Sabrina würde einen Herzinfarkt bekommen, wenn sie heute nicht käme.

Als sie endlich auf der Toilette saß, gestattete sie sich, kurz den Kopf hängen zu lassen.

»Wenn ich bloß schon gekündigt hätte …«, flüsterte sie leise. Hatte sie aber nicht und es half nichts, sie musste da hin und Halloween fertig vorbereiten. Denn nein, mitten im Projekt die Kolleginnen hängen zu lassen, war das Letzte, was sie wollte.

Jetzt, da ihr Fuß nicht mehr hochgelegt war, begann es in ihrem Knöchel sofort zu pulsieren. Sie spülte und blieb trotzdem auf dem Rand der Toilettenschüssel sitzen, um sich auszuziehen. Jede noch so kleine Bewegung sandte stechende Schmerzen in das lädierte Gelenk. Unter dem Strumpf kamen eine hübsche Schwellung und ein satter dunkelblauer Bluterguss zum Vorschein.

Melina biss die Zähne zusammen und hüpfte auf dem guten Bein zum Waschbecken. Sie wusch sich rasch, putzte die Zähne und bürstete ihr Haar. Wie gern hätte sie nach der Anstrengung von gestern geduscht, doch das fehlte noch, dass sie dafür mit diesem Fuß in die Badewanne rein- und wieder rausklettern müsste. Sie krabbelte also nackt hinüber in ihr Zimmer, um sich anzuziehen und prallte zurück, als sie auf einen Wald aus Stuhlbeinen stieß.

»O nein.« Melina setzte sich hin und ließ das ganze Ausmaß des Chaos auf sich wirken.

Die Männer hatten es geschafft, ihr ganzes Zimmer mit Stuhlstapeln vollzustellen.

»O bitte«, stieß sie verzweifelt aus, zog sich am Türpfosten hoch und kam auf ihren rechten Fuß. Sie schob und drückte sich zwischen den Stühlen durch und es gelang ihr, die Türen ihres Kleiderschrankes so weit zu öffnen, dass sie wenigstens blind das Nötigste greifen konnte. Zum Glück war sie kein Modefetischist und die meisten ihrer Sachen passten sowieso irgendwie zusammen. Trotzdem hatte sie eigentlich nicht vorgehabt, in einem Sweatshirt in die Firma zu gehen. In ihrem aktuellen Zustand erschien ihr das jedoch absolut nebensächlich.

Sie wand sich wieder aus dem Stuhlgewirr und zog sich im Flur so rasch es ging an. Dass sie nicht ihre hohen Stiefel würde tragen können, stand außer Frage. Viel zu eng. Sie fand ihre Stiefel von Hugg und schlüpfte erleichtert hinein. Nicht nur hatte sie in dem weit geschnittenen Schaft keinen Ärger mit der Schwellung, sondern der weiche und plüschige Stiefel würde ihr auch helfen, warm zu bleiben.

Melina warf einen sehnsüchtigen Blick Richtung Küche, doch für Kaffee war keine Zeit mehr. Sie wollte nach ihrer Winterjacke greifen, doch die war immer noch voller eingetrockneter Pizza- und Colaflecken. Der Gedanke an Robin jagte ihr einen Schauer über den Rücken. Wie süß er gewesen war … und dann wieder so abweisend … Sie wurde einfach nicht schlau aus ihm. Aber was wusste sie auch schon über ihn? Gar nichts, musste sie sich eingestehen – und auch das hatte jetzt gar keine Priorität. Verärgert griff sie nach ihrem Mantel und dem Schal und schnappte sich im Raushüpfen ihre Tasche.

Dass sie es überhaupt in die Firma geschafft hatte, grenzte an ein absolutes Wunder. Und auch wenn keine der Kolleginnen mehr als eine gelüftete Augenbraue für ihren Zustand gehabt hatte, hatte Melina sich doch gestattet, sich einen weiteren Stuhl zu organisieren, auf dem sie ihren Fuß neben dem Schreibtisch hochlegen konnte. So pulsierte er wenigstens etwas weniger und der Druck verschwand auch. Sie traute sich allerdings nicht, den Stiefel auszuziehen, aus Angst, dass der Fuß noch mehr anschwellen würde.

Sabrina hatte ihren Zustand … gesehen. Gesagt hatte sie nichts. Vermutlich ging sie davon aus, dass, so lange Melina da war, es nicht so schlimm sein konnte. Mitleidlos hatte sie sie ins Lager geschickt, um sich dort den alten Pappaufbau der Vorjahreshalloweenaktion anzusehen. Immerhin hatte sie darauf verzichtet, etwas wegen Melinas Verspätung zu sagen.

»Es ist immer ein guter Anfang, wenn du schon auf etwas aufbauen kannst für solche Sondersortimente.«

Melina hatte nur genickt und war mit zusammengebissenen Zähnen den Flur entlang gehopst. Kaum dass sie durch die Stahltür das Lager betreten hatte, war Freddy schon auf sie zugekommen. Sein sonst so breites Lächeln wich mit jedem Schritt, den er näher kam, mehr einem besorgten Gesichtsausdruck.

»Du lieber Himmel, was hast du denn gemacht, Melina.«

»Ich hab mich mit einem Haufen Stühle angelegt«, sagte sie ehrlich.

Verständnislos sah er sie an, doch dann hatte er eine Idee. »Warte hier.«

Er lief zurück in den Glaskasten, in dem sein Schreibtisch stand und kramte in der Ecke hinter dem dort aufgestellten Garderobenständer herum.

Melina konnte nicht sehen, was er suchte. Als er zurückkam, hatte er jedoch ein paar Krücken in der Hand. Sie grinste ihn an.

»Gibt's auch irgendwas, was es in diesem Lager nicht gibt?«

Er zwinkerte ihr zu.

»Sind noch von meiner Knie-OP 1997.«

Melina versuchte auszurechnen, wie lange die Dinger hier in der Ecke gestanden hatten und gab dann auf. Sie ließ sich von Freddy die richtige Größe einstellen und entlastete dann dankbar ihren Fuß.

»Was ist denn passiert?«

»Ich hab ihn mir vermutlich verstaucht …«, murmelte Melina verlegen. Wieder sah er sie streng an.

»Und natürlich warst du dank Madame Sabrina und ihrer üblichen Weihnachtshektik noch nicht beim Arzt.«

Es war keine Frage und Melina senkte nur den Kopf.

»Na, dann komm mal mit.« Er nahm sie mit hinüber in sein Büro und räumte ihr den Besucherstuhl frei, dann schob er ein paar Kisten so hin, dass sie ihr Bein hochlegen konnte.

»Ich bin ja nicht umsonst auch mal als Rettungssanitäter ausgebildet worden. Mal sehen, was da noch hängen geblieben ist.« Er nickte ihr aufmunternd zu. Ganz vorsichtig zog er ihr Stiefel und Strumpf aus. Fachmännisch untersuchte er den geschwollenen Knöchel, drückte ein paar Stellen so sanft er konnte und bewegte den Fuß trotz ihres Protestes in alle Richtungen.

»Da hast du wohl Glück im Unglück gehabt. Sieht so aus, als hättest du recht, ist nichts gebrochen und auch kein Band in Mitleidenschaft gezogen. Arnikasalbe, ein stabilisierender Verband und immer schön hochlegen und in ein paar Wochen bist du wie neu.«

»Ein paar Wochen?«, stöhnte sie.

Er warf ihr einen mitleidigen Blick zu. »Na ja, Verstauchungen sind manchmal hartnäckiger als ein Bruch. Kann schon sein, dass du da bis nach Weihnachten was von hast. Vielleicht lässt du vorsichtshalber noch mal einen Arzt draufschauen. «

»Wunderbar …« Sie ließ den Kopf hängen.

Freddy stand auf und holte aus dem bestens ausgestatteten Erste-Hilfe-Kasten einen elastischen Verband und eine Sportsalbe und machte sich daran, ihren Fuß professionell zu verarzten. Melina ließ es geschehen und malte sich dabei ein Horrorszenario nach dem anderen aus, wie sie auf Krücken durch den leeren Laden humpelte und alles einrichtete. Was schon in gesundem Zustand eine echte Herausforderung gewesen wäre – da sie ja noch immer auf die Schlüsselübergabe wartete –, rückte nun noch einmal mehr in unerreichbare Ferne. Wie sollte sie das alles schaffen?

Als Freddy fertig war, räumte er alles wieder auf und warf dann seine persönliche kleine Kapselkaffeemaschine an. Er bereitete Melina einen doppelten Espresso zu und reichte ihr eine Tasse mit dem schlecht gelaunten Kater Garfield und der Aufschrift Ich hasse Montag.

Melina musste wider Willen grinsen. »Danke dir.«

»Keine Ursache, du sahst so aus, als könntest du einen gebrauchen.«

»Auch dafür.« Sie deutete auf ihren Fuß.

Er winkte ab. »Ach, kein Thema.« Er hatte sich ebenfalls Kaffee zubereitet und sich auf der Kante seines Schreibtisches niedergelassen. »Was hat dich denn eigentlich in mein Allerheiligstes verschlagen?«

Erst jetzt fiel Melina die Sache mit dem Aufsteller wieder ein. »Ich soll mir das Display von Halloween ansehen. Mich inspirieren lassen für dieses Jahr.«

»Hm«, machte Freddy und Melina guckte neugierig hoch.

»Was denn?«

»Hat Madame dir also Halloween aufgedrückt.« Wieder war es keine Frage und Melina runzelte die Stirn.

Weil er nichts sagte, hakte sie nach: »Und?«

»Halloween ist verflucht.«

Melina lachte auf, doch als sie sah, dass Freddy keinen Scherz gemacht hatte, wurde auch sie sofort wieder ernst. »Das ist doch nicht dein Ernst. Wie jetzt, verflucht?«

»Solange ich hier arbeite und seit sie auf diesen kapitalistischen Pseudofeiertagstrend angesprungen sind, ist das Halloweensortiment nicht ein Jahr fehlerfrei gelaufen. Es war immer irgendwas nicht in Ordnung.«

Melina schluckte schwer an dem Kloß, der sich plötzlich in ihrem Hals gebildet hatte. Plötzlich erschien Sabrinas Entscheidung, ihr nach nur fünf Monaten ein eigenes

Sortiment anzuvertrauen gar nicht mehr als ein solcher Vertrauensvorschuss. Da war sie als jüngstes Mitglied des Teams wohl einfach diejenige gewesen, der man den kürzesten Strohhalm unterjubeln konnte, ohne dass sie es merkte. Sofort regte sich Ärger in ihr. Wie unfair. Na, denen würde sie es zeigen. Grimmig sah sie zu Freddy.

»Damit ist dieses Jahr Schluss. Dieses Mal wird es das Beste, das sie je gesehen haben.«

Freddy warf ihr einen Blick zu, in dem sich eine Mischung aus Mitleid und Zweifel ausdrückte. Doch dann zuckte er mit der Schulter.

»Dann hol ich dir mal das Display.« Sie wollte sich erheben, doch er drückte sie zurück auf den Stuhl. »Bleib sitzen, ich stell es dir hier vor das Büro, dann kann ich es dir zeigen und alles erklären.«

Sie tat wie ihr geheißen und er ging mit einem kleinen Hubwagen los und verschwand in einem der hinteren Gänge. Kurz darauf erschien er mit einer Viertelpalette und einem, wie nicht anders erwarteten, schwarz-orangen Display. Er stellte es vor der Bürotür ab und bedeutete Melina mit einer Handbewegung, näher zu kommen. Sie stützte sich auf die Krücken und schwang sich hinüber.

»Siehst du.«

Auf den ersten Blick sah Melina gar nichts. Also zumindest nichts, was ihr negativ aufgefallen wäre. Verschiedene Kerzengrößen in unterschiedlichen Farben mit gespenstischen Aufdrucken oder Beigaben wie Spinnweben und kleinen Krabbeltieren waren ausgestellt und standen in Reih und Glied. Die Farben schienen alle okay, die Kerzen waren ordentlich präsentiert … nein, sie wusste nicht, worauf Freddy anspielte. Fragend sah sie zu dem Facharbeiter hinüber. Der grinste jetzt und trat einen Schritt von der Palette zurück. Melina folgte seinem Blick und schaute auf die Seite des Displays, die ihr abgewandt war. Sie war weiß. Als habe sie nicht richtig gesehen, rieb sich Melina mit einer Hand die Augen. Dann humpelte sie um die Palette herum, doch von den vier Seiten es war nur die eine auf der rechten Seite unbedruckt. Eigentlich waren die Displays überdimensionale Werbeträger – aber natürlich nur, wenn die Werbebotschaft auch sichtbar war. Das hatte im Herbstgeschäft sicher einen herben Umsatzeinbruch bedeutet.

»Wie konnte denn das passieren?«

Freddy antwortete, ohne den Anflug eines Scherzes: »Das ist der Halloweenfluch.«

Melina runzelte die Stirn.

»Wie viele Displays sahen so aus?«

Er hob bedeutungsschwanger die Augenbrauen und schwieg.

»Alle? Nicht möglich.« Fassungslos starrte sie ihn an. »Freddy, du veralberst mich, wir können doch nicht tausende von Displays so ausgeliefert haben. Und es ist keinem aufgefallen, nicht in der Druckerei und nicht beim Versand?«

Er zuckte die Schultern. »Was soll ich dir sagen …«

»Aber der Prototyp …«

»Ja, das Muster war natürlich top in Ordnung, sonst hätte Madame es ja nie durchgewunken. Aber dann war irgendwas mit der Druckdatei. Ich weiß nicht, was die Ausrede war. Am Ende wollte weder die Agentur die Schuld auf sich nehmen, dass die Grafik fehlerhaft gewesen sei, noch die Druckerei. Aber Fakt war, wir hatten Displays mit nur drei bedruckten Seiten am 30. Oktober.«

»O mein Gott, und dann?« Melina hatte die Hand vor den Mund geschlagen.

Freddy zuckte die Achseln und schüttelte nur den Kopf. »Und dann konnten wir nur noch höflich darum bitten, dass die Displays möglichst günstig platziert würden, damit der Fehler nicht jedem ins Auge springen würde. Denn für eine Last-Minute-Aktion war einfach keine Zeit mehr – ganz zu schweigen davon, dass die Kosten wahrscheinlich ein Vielfaches des Gewinns betragen hätten.« Er schüttelte den Kopf. »Nein, wir haben es einfach laufen lassen …«

Melina wusste immer noch nicht, ob sie die Geschichte glauben konnte.

»Auf jeden Fall siehst du jetzt, was ich meine, und so war es jedes Jahr. Jedes Jahr!«

Sie schluckte und straffte dann die Schultern.

»Ein Grund mehr, es dieses Jahr richtig zu machen. Jede Pechsträhne muss doch mal ein Ende haben.«

Wieder hob er die Schultern und Hände und ließ sie dann machtlos fallen.

»Ich sag nur, gegen den Halloweenfluch hast du keine Chance. Also sei nicht traurig, wenn was schiefgeht.« Er hatte nicht einmal falls gesagt. Für Freddy war das ein unumstößliches Gesetz.

Melina war weder abergläubisch, noch glaubte sie an Gespenstergeschichten. Entschlossen humpelte sie wieder an die Kopfseite und sah sich das Display noch einmal genau an.

»Ich mach nur schnell ein paar Fotos und dann muss ich wieder an den Schreibtisch. Wirst schon sehen, nächstes Jahr wird alles gut.«

Dann fiel ihr plötzlich ein, dass sie zu der Zeit längst nicht mehr im Hause wäre und das Sortiment nie live erleben würde. Sie schluckte. Freddy war ihr abrupter Stimmungswechsel nicht aufgefallen.

Er wartete geduldig, bis sie mit ihrem Smartphone das Display von allen Seiten und aus allen Winkeln aufgenommen hatte, pumpte die Palette wieder hoch und schob sie mit dem Hubwagen weg. Über die Schulter rief er: »Ich wünsch dir auf jeden Fall viel Glück.«

»Das kann ich wohl gebrauchen«, murmelte Melina und humpelte zurück ins Großraumbüro.

Der Rest des Tages verflog wie ein Wimpernschlag. Melina hatte parallel eine Mastervorlage für einen Tischaufsteller entworfen, der zu den bestellten Menükarten passte und der später in angepasster Form im *Cookies* auf den Tischen die jeweiligen saisonalen Spezialitäten präsentieren sollte.

Der Nachhauseweg war dank der Krücken viel besser. Doch der Schneematsch und die teilweise sehr unterschiedlich geräumten Gehwege erschwerten ein zügiges Vorankommen erheblich. Als sie endlich um kurz vor 20 Uhr durch die Wohnungstür kam, roch es nach Pasta und Melina vernahm Gelächter aus der Küche. Da die Tür angelehnt war, konnte sie nicht erkennen, wer sich da alles um den engen Tisch drängte. Instinktiv rechnete sie mit Tarkan und Robin und wappnete sich. Wogegen eigentlich genau? Sicherlich gegen eine Charmeoffensive, die im nächsten Moment abgelöst würde durch kühle Distanziertheit.

Nachdem sie ihren Mantel aufgehängt hatte, humpelte sie mit nur einer Krücke durch den engen Flur und schob die Küchentür auf. Zu ihrem größten Erstaunen saßen da aber nur Lara und Tarkan und teilten gerade eine Nudel. Melina fühlte sich unwillkürlich an den Disneyfilm Susi und Strolch erinnert und das automatische Lächeln täuschte perfekt über ihren verwirrten Gesichtsausdruck hinweg.

»Hallo ihr zwei«, begrüßte sie die beiden fröhlicher, als sie sich eigentlich fühlte. »Was gibt's denn Leckeres?«

Lara, die Melinas suchenden Blick richtig gedeutet hatte, antwortete nicht ohne reichlich Stolz in der Stimme: »Ich hab Pasta gemacht, nimm dir, ist reichlich da.« Nach einer Kunstpause fügte sie hinzu: »Robin ist leider nicht mitgekommen.«

»Aha«, machte Melina und wandte sich dem Herd zu. Reichte ja, dass Lara offenbar meinte, das erwähnen zu müssen. Da brauchte sie ja nicht auch noch darauf reagieren … Doch ihre Neugier siegte. Mit dem Rücken zu den beiden gestattete sie sich, betont neutral zu fragen: »Und wo ist dein Schatten heute, Tarkan? Ihr seid doch sonst so unzertrennlich.«

Tarkan lachte etwas zu laut.

Gockelmodus, konstatierte Melina stumm, er gockelt schon wieder für Lara, als ob die nicht längst hin und weg wäre.

»Nee, so eng sind wir gar nicht. Ist ja eigentlich voll der Zufall, dass er überhaupt hier war die Tage.«

»Ach so?« Melina füllte sich betont langsam eine Portion Spaghetti auf einen Teller und versuchte, noch eine Nuance lässiger nachzuhaken: »Wieso das denn?«

»Na, im Winter ist er doch eigentlich nur noch in Neuseeland. Weiß gar nicht genau, was er zu der Jahreszeit überhaupt hier macht. Ach ja, doch, da war irgendwas mit seinem Vater.«

Melina hatte die Ohren gespitzt, damit ihr bloß kein Wort entging. Glücklicherweise übernahm das Ausfragen jetzt Lara, deren Neugier sich völlig ungezügelt ausdrücken durfte.

»Ach, wie cool, Neuseeland, da wollte ich ja auch schon immer mal hin.«

»Vielleicht können wir Robin ja mal zusammen besuchen«, schlug Tarkan eindeutig an Lara gerichtet vor. »Der macht da auch irgendwie in Business … bin gespannt, wann er final dableibt. Aber wenn ich das richtig verstanden habe, ist das mit der Daueraufenthaltsgenehmigung bei denen irgendwie langwierig.«

»Wie aufregend«, tirilierte Lara, nur um dann hinzuzufügen – und Melina hörte den tiefen Augenaufschlag –, »aber ich könnte das ja nicht – so weit weg von meinen Eltern und meinen Freunden und so.«

Tarkan lachte und bestätigte: »Nee, für mich ist das auch nix. Aber der Robin steht ja auf dieses ganze Surfen, Snowboarden, Skaten … so war der schon immer. Gib dem ein Brett und der geht dir ab wie 'ne Rakete. Aber ich weiß auch gar nicht, wie der eigentlich in Neuseeland gelandet ist.«

»Ich dachte ihr hättet zusammen Abi gemacht?«, half Melina seiner scheinbar lückenhaften Erinnerung auf die

Sprünge. Sie hatte sich auch Tomatensoße genommen und manövrierte sich nun mit dem Teller in der einen und der Krücke in der anderen Hand auf Laras Tischseite. Die sprang auf und räumte ihr den Platz frei, um sich dann gegenüber auf Tarkans Schoß zu setzen.

»Nee, nicht ganz«, sagte Tarkan grinsend. »Der Robin musste mitten in der Oberstufe wechseln, weil seine Mutter gestorben ist.«

»Was?«, entfuhr es den Frauen zeitgleich.

»Ja.« Tarkan nickte. »Die hatte einen Autounfall. Voll schlimm und weil die Eltern doch längst geschieden waren und er ja noch nicht volljährig war, musste er dann zu seinem Vater ziehen irgendwo an die Nordsee … genau, Sankt Peter. Und da ist er jetzt eben auch.«

»Oh, in St. Peter-Ording, ist das nicht da, wo deine Cousine Nadine wohnt?«, wandte sie sich an Melina. »Ich war auch mal dort. Erinnerst du dich, Cookie, da gibt es dieses süße Beachmotel, wo ich mit …« Sie unterbrach sich selbst, lachte und küsste Tarkan so heftig, dass jede Frage, die sich gegebenenfalls hätte in seinem Kopf ergeben können, sofort im Keim erstickt wurde.

Melina verarbeitete noch die ganzen Informationen und konnte sich doch kein richtiges Bild davon machen. Abwesend nickte sie. Nur eine Emotion wurde immer deutlicher und begann, ihr den Hals zuzuschnüren: Enttäuschung. Das war es also. Er war nur auf der Durchreise hier in Deutschland und in Hamburg sogar nur zu Besuch. Sie schluckte hart. Ein Glück, dass sie das jetzt schon erfuhr und nicht erst wenn … nun war es an ihr, sich innerlich zur Räson zu rufen. Da war doch gar nichts. Und was auch immer sie sich da eingebildet hatte oder glaubte, gefühlt zu haben, war doch nach diesen Neuigkeiten eh vom Tisch.

Gedankenverloren rollte sie Nudeln auf die Gabel. Und dann konnte sie nicht verhindern, doch noch einmal nachzufragen: »Und wann kommt er wieder?«

»Wer?« Offensichtlich hatte sich, angeregt durch Laras heiße Küsse, sämtliches Blut aus Tarkans Kopf in eine andere Körperregion aufgemacht.

»Robin.«

»Keine Ahnung. Ich meine, er wird ja von Hamburg aus fliegen, aber wann und ob er da vorher noch mal reinschaut … ganz ehrlich, keine Ahnung. Wie gesagt, ich war ja eh überrascht, dass er sich zu dieser Jahreszeit hier hat blicken lassen. Ich wäre da ja lieber bei meiner Süßen am Strand …« Er küsste Lara und die Art und Weise, wie die beiden sich ansahen, ließ keinen Zweifel daran, dass der Nachtisch wohl horizontal eingenommen würde.

Melina kämpfte mit den Tränen. Der Tag, die Schmerzen und jetzt dieses Gefühlschaos in ihr –das war einfach zu viel.

»Ich leg mich mal lieber hin«, murmelte sie und stellte ihren halb leeren Teller Pasta in die Spüle, ehe sie mühsam aus der Küche humpelte. Sie ging tatsächlich gleich ins Bett, nicht allerdings, ohne vorher ein paar Schmerztabletten genommen zu haben. Auf den Schlaf allerdings wartete sie vergeblich.

## Das hält das beste Band nicht aus

Die Nacht war selbst mit Schmerzmitteln ziemlich unruhig gewesen und als Melina am nächsten Tag aufstand, lagen ihre Nerven blank und sie hatte tiefe Ränder unter den Augen.

Stundenlang hatte sie mit sich selbst herumgestritten. Nach ihrer Trennung von Fabian war sie doch überhaupt gerade erst wieder auf dem aufsteigenden Ast. Und mit dem Café und ihrem Job hatte sie auch wirklich mehr als genug auf einmal um die Ohren. Doch sie konnte noch so sehr mit sich schimpfen, immer wieder tauchten Robins tiefblaue Augen mit dem dunklen Ring um die Iris vor ihrem inneren Auge auf und in einem besonders wilden Traum glaubte sie sogar, seinen ganz persönlichen Duft nach Meer und Salz zu riechen.

Sie fuhr aus dem Schlaf hoch und blickte sich orientierungslos um. Doch außer ihrem eigenen Herzklopfen konnte sie in der Dunkelheit nichts wahrnehmen. Es brauchte einen Moment, bis sie ihre Gedanken sortieren konnte. Was war denn nur los mit ihr? Sie war doch sonst nicht so männeranfällig.

Erschöpft fiel sie wieder in ihr Bett zurück, nur um gleich wieder an ihre innere Diskussion anzuschließen. Ob sie wollte oder nicht, war da eindeutig etwas gewesen, auch von seiner Seite. War sein wechselhaftes und zwischenzeitlich so abweisendes Verhalten darauf zurückzuführen, dass er wusste, dass er nicht blieb? Oder schlimmer noch – und nicht einmal im Schutz der Nacht mochte sie den Gedanken zulassen – gab es da jemand anderes in seinem Leben? Was wusste sie denn eigentlich wirklich über diesen Mann? Und wieder begann der Zirkel von vorn.

Dann dachte sie über Neuseeland nach. Auch wenn sie ein nicht ganz so enges Verhältnis zu ihrer Familie hatte wie Lara, musste sie sich eingestehen, dass es ihr wohl doch sehr schwerfallen würde, ans andere Ende der Welt zu ziehen. Zumal sie ja noch nicht einmal Urlaub außerhalb Europas gemacht hatte, geschweige denn überhaupt längere Zeit im Ausland gewesen wäre. Und so toll war ihr Englisch auch nicht.

Sie seufzte schwer und drehte sich auf die Seite. Nein, sie konnte es drehen und wenden, wie sie wollte. Selbst wenn da etwas wäre, das über ihre blühende Fantasie hinausginge, hätte das wohl kaum Aussicht auf irgendwas. Ihr Platz war hier in Hamburg. Wo sie in wenigen Tagen stolze Besitzerin eines Cafés für gesunde Keksspezialitäten werden würde. Die Euphorie, die sich normalerweise bei diesem Gedanken einstellte, fiel dieses Mal gedämpft aus. Nicht zuletzt, weil ihr auch die eine Million Kleinigkeiten einfielen, die noch bis zur Eröffnung zu erledigen waren. Aber Robin … nein, Schluss jetzt. Wütend stopfte Melina ihr Kopfkissen zurecht und schob es auf die Schmerztabletten, dass sie so unruhig war. Es war nicht der richtige Zeitpunkt und dieser Surfertyp auch nicht der richtige Mann. Island … sie lächelte und fiel schließlich wieder in unruhigen Schlaf.

Auch nach dem Aufstehen um 6 Uhr stritt sie beim Zähneputzen stumm mit ihrem Spiegelbild weiter, das immer wieder Bilder von Robins Lächeln heraufbeschwor, oder diesem interessanten Tattoo, das sie auf seiner Brust gesehen hatte … Sie spuckte die Zahnpasta mit Nachdruck ins Waschbecken und drohte sich selbst im Spiegel mit der Zahnbürste: »Lass gefälligst den Mist, Cookie, dafür hast du wirklich keine Zeit.«

Zu allem Überfluss vergaß sie die Schonhaltung ihres Knöchels für einen Moment und wollte sich über die linke Seite umdrehen. In der Sekunde, in der ihr ihr Fehler bewusst wurde, war es schon zu spät. Sie belastete den Fuß, der Knöchel gab nach, sie knickte erneut weg und stürzte mit einem Aufschrei zu Boden. Die Schmerzwelle begrub sie unter sich und es wurde ihr schwarz vor Augen. Als sie wieder zu sich kam, fand sie Lara über sich gebeugt, die ihr die Haare aus dem Gesicht strich.

»O mein Gott, Cookie, was ist denn passiert?«

Melina rannen Tränen über die Wangen. Sie war nervlich am Ende, mental erschöpft und der Fuß schmerzte wie die Hölle. Hemmungslos weinend warf sie sich an Laras Brust.

Ihre Freundin wiegte sie wie ein kleines Kind und strich ihr dabei über das Haar.

»Schon gut, schon gut, wir rufen einen Notarzt.«

»Nein«, schniefte Melina, konnte aber nicht aufhören zu weinen.

»Dann bringe ich dich wenigstens zu Dr. Petermann.«

Sabrinas Gesicht tauchte vor Melinas innerem Auge auf und sie wollte widersprechen, doch mit dem pulsierenden Schmerz, der mittlerweile vom Knöchel durch ihren ganzen

Körper direkt bis in ihren Kopf auszustrahlen schien, gab sie sich geschlagen.

»Okay«, murmelte sie und beruhigte sich langsam.

Lara half ihr zurück in ihr Zimmer und beim Anziehen und ließ sie nur so lange allein auf der Bettkante sitzen, wie sie selbst brauchte, um sich anzuziehen. Dann schnappte sie sich die Krücken ihrer Freundin und half ihr hinunter ins Erdgeschoss. Glücklicherweise war die Praxis ihres Hausarztes, der auch Sportmediziner war, nur wenige Busstationen von ihrer Wohnung entfernt.

Melina war schlecht und sie fühlte sich so matt auf den Beinen, dass sie sich im Bus an Laras Schulter lehnte. Die tätschelte ihre Hand und behielt den Ausstieg im Auge, um ihre Station nicht zu verpassen.

Unwillkürlich schmunzelte Melina. Auch wenn Lara meistens den Kopf irgendwo in den Wolken hatte, so war sie doch ihre Freundin und war für sie da, wenn sie sie brauchte. Erleichtert gestattete sie sich, kurz die Augen zu schließen.

»Wir sind da.«

Melina schreckte hoch, war sie doch tatsächlich auf dem kurzen Stück zwischen zwei Stationen eingenickt.

Sie schafften es in die Praxis und hatten sogar Glück. Da Melina noch nichts gegessen hatte und aussah wie der Tod in Tüten, winkte sie die Sprechstundenhilfe direkt durch in ein Behandlungszimmer, wo Lara ihr auf die Liege half. Dann ging die nicht mehr ganz junge Frau und kehrte mit einem Becher Wasser zurück. Lara hatte mittlerweile eine Packung Traubenzucker aus ihrer Handtasche gekramt und flößte Melina jetzt gegen ihren Willen abwechselnd Zucker und Wasser ein, bis sich ihre Gesichtsfarbe wieder normalisierte, und sie sich mit dem Ellbogen aufstützen konnte.

Der Arzt erschien und begrüßte die beiden. Dann untersuchte er rasch Melinas Fuß. Die Schwellung war auf Hühnereigröße angewachsen und der Bluterguss hatte sich auch noch einmal ausgedehnt. Der Arzt überprüfte behutsam, ob sie ihren Fuß noch Klappen konnte, doch bei der kleinsten Bewegung stöhnte Melina so laut auf, dass er es sofort unterließ.

»Das ist ziemlich eindeutig«, schloss er seine Untersuchung. »Sie haben einen klassischen Außenbandriss. Was genau ist denn passiert?«

Melina berichtete von ihrem Stuhlringkampf und der Unachtsamkeit im Badezimmer heute früh. Den Grund für ihre Abgelenktheit verschwieg sie natürlich. Der Arzt nickte.

»Ja, das hält das beste Band nicht aus. Stellen Sie den Fuß auf jeden Fall noch für einen Tag ruhig, legen Sie ihn hoch und kühlen Sie bei Bedarf weiter. Außerdem empfehle ich Ihnen dringend, sich eine Orthese zu besorgen. Das ist besser als ein Verband und stabilisiert das Gelenk.«

Er sah Melina an und ließ sich bestätigen, dass sie ihm folgte.

»Außerdem verordne ich Ihnen Physiotherapie, mit der Sie so schnell wie möglich anfangen sollten, sobald die Schmerzen es zulassen. Sonst riskieren Sie langfristige Einschränkungen im Gelenk.«

Wieder wartete er, bis sie zustimmte.

»So und zuletzt gebe ich Ihnen ein Rezept für ein Schmerzmittel mit. Bitte dosieren Sie das nur wie angegeben, denn es ist auf Opiatbasis. Mehr kann ich leider nicht tun, das wird jetzt eine Weile dauern. Darauf müssen Sie sich einstellen.« Melina nickte mit zusammengebissenen Zähnen, wenigstens Drogen, na prima.

»Ich schreibe Sie dann krank bis …«

»O nein, bitte nicht, ich kann jetzt nicht ausfallen. Ich stecke in der Planung für Halloween«, stieß Melina verzweifelt aus. Der Arzt sah sie verständnislos an.

»Vielleicht bis zum Wochenende?«, bat Melina kleinlaut. Er zuckte mit den Schultern und veranlasste das Notwendige.

»Wie Sie wollen. Wenn es kommende Woche noch nicht geht, melden Sie sich einfach telefonisch, wir verlängern die Krankschreibung dann entsprechend.«

Sie bedankte sich bei dem Arzt und humpelte mit Laras Hilfe zurück zum Empfang, um sich ihre Verschreibungen aushändigen zu lassen.

Als sie wieder auf der Straße ankamen, sah sie ihre Freundin an.

»Du musst doch längst zur Arbeit, oder?«

Lara warf einen nonchalanten Blick auf ihre Uhr und zuckte dann gleichgültig mit den Schultern. »Die kommen schon noch einen Moment ohne mich aus.«

»Nein, ist schon okay«, sagte Melina und richtete sich auf ihre beiden Krücken gestützt auf. »Ab hier schaff ich es schon, muss ja nur wieder mit dem Bus nach Hause. Ich danke dir, geh ruhig.«

»Sicher?«

Melina nickte ihr tapfer zu und gab ihr einen Kuss auf die Wange.

»Ich sehe dich nachher zu Hause.«

»Okay, ich ruf dich an, ob ich noch was zum Abendessen besorgen soll … ach Mist, ich bin mir Tarkan verabredet, wir wollen uns mit einem seiner Brüder treffen …«

»Kein Problem«, erwiderte Melina und versuchte, ihre Enttäuschung zu verbergen. »Ich mach mir einfach eine Pizza.«

Lara zog die Augenbrauen hoch, war eine Tiefkühlpizza doch eigentlich so ziemlich das Letzte, was Melina freiwillig zu sich nehmen würde.

»Los, schwirr ab, wir sprechen später«, winkte Melina ab und lächelte schon wieder.

»Na gut, aber melde dich, wenn du mich brauchst.« Mit diesen Worten und einem Luftkuss sprang sie über einen matschigen Schneehaufen auf die Straße und flitzte auf die andere Seite, wo sie den Bus Richtung Innenstadt erwischte, der gerade um die Ecke gekommen war. Sie winkte aus dem Fenster, während Melina auf ihrer Straßenseite die Apotheke ansteuerte, die neben dem Eingang zu den Praxen lag.

Es war noch eine ziemliche Schinderei, bis sie endlich zu Hause war. Glücklicherweise hatte das Sanitätshaus im Hammer Steindamm eine passende Schiene mit Klettverschlüssen für sie vorrätig. Zwei Stunden nach ihrem überstürzten Aufbruch am Morgen kam sie völlig fertig und durchgeschwitzt wieder zu Hause an.

Sie ließ Mantel und Schuhe achtlos im Flur liegen und humpelte mit ihren Tabletten hinüber in die Küche. Ihr Magen knurrte. Sie nahm sich eine Banane, trank noch ein weiteres großes Glas Wasser und schluckte eine Tablette. Erschöpft stellte sie auch das Glas einfach auf die Spüle und humpelte hinüber ins Wohnzimmer. Sie ließ sich auf die Couch fallen und legte ihren lädierten Fuß hoch.

Gerade wollte sich der Schlaf ihrer bemächtigen, als sie noch mal hochschoss. Sie hatte vergessen, sich in der Firma abzumelden. Wie hatte ihr das nur durchrutschen können? Verdammt, nicht genug, dass sie ständig an Robin denken musste, sondern anscheinend war auch der Rest ihres Hirns schon im Weihnachtsurlaub. Hektisch blickte sie sich nach ihrem Handy um, doch das Smartphone war vermutlich noch in ihrer Tasche im Flur.

Sie stöhnte auf und krabbelte mühsam zurück auf die Füße. Jede Bewegung sandte fiese Schmerzen durch ihren Körper, aber die Bandage half wenigstens, die unerwünschten Bewegungen zu minimieren.

Wie erwartet fand sie ihr Handy in ihrer Handtasche. Unentschlossen setzte sie sich damit im Flur auf den Boden. Drei Anrufe in Abwesenheit und alle Nummern waren Anschlüsse aus der Firma. Melina schluckte. Es wäre nur anständig gewesen, kurz anzurufen und mit Sabrina direkt zu sprechen, doch sie fühlte sich dermaßen elend, zumindest redete sie sich das ein, dass sie das jetzt nicht auch noch ertragen konnte. Also wählte sie die Nummer der Zentrale und meldete sich direkt in der Personalabteilung krank. Frau Schuster war sehr verständnisvoll, versprach, das Marketing zu informieren und wünschte ihr gute Besserung. Auch wenn es für die zwei Tage ja eigentlich nicht nötig gewesen wäre, versprach Melina ihr, die Krankschreibung so bald wie möglich in die Post zu stecken – auf keinen Fall wollte sie einen Zweifel an der Rechtmäßigkeit ihrer Abwesenheit lassen. Als ob es darauf noch ankäme … sie schüttelte über sich selbst den Kopf und schleppte sich zurück auf die Couch.

Selbige wurde für die kommenden Tage ihr Lebensraum. Sie erhob sich nur im absoluten Notfall und verschlief die meiste Zeit der folgenden 48 Stunden. Erst am Samstagmittag kam sie mal wieder auf die Füße und stellte fest, dass sie auch die Phasen, wenn die Wirkung des Schmerzmittels nachließ, anfing ertragen zu können.

Sonntagmorgen wagte sie es, tatsächlich zu duschen. Anschließend trank Melina in der Küche einen Espresso. Es war der erste, seitdem sie angefangen hatte, die Tabletten zu nehmen, die den unschönen Nebeneffekt hatten, dass es ihr die ganze Zeit kotzübel war.

Lara stieß zu ihr und setzte sich mit an den Küchentisch. »Wie geht es dir?«

»Besser.« Melina stellte die Tasse ab und lächelte. »Ein Glück sind die Schmerzen jetzt so erträglich, dass ich nicht dauernd diese widerlichen Tabletten nehmen muss. Vielleicht kann ich gleich sogar ein bisschen was essen.«

Lara lächelte sie gedankenverloren an. Melina runzelte die Stirn, denn ihre Freundin war normalerweise nicht diejenige, die ihre Zeit mit Grübelei verschwendete.

»Und bei dir? Alles okay?«

Was immer eben für Schleierwolken an Laras persönlichem Himmel gesorgt hatte, verschwand, und ihre Freundin strahlte sie an.

»Ja, alles prima, ich geh gleich mit Tarkan brunchen.«

»Hm«, machte Melina, die diese extreme Innigkeit einerseits neidvoll und andererseits mit einem gewissen Argwohn betrachtete. Sie wettete nicht darauf, dass Tarkan Neujahr noch Thema war.

»Und, fährst du zu deiner Familie?«

Melina nickte. Es war Tradition im Hause Thiele, dass sich die ganze Familie in der Adventszeit einmal zum Brunch traf, der dann meistens bis zum Kaffeetrinken dauerte. Dieses Jahr war der Termin auf den zweiten Adventssonntag gefallen.

»Ja, Katharina holt mich gleich ab.«

»Die heilige Katharina …« Lara schenkte ihrer Freundin einen vielsagenden Blick. Sie wusste sehr wohl um das schon seit jeher eher angespannte Verhältnis zwischen Melina und ihrer nur zwei Jahre älteren Schwester.

»Ja, genau.« Melina hob wie zu einem Toast ihre Espressotasse und kippte den letzten Schluck herunter, als wäre es ein Kurzer.

Um Punkt 9.30 Uhr klingelte es unten an der Haustür. Melina hatte sich eigentlich vorgenommen, ihre Schwester an der Straße zu erwarten, doch dann hatte das Anziehen und Taschepacken mit ihren Krücken doch länger gebraucht und so konnte sie nur durch die Gegensprechanlage rufen: »Ich komme.«

Als sie die Treppe bewältigt hatte, und zum Glück war Lara noch da gewesen und hatte ihr eine der Krücken und ihre Handtasche im Treppenhaus abgenommen, erwartete sie Katharina bereits an ihrem auf Hochglanz polierten Audi Q4. Sie hatte unweit der Haustür eine Parklücke gefunden. Jetzt stand sie neben der Beifahrertür auf dem Bürgersteig und winkte. Sobald sie die Krücken gewahrte, ließ sie die Hand langsam sinken und kam dann unsicher auf ihre kleine Schwester zu.

»Melina, um Himmels willen, was hast du denn jetzt wieder gemacht? Warte, ich nehme dir das ab.« Es war keine Frage gewesen und ganz selbstverständlich bemächtigte sie sich Melinas Umhängetasche und einer Krücke, um sie dann persönlich stützend zum Wagen zu begleiten. Sofort stellten sich Melinas Nackenhaare auf.

Wie immer schaffte es ihre große Schwester, ihr schon in den ersten Sekunden ihrer Begegnung ein Gefühl von Unzulänglichkeit zu vermitteln. Katharina hatte immer alles im Griff, war top gestylt mit ihrem schicken Auto – natürlich ein Elektromodell, denn die Welt rettete sie ja nebenbei auch noch – und hatte die Situation schon an sich gerissen, ehe Melina einen Piep hatte sagen können.

Genervt verdrehte Melina die Augen, sagte aber nichts außer: »Auch schön, dich zu sehen.«

Katharina hatte eine Art, die von Außenstehenden als sehr fürsorglich empfunden wurde. Für Melina aber war sie nur übergriffig, so als wüsste die Ältere selbstverständlich als Einzige, was das Richtige wäre. An dieser Stelle jedoch war Melina dankbar, dass Kathy, wie die Familie sie immer noch rief, obwohl sie sich selbst seit ihrer Teenagerzeit gegen diesen Spitznamen wehrte, ihr in den Wagen half.

»Danke, Kathy«, sagte sie dann auch und lächelte ihre Schwester besonders breit an.

Katharina zuckte zusammen. Mit einem Blick auf Melina verstand sie die Provokation und ihre Haltung versteifte sich. Wortlos schloss sie die Tür auf der Beifahrerseite und ging um den Wagen, um ebenfalls einzusteigen. Melina kuschelte sich in den Sitz und schnallte sich zufrieden an. Damit waren die Positionen der beiden Schwestern dann auch mit wenigen Worten klargestellt.

Sie fuhren knapp eine halbe Stunde bis ins Alstertal zu ihrem Elternhaus und es dauerte, bis Katharina sich räusperte und nachhakte: »Und was ist nun mit deinem Fuß?«

Melina rutschte auf ihrem Sitz hin und her.

»Bänderriss, ich bin umgeknickt«, antwortete sie etwas knapp, um keine Basis für Kritik zu schaffen.

»Na, so was kann auch nur dir passieren.« Und wieder eine persönliche Spitze gegen sie, obwohl das doch nun wirklich jedem hätte passieren können.

Melina biss sich auf die Zunge und entschied sich, nichts weiter zu sagen, um nicht schon im Streit bei ihren Eltern anzukommen. Sie sah aus dem Fenster und beobachtete die vorbeiziehenden Häuserschluchten, die sich langsam immer weiter räumlich entzerrten und schließlich in eine Einzelhausbebauung mit gepflegten Gärten übergingen. Das kleine Haus ihrer Eltern kam ins Sichtfeld. Mittlerweile wirkte es noch etwas bescheidener, da im Umfeld die Häuser der gleichen Generation alle schon modernen Stadtvillen gewichen waren, die teilweise auf der gleichen Grundstücksgröße Platz für Doppelhäuser oder sogar Dreierriegel gemacht hatten.

Die Gegend war beliebt und gnadenlos überteuert wie alle netteren Wohngebiete in Hamburg und Melina fragte sich nicht zum ersten Mal, ob sie sich überhaupt je ein Haus würde leisten können – und wollte sie das überhaupt? Na, allein sicher nicht. Zum ersten Mal seit ihrem Opiatdelirium, in dem sie sich abwechselnd entweder schmerzfrei-euphorisiert lachend auf der Couch gekugelt oder zwischen den Einnahmezeiten für die nächste zulässige Höchstdosis unter Schmerzen gewunden hatte, dachte sie wieder an Robin. Der Gedanke kam aus dem Nichts und hatte den Effekt eines Eimers voller Eiswürfel. Sie hatte nichts mehr von ihm gehört und Tarkan hatte sie auch nicht mehr gesehen, um ihn noch mal ausfragen zu können. Im Grunde genommen war es auch müßig, darüber nachzudenken. Vermutlich war er ohnehin längst wieder auf der anderen Seite der Welt und verschwendete sicher keinen Gedanken mehr an diese ungeschickte Clean-Eating-Fanatikerin.

Sie seufzte und schnallte sich ab.

»Der Motor läuft noch«, sagte Katharina streng, drehte das Lenkrad gerade und betätigte jetzt mit großer Geste den Start/Stopp-Knopf.

Dieses Mal konnte Melina nicht anders und grinste sie breit an: »Du weißt doch, ich lebe gern gefährlich.«

Nun war es an ihrer Schwester, die Augen zu verdrehen. Die Frauen stiegen aus und machten sich auf den Weg zur Haustür.

# Ent- nicht erwachsen

Sie hatten die Haustür noch nicht ganz erreicht, als sie bereits aufgerissen wurde und ihnen ein Wirbelwind in Gestalt ihrer jüngsten Schwester Emma entgegen tanzte. Sie fiel Katharina als Erstes um den Hals, die, da Melina dieses Mal ihre Hilfe vehement abgelehnt hatte, ein paar Schritte vorgegangen war.

»Kathy!«, jubelte Emma und ihr Elan riss ihre Schwester fast um. Obwohl Katharina mit einem Zentimeter Unterschied die Größte der drei Frauen war, musste sie unter diesem Ansturm einen Schritt zurückweichen, um ihr Gleichgewicht zu halten.

»Emma, sei doch bitte nicht immer so wild. Du bist zweiundzwanzig und kein kleines Mädchen mehr. Du kannst doch die Leute nicht immer so anspringen, als wärst du ein schlecht erzogener Hund.«

Völlig unbeeindruckt von der schwesterlichen Rüge drückte Emma ihr einen dicken Schmatzer auf die Wange und ließ dann von ihr ab, um sich auf ihre Lieblingsschwester zu stürzen. Melina war in sicherer Entfernung stehen geblieben, damit der kleine Krauskopf Zeit hatte zu erkennen, dass sie gehandicapt war. Abrupt blieb die Jüngere stehen und legte den Kopf schief.

»Himmel, Cookie, was ist denn mit dir passiert? Bist du mit dem Grinch zusammengerasselt oder über eine

Zuckerstange gestolpert … wir haben doch noch gar keinen Schnee.« Langsam kam sie näher und fasste ihre Schwester bei den Schultern.

Melina konnte sich ein Augenrollen ob des  mehr als ausgewachsenen Weihnachtsfimmels ihrer Schwester nicht verkneifen. Aufmerksam musterte Emma Melinas Haar und sah ihr dann tief in die dunklen braunen Augen. Alle Thiele-Mädchen hatten die braunen Augen ihrer Mutter geerbt. Katharinas hatten einen Hauch grün mit drin, aber die von Melina und Emma hatten beide den gleichen sattbraunen Ton. Vielleicht einer der Gründe, weshalb sich die beiden jüngeren der Thiele-Schwestern trotz des größeren Altersunterschiedes immer enger verbunden gefühlt hatten.

Melina war fünf gewesen, als Emma zur Welt kam und die Kleine war von Anfang an ihr Augenstern gewesen. Während Katharinas Bemutterung darin bestanden hatte, die Mädchen mit Verboten und Regeln zu drangsalieren, hatte Melina einfach bedingungslos all ihre Liebe auf das Baby geschüttet und es wie eine Puppe bespielt. Es hatte Abende gegeben, da hatte ihre Mutter Mühe gehabt, ihr Emma zu entwinden, um sie in ihrem eigenen Bett zum Schlafen zu legen. Später, als die kleine Emma krabbeln konnte, war das allerdings vergeblich gewesen, und bis zum Einzug in dieses Haus, das sie von ihrer Großmutter väterlicherseits geerbt hatten, hatten Melina und Emma fast jede Nacht das Bett geteilt. Erst als die Mädchen jede ein eigenes Zimmer bekommen hatten und Melina aufs Gymnasium gekommen war, hatte sich das gegeben. Doch auch danach wurde manche Nacht hier gemeinsam gelesen oder verquatscht.

Jetzt nahm Emma sie in den Arm und legte ihre Hand an den Riemen der Umhängetasche.

»Soll ich dir das lieber abnehmen?«

Dieses Mal ließ Melina es lächelnd geschehen und hatte nun ebenfalls Zeit, ihre kleine Große, wie sie sie liebevoll immer noch nannte, anzusehen.

Emma hatte ihre Haare zu einem kurzen Bob geschnitten und aktuell in einem Rotton gefärbt. In ihrem ebenfalls dunkelbraunen Haar ergab das einen wunderschönen Effekt und Melina bewunderte das Farbspiel in der Sonne.

Ansonsten wirkte ihre kleine Schwester wie immer: fit, lebenslustig und in ihren Augen blitzte schon wieder der Schalk. Irgendwas hatte sie schon wieder ausgeheckt und brannte offenbar darauf, es Melina zu erzählen.

Unwillkürlich wurde deren Lächeln noch breiter. Sie ließ zu, dass Emma ihr neben der Tasche auch eine Krücke abnahm und sich unter ihren Arm schob. Eng umschlungen humpelte sie Katharina folgend zur Tür.

Die hatte im engen Hausflur bereits die Eltern begrüßt und schälte sich gerade aus ihrem eierschalenfarbenen Mantel. Als sie ihre Schwestern anrücken sah, beeilte sie sich, aus dem engen Windfang in den Flur zu treten und weiter in Richtung Wohn-Esszimmer zu gehen. Ihre Mutter Sabine breitete die Arme aus und schloss ihre Mittlere in die Arme.

»Oh, Cookie-Schatz, was hast du denn gemacht?«

»Du hättest den anderen sehen sollen«, scherzte Melina.

Ihre Mutter runzelte die Stirn.

»Nur Spaß«, beschwichtigte sie und zwinkerte Emma zu, »ich bin nur umgeknickt, als wir die Stühle für das Café abgeholt haben.«

»Oh, dieses Café …«, setzte ihre Mutter an.

»Kommt doch erst mal rein«, unterbrach sie ihr Vater und zog Melina behutsam weiter ins Haus und in eine feste Umarmung. »Schön, dass du da bist, Cookie.« Melina löste sich und warf ihrem Vater einen liebevollen Blick zu. Der Ruhestand bekam ihm hervorragend. Auch wenn es durch die Pleite der Heizungsbaufirma, für die er jahrelang gearbeitet hatte, bedeutet hatte, dass er mit Abschlägen vorzeitig in Rente hatte gehen müssen, sah er jetzt entspannt aus und strahlte sie an. Während sie mit seiner Hilfe ihren Mantel auszog, plapperte Emma bereits vor sich hin und es dauerte eine Weile, bis Melina thematisch mitkam und verstand, dass es um die USA ging und ihren erst kürzlich zu Ende gegangenen Aufenthalt als Au-pair bei einer wohlhabenden Familie in San Francisco.

»… und die Preise sind so krass, wenn du dich wirklich gesund ernähren willst«, schloss sie gerade. Melinas Beispiel folgend favorisierte Emma einen sehr gesunden Ansatz und ernährte sich seit Jahren vegan. Nur als Melina angefangen hatte, Zucker einzuschränken, war ihre kleine Schwester abgesprungen, denn ohne Schokolade wäre ihr Leben sinnlos gewesen.

Auch Melina war nun als Letzte bis ins Wohnzimmer vorgedrungen. Kurz überlegte sie, sich auf den nächstbesten Sessel fallen zu lassen, doch dann entschied sie sich, gleich am Tisch Platz zu nehmen. Wer wusste, ob sie aus Mamas Plüschkissen sonst überhaupt wieder hochgekommen wäre.

Ihre Mutter hatte einen ausgeprägten Hang zu jahreszeitlicher Gemütlichkeit, die sich in einer Flut von

Dekoartikeln spiegelte und allzeit begleitet wurde von zahllosen selbstgestickten Kissen. Das Neueste zierte wieder einmal ein Katzenmotiv und passte hervorragend zu den sieben anderen.

Melina machte eine mentale Notiz, niemals ihre Mutter anzusprechen, sollte sie mal nach Inspiration für das Design des Cafés suchen. Sie schmunzelte und setzte sich an den üppig gedeckten Tisch.

»Ich hole noch eben die Salate.« Ihre Mutter verschwand in der Küche.

»Warte, ich helfe dir«, sagte Katharina, die wie immer den am weitesten von Melina entfernten Platz gewählt hatte – oder war es genau umgekehrt gewesen? –, sprang auf und folgte ihrer Mutter.

Ihr Vater ließ sich mit einem übertriebenen Seufzer neben Melina auf einen Stuhl fallen und Emma trat von der anderen Seite zu ihr und spielte an der hohen Lehne des Stuhls, allerdings ohne sich zu setzen. Sie hatte offensichtlich Hummeln im Hintern, doch Melinas Aufmerksamkeit wandte sich ihrem Vater zu, der gerade fragte: »Und, wie läuft es mit dem Café?«

»Ganz gut so weit«, antwortete sie ausweichend.

»Ist ja eine ganz schöne Verantwortung, die du dir da aufbürdest mit einem eigenen Laden.«

Melinas Lächeln verrutschte ein bisschen. So sehr sie ihren Vater liebte, aber ein Unternehmergen hatte er definitiv nicht. Und auch wenn er im Gegensatz zu ihrer Mutter nie direkt versucht hatte, Melina ihren Plan mit dem Café auszureden, so hatte er es doch auch nicht unterlassen können, seiner Sorge immer und immer wieder deutlich

Ausdruck zu verleihen. In Kombination mit den nicht minder laut geäußerten Bedenken ihrer Mutter, was im Falle einer Insolvenz für Folgen für Melinas Karriere entstünden und wie sie jemals mit diesen Schulden fertig werden wollte, waren daraus mehr als einmal schwierige Situationen entstanden und Melina vermied es seither tunlichst, das Thema von sich aus anzuschneiden.

»Ich bin ja nicht allein.« Entgegnete sie und tätschelte beruhigend seine Hand.

Doch statt dass ihn das beruhigte, zog er jetzt seine buschigen Augenbrauen zusammen.

»Na ja, die kleine Clustermann ist ja eine ganz Liebe, aber ob du dir da so die zuverlässigste Geschäftspartnerin angelacht hast, muss sich wohl erst noch zeigen. Also ich hätte mich das nicht getraut und das noch dazu in diesen unsicheren Zeiten. Und dabei hast du doch jetzt einen wirklich guten Job da bei deinem Kerzenladen, oder nicht?«

Melina wollte gerade zu einer flammenden Verteidigungsrede für ihre beste Freundin ansetzen, als Katharina und ihre Mutter wieder in das Zimmer kamen.

»So, dann sollten wir alles haben.« Ihre Mutter stellte die Schüssel ab, richtete die Platte mit dem Roastbeef, die direkt neben der mit dem veganen Aufschnitt stand und ließ einen zufriedenen Blick über den Tisch streifen.

»Das hier ist alles vegan. Dieser Salat ist mit Ei, also nicht für dich Emma, und hier in dem Quark ist Zucker drin, Cookie. Aber ich glaube, es werden alle satt werden.« Sie lächelte in die Runde. Emma sprang zu ihr und drückte auch ihr einen fetten Schmatzer auf die Wange.

»Du bist die Beste, Mami.«

Da konnte Melina nur zustimmen. Ihre Mutter hatte mit einer Engelsgeduld jeden ihrer nahrungsmitteltechnischen Exzesse mitgemacht und sie darin immer unterstützt, auch wenn sie und ihr Vater sich noch sehr viel konservativer ernährten als Melina es gut gefunden hätte. Sie war jedoch schon froh, dass sie neben dem fleischfreien Freitag, an dem es bei Thieles schon immer Fisch gegeben hatte, nun auch einen vegetarischen Mittwoch eingeführt hatten. Besser als nichts.

»Dann mal guten Appetit!«, sagte ihre Mutter nun und setzte sich ihrem Vater gegenüber an das andere Kopfende des Tisches. Katharina zu ihrer Linken, Emma zu ihrer Rechten, daneben Melina. Katharina hatte sich bereits die Kaffeekanne gegriffen und begonnen, ihrem Vater Kaffee einzugießen.

»Oh, das hab ich vergessen, Papi hat mir eine Kapselmaschine geschenkt. Emma, Cookie, möchte eine von euch lieber Espresso?«

»Au ja«, rief Emma begeistert und knuffte ihre Schwester mit dem Ellenbogen, »du auch, oder?«

»Klar«, sagte Melina und nickte zustimmend, »wenn du mir einen mitbringst?«

Emma sprang auf und hüpfte schon in Richtung Küche.

»Die Kapseln sind …«, rief ihre Mutter ihr nach.

»… im Schrank bei den Kaffeetassen, ich weiß, Mama, ich wohne auch hier«, kam es aus dem Off zurück.

Ihre Mutter hob eine Augenbraue und schüttelte dann mit einem milden Lächeln den Kopf.

»Wieder.« Mit einem Blick auf ihren Vater seufzte sie: »Daran muss ich mich auch erst wieder gewöhnen.«

Er warf ihr einen liebevollen Blick zu.

Nach Ende ihres Jahres als Au-pair war Emma vor ein paar Wochen wieder bei ihren Eltern eingezogen – vorübergehend. Bis sie einen neuen temporären Lebensplan ausgeheckt hätte, wie ihr Vater die Anflüge seiner Jüngsten zärtlich nannte.

Emma war das Nesthäkchen und wurde dieser Rolle in jeder Hinsicht gerecht: Sie war sorglos, gutgläubig und die Welt für sie schon immer eine Spielwiese voller Wunder gewesen. Ihre erste Ausbildung zur Heilpädagogin hatte sie im zweiten Ausbildungsjahr abgebrochen, als Ergotherapeutin hatte sie nicht einmal das erste beendet. Ihre Leidenschaft für das Soziale war einfach nicht gut mit der Verantwortung zu vereinen, die sie in diesen Berufsfeldern für andere Menschen hätte übernehmen müssen. Stattdessen, und um sich noch mal ganz neu inspirieren zu lassen, wie sie gesagt hatte, war sie für ein Jahr als Au-pair in die USA gegangen, hatte dort in erster Linie Surfen gelernt und ihr Englisch aufpoliert. Nun wartete die ganze Familie mit angehaltenem Atem, was ihr wohl als Nächstes einfallen würde.

Melina fing einen Blick von Katharina auf, der eindeutig Missfallen ausdrückte. Dann wechselte sie das Thema:

»Na, ich bin jedenfalls froh, dass ich nach Weihnachten Urlaub nehmen kann. Wir hatten wirklich ein aufregendes Jahr.«

Ihr Vater warf ihr einen stolzen Blick zu.

»Das glaube ich gern. Und wie geht es Thomas? Schade, dass er heute nicht dabei sein kann.«

»Ja, das tut ihm auch leid«, sagte Katharina und sprach dabei für ihren Langzeitfreund, »aber seine Eltern kommen heute von ihrer Kreuzfahrt wieder.« Sie warf einen Blick auf ihre elegante Armbanduhr und nickte dann bestätigend. »Ja, die sollten jetzt in Travemünde angekommen sein.«

Und ihre zukünftigen Schwiegereltern hätten natürlich kein Taxi nehmen können wie andere Erwachsene, dachte Melina gehässig. Wusste sie doch nur zu gut, dass Thomas sicher jede Ausrede lieb gewesen war, um nicht schon wieder von ihrem Vater ins Kreuzverhör genommen zu werden zum Thema bevorstehende Hochzeit. Denn genau das war das Problem: Obwohl zwischen den beiden alles fein war und sie seit zehn Jahren ein perfektes Paar waren, standen die Zeichen weder auf Hochzeit noch auf Enkelkinder und beides war ihrem Vater schon lange ein Dorn im Auge. Da er nunmehr im Ruhestand, aber auch wirklich viel Zeit hatte, hatte er sich auf dieses Thema ziemlich eingeschossen und ließ keine Gelegenheit aus, um seinem zukünftigen Schwiegersohn damit auf die Nerven zu gehen.

Denn von Melina oder Emma war ja in dieser Hinsicht auch noch nichts zu erwarten.

»Schön, aber zu Weihnachten kommt er doch mit, oder?«

»Natürlich«, bestätigte sie und schenkte ihrem Vater ein warmes Lächeln.

»Espresso«, trällerte Emma und balancierte zwei Tässchen auf ihren Untertassen zurück zum Tisch. Melina nahm sie ihr ab und lächelte sie dankbar an.

»Du Schatz, danke.«

Emma setzte sich wieder und griff sich ein Brötchen.

»Nimm das mal gern als Probearbeiten, vielleicht kann ich ja bei dir als Aushilfe jobben.«

Sie grinste Melina von der Seite an.

Sie stieg darauf ein: »Klar, wenn du sonst nichts Besseres zu tun hast. Aber ich hab keine Ahnung, ob ich mir dich leisten kann.«

Emma lachte herzhaft.

»Ach, halb so wild, die meisten Studenten haben einen schlecht bezahlten Job in den Semesterferien, oder?«

»Studenten?« Melina war hellhörig geworden ebenso wie alle anderen Anwesenden.

Emma hatte nur mit Ach und Krach ihr Abitur geschafft und sich eigentlich immer dagegen verwehrt, zu studieren und weiterlernen zu müssen.

»Hab ich das etwa noch nicht erwähnt?«, rief Emma und tat, als fiele sie aus allen Wolken. »Ich hab einen Studienplatz für Amerikanistik – in Marburg.«

»Was?«, entfuhr es ihrem Vater. Auch ihre Mutter hatte vor Entgeisterung ihr Messer fallen lassen.

»Wieso zum Teufel Marburg, wieso kannst du denn nicht hier in Hamburg studieren?«

»Und wieso überhaupt ein Studium, ich denke, du warst durch mit dem Lernen?«, steuerte Katharina wenig hilfreich bei. Bislang war sie mit ihrem Master in Foodscience die Einzige mit einem Studienabschluss in der Familie und der ganze Stolz ihrer Eltern. Während des Studiums an der Hochschule für angewandte Wissenschaften hatte sie auch Thomas kennengelernt, der als Tutor eine ihrer Lerngruppen geleitet hatte. Was alle als doppelten Glücksfall betrachteten.

Melina sprang ihrer kleinen Schwester im übertragenen Sinne sofort zur Seite und ergriff ihre Verteidigung.

»Das ist ja cool, dass du was gefunden hast, wozu du Lust hast.«

Emma strahlte sie an.

»Ja, jetzt, da ich drüben war und festgestellt hab, wie cool Englisch eigentlich ist – und leicht. Und ein Bachelor dauert ja auch nicht länger als eine Ausbildung …«

Melina musste schmunzeln. Sie kannte ihre Schwester gut genug, um zu wissen, dass das alles ganz hübsch war, aber praktische Überlegungen noch nie die Grundlage für deren Entscheidungen gebildet hatten.

Bevor sie etwas dazu sagen konnte, warf ihre Mutter noch verzweifelt ein: »Und was willst du denn damit hinterher machen, bitte?«

Emma winkte lässig ab.

»Ach, das findet sich dann schon.«

Ihre Eltern wechselten einen besorgten Blick. Während am Tisch eine lautstarke Diskussion über das Für und Wider von geisteswissenschaftlichen Studiengängen entbrannte, lehnte Melina sich zu ihrer Schwester hinüber und flüsterte: »Wie heißt er denn?«

Emma errötete und hüpfte fast auf ihrem Stuhl: »Justin.«

»Ami?«, fragte Melina leise zurück.

Emma kicherte.

»Nein, der kommt aus Marburg und war zum Auslandssemester an der USF in Kalifornien. Hab ihn auf einer Verbindungsparty kennengelernt. Crazy, wie die da drüben abgehen auf solchen Partys.«

Melina grinste. Natürlich. Ihre Schwester hatte sich sicher dort nicht mit dem Studienprogramm an der University of San Francisco beschäftigt.

»… international arbeiten mit so einem Abschluss«, schloss ihr Vater gerade und Melina war sicher, dass er schweren Herzens eine Lanze für seine Jüngste gebrochen hatte.

Melina warf ihm einen liebevollen Blick zu und rechnete es ihm hoch an, dass er nicht zuließ, dass seine eigenen Verlustängste dem Glück seiner Kleinen im Weg stünden. Allerdings würde sie auch den Teufel tun, und ihm seine Illusionen rauben, indem sie ihn darauf stieß, dass das alles wieder nur auf einer Jungsgeschichte und nicht einer durchdachten Entscheidung beruhte.

Sie nahm einen Happen von ihrem Brötchen und kaute gerade auf beiden Backen, als Katharina plötzlich an sie gewandt sagte: »Na ja, zumindest bietet ein geisteswissenschaftliches Studium sicherlich einige Möglichkeiten auf dem Arbeitsmarkt, und sonst kann sie's ja immer noch in der Gastronomie versuchen.«

Melina verschluckte sich und musste husten.

»Wie bitte?« Die Spitze war doch eindeutig in ihre Richtung gegangen.

»Wer nichts wird, wird Wirt. So sagt man doch, oder?«

»Also wenn du damit auf mein Café anspielst …«

»… und das alles nur aus verletztem Stolz wegen eines Kerls, dass du dafür deine Karriere hinschmeißt …«

Melina stand der Mund offen und auch allen anderen fiel zu diesem Angriff spontan nichts ein. Schließlich war es ihre Mutter, die mit einem weichen Blick auf ihre Älteste über ihren Arm strich.

»Es kann ja nicht jeder so ein Glück haben wie du und ich und gleich beim ersten Mal dem Richtigen begegnen.«

Katharina und Melina beschossen sich mit Blitzen, während ihr Vater und ihre Mutter einen liebevollen Blick wechselten.

»Aua«, fuhr Katharina plötzlich auf. Alle Augen richteten sich auf sie und so bemerkte niemand, dass Emma ihrer großen Schwester die Zunge herausstreckte.

»Alles okay, Liebling?«

Um ein Haar hätte Melina laut losgeprustet. Sie mochten ja alle ach wo erwachsen geworden sein, aber hier am Tisch ging es zu wie in Kindertagen – und Emma hatte, ihre Lieblingsschwester verteidigend, die Diskussion einfach mit einem Tritt gegen Kathys Schienbein beendet. Als ihre Mutter sich fragend umblickte, lächelte sie bereits wieder unschuldig.

»Auf jeden Fall geht's zum Sommersemester im April los«, brachte sie die Aufmerksamkeit wieder zu sich zurück und stopfte sich ein riesiges Stück Brötchen mit Nussnougatcreme in den Mund.

»Ja, aber Marburg …«, seufzte ihr Vater.

Es war ein schöner Adventssonntag geworden. Ein bisschen Gestichel, die alten Rivalitäten unter den älteren Schwestern, zu viel zu essen und ein Haufen guter Ratschläge von Mama und Papa.

Insgesamt war Melina ganz zufrieden, dass sie so glimpflich davon gekommen war. In der Vergangenheit hatte sie durchaus auch schon mehr Gegenwind für ihr Projekt bekommen. Nun schien es so, als wären sie zwar immer noch besorgt und nur mäßig zuversichtlich, was den Erfolg ihres Cafés betraf, aber das spiegelte mehr ihre eigene mangelnde Erfahrung wider als den fehlenden Glauben an ihre Mittlere.

»Ich weiß, du machst sowieso, was du willst, und ziehst durch, was du dir in den Kopf setzt, aber ich bin dein Vater und es ist mein Job, mir Sorgen zu machen«, sagte ihr Vater im Auto, als er sie am späten Nachmittag nach Hause fuhr.

Sie lächelte ihn liebevoll an. »Du bist lieb, aber das musst du nicht. Wir schaffen das schon, Lara und ich.« Sie sah die Sorgenfalte auf seiner Stirn und rechnete es ihm hoch an, dass er das Thema dabei bewenden ließ.

# Keksduft allein macht noch keine Weihnachtsstimmung

Die kommende Woche ließ Melina keine Zeit zum Durchatmen. Sie war auf Krücken in die Firma zurückgekehrt und wusste kaum, wo ihr der Kopf stand, so gut wurde sie von Sabrina beschäftigt. Irgendwie war es, als ob nicht nur Weihnachten vor der Tür stünde, sondern ganz nebenbei auch das gesamt nächste Jahr jetzt noch in den vierzehn Tagen bis Heiligabend organisiert werden musste.

Melina telefonierte, bis ihr die Ohren glühten, und tippte E-Mails, dass ihr die Finger anfingen wehzutun.

Zwischendurch hatte sie sich dann auch noch einen Nachmittag in die Innenstadt gequält, um endlich ihre Weihnachtseinkäufe zu erledigen. Wie immer war Weihnachten auch dieses Jahr irgendwie überraschend gekommen und sie kämpfte sich durch stickige und überfüllte Kaufhäuser auf der Suche nach den passenden Inspirationen für ihre Familie und Lara. Da ihr Budget ob der bevorstehenden Eröffnung des Cafés dieses Jahr noch knapper bemessen war als sonst, war es auch nicht leichter geworden, für jeden ihrer Lieben eine Kleinigkeit zu finden, die ja nicht allzu mickrig aussehen sollte.

Am Ende hatte sie es geschafft, auch wenn die bescheidene Ausbeute in ihrem wiederverwendbaren Einkaufsbeutel wohl kaum den Sack des Weihnachtsmannes gefüllt hätte. Sie seufzte und ergatterte in einem Café in Alsternähe einen Platz, um einen Espresso zu trinken. Sie saß dort und genoss den Blick auf den festlich beleuchteten Rathausplatz. Es roch nach frischen Keksen, heißer Schokolade mit Zimt und frischem Vanillearoma. Gierig sog sie die Gerüche auf und schloss einen Moment lang die Augen. Nach der Anstrengung des Nachmittags spürte sie wieder ihren Fuß, und sie erinnerte sich, dass sie dringend eine Physiotherapiepraxis finden musste, um mit der Rehabilitation beginnen zu können. Melina seufzte und öffnete die Augen. Ihre To-do-Liste wuchs täglich und die Tage bis zum Jahresende schmolzen zusammen wie der Hamburger Schnee bei jedem Krümel Sonne.

Die Lieferung der Markise verspätete sich weiter. Irgendwas wegen produktionsbedingter Verzögerung oder so, hatte der Hersteller geschrieben und den Liefertermin auf Ende März geschoben. Sie konnte es nicht ändern und ergab sich iihrem Schicksal.

Das Handy in ihrer Tasche vibrierte und sie zog es aus ihrer Manteltasche.

Eine Nachricht von Lara erschien mit einem Link zu dem Shop einer Galerie. Interessiert klickte sie ihn an und scrollte durch Bilder von modernen Acrylgemälden, die alle eine Meeresthematik hatten. Sie schob das Browserfenster weg und kehrte in den Nachrichtenverlauf zurück.

»Wäre das nicht was für das *Cookies*?«, las sie und schüttelte den Kopf. Noch einmal wechselte sie zum Browser und überflog das Angebot und vor allem die dazugehörige Preisliste dieses Mal gründlicher. Keines der Bilder kostete unter 500 Euro und Melina schnaubte.

Selbst wenn sie nur einige ausgewählte Bilder nehmen und als Highlights einsetzen würde, müssten es mindestens vier bis fünf sein, um in dem großen Raum nicht verloren zu wirken. Das wäre nicht drin – nicht, wenn sie ihren Gästen am Ende auch etwas servieren wollte. Wieder einmal stellte sie fest, wie weit die Idealvorstellung ihres Traumcafés einer bezahlbaren Variante in der Realität hatte weichen müssen. Angefangen bei der Location, die eben nicht 1A war, über die Jagd nach gebrauchten Gastromöbeln bis hin zur noch sehr spartanischen Dekoration hatte sie jetzt schon so viele Abstriche machen müssen, dass sie zeitweise ein wenig die Lust verlor.

Aber sie hatte keine Wahl, denn da, wo sie keine Abstriche machen würde, war die Qualität der Produkte, die es bei ihr zu essen und zu trinken geben würde.

Sie war stolz darauf, persönlich eine kleine Rösterei in Bremen gefunden zu haben, die nicht nur hervorragenden biozertifizierten Kaffee verkaufte, sondern auch noch die Fair-Trade-Grundsätze achtete.

Auch bei Wasser und Limonaden hatte sie sich entsprechend hochwertige Anbieter gesucht und natürlich hatte das alles seinen Preis. Besonders glücklich war sie über die direkte Zusammenarbeit mit den Demeterhöfen, von denen sie zukünftig die Zutaten für ihre Backwerke beziehen würde – oh ja, kulinarisch würde das *Cookies* der Hammer. Und das mit der Dekoration würde sich dann nach und nach schon ergeben, hoffte sie. Wieder seufzte sie und stützte ihr Kinn in der Hand ab, während sie ihren Blick draußen über die Schaufenster auf der anderen Straßenseite schweifen ließ.

Es hatte angefangen zu schneien, und die Pärchen, die am Fenster vorbeiliefen, kuschelten sich enger aneinander. Melinas Herz zog sich bei dem Anblick zusammen. Rasch suchte sie nach einem anderen Blickfang und blieb an dem Reisebüro gegenüber hängen, in dessen Ausstellung sonnenbeschienene Strände und eine fremde Skyline unter einem aufblasbaren Flugzeug Lust auf eine Flucht aus der Kälte machten. Die Umrisse der zwei Inseln kamen ihr vage bekannt vor und als sie fokussierte, erkannte sie Neuseeland. Sofort machte ihr Herz einen Hüpfer. Sie studierte die Scherenschnitte der Inseln und die Bilder genauer. Die Texte dazu konnte sie nicht erkennen, nur einige rot gedruckte Preise waren groß genug, um auf die Distanz lesbar zu sein.

»Wo Robin wohl jetzt ist?« In der anonymen Einsamkeit des Cafés erlaubte sie sich einen sehnsüchtigen kleinen Tagtraum, wie sie beide über einen von diesen endlosen Stränden spazierten. Dort auf der Südhalbkugel war jetzt Sommer. Wie spät es dort wohl sein mochte? Ob er auch noch mal an sie dachte? Sie ertappte sich dabei, wie albern diese Gedanken waren. Sie hatte den Mann … wie oft … zweimal gesehen? Lächerlich! Und nur weil er nett gewesen war und ihr, nein, genau genommen seinem Kumpel, dabei geholfen hatte, die Stühle mit ihr abzuholen, war da noch gar nichts … Kopfschüttelnd brachte sie sich selbst ins Hier und Jetzt zurück. Nein, sie musste endlich aufhören, ihre Zeit damit zu verschwenden, diesem Typen gedanklich nachzuhängen. Sie wusste gar nichts über ihn, und was sie wusste, barg eigentlich nur Potenzial für Streit und Diskussionen, denn ganz offensichtlich teilten sie nicht die gleichen Werte und außerdem war er weg. Basta. Entschieden schob sie ihren Stuhl zurück und stand auf, um sich wieder auf den Weg zu machen.

»Schluss mit der sinnlosen Träumerei, komm ins Tun, Cookie.« Mit einem letzten sehnsüchtigen Blick auf die Plakate von Neuseeland schlang sie sich ihren Schal um den Hals. Irgendwie war auch das letzte bisschen Weihnachtsstimmung verflogen.

Wieder zu Hause fand sie überraschend nicht nur Lara, sondern auch mal wieder Tarkan in ihrer Küche vor. So langsam gewöhnte sie sich an den neuen Dauergast in ihrer WG. Nur den Bruchteil einer Sekunde hatte sie gehofft, dass noch ein weiteres Paar Männerschuhe in ihrem Hausflur stünden, doch als dem nicht so war, versteckte sie nur flott die Geschenke im Stuhlwald ihres Zimmers und humpelte dann hinüber in die Küche.

»Oh, Cookie, da bist du ja endlich! Wir waren auf dem Weihnachtsmarkt und ich habe soooo Lust auf Vanillekipferl! Backst du mir welche? Bitttteeeee!!!!!«

Sie machte wieder diese Kleinmädchenkulleraugen und hatte ihren Kopf schief gelegt.

Melina musste unwillkürlich lächeln.

»Also, eigentlich ist mir gerade weder besonders weihnachtlich zumute, noch nach backen«, wandte sie ein, doch Lara wischte ihre Worte einfach beiseite.

»Das Weihnachtsfeeling kommt beim Kipferl drehen, du wirst schon sehen.«

Melinas warf ihr einen skeptischen Blick zu, doch Lara stellte nur ihr Smartphone etwas lauter, aus dem gerade Last

Christmas von Wham jaulte, und fügte den Kulleraugen auch noch ihren kleinen Schmollmund hinzu.

»Okay, okay, du hast gewonnen.« Melina lachte. »Ich back dir welche. Aber dann macht ihr beiden was zum Abendbrot.«

»Kein Problem«, rief Lara fröhlich, »was soll ich bestellen. Worauf hast du Appetit?«

»Wie wäre es mit kochen?«

Lara zog eine Schnute, blinzelte zu Tarkan hinüber und säuselte: »Also, da würde mir was Besseres einfallen, was ich mit meiner Zeit anfange. Ich bestell bei diesem neuen veganen Lieferservice, das hatte dir doch auch gut geschmeckt, oder? Du bist eingeladen!«

Melina gab sich geschlagen. Achselzuckend nickte sie und begann, die Zutaten für die Kipferl zusammenzusuchen.

Eine Stunde später, während der Melina sehr laut ihre Weihnachtsplaylist rauf und runter gehört hatte, roch es in der ganzen Wohnung nach warmer Vanille. Der Lieferdienst klingelte, um zwei große Tüten mit Essen zu liefern, und Lara entlohnte den Mann großzügig vor allem damit, dass sie nur mit einem T-Shirt bekleidet die Tür öffnete.

Melina deckte rasch mit Tarkan den Tisch und sie setzten sich alle gemeinsam in die Küche.

»Wie haben dir die Bilder gefallen?«, fragte Lara unvermittelt, während sie sich Reis auffüllte.

»Hübsch, aber einfach nicht im Budget momentan«, entgegnete Melina und nahm ihr eine Schüssel ab.

»Spielverderberin! Aber es soll doch gemütlich werden bei uns. Ach, da fällt mir ein, ich hab da eine ganz tollen jungen Geschäftsführer getroffen von so einem Start-up … sehr vielversprechend. Die liefern jeden Tag frische Blumen für Büros. Das wäre doch auch was fürs Café, oder? Ein kleines Sträußchen auf jedem Tisch und wir hätten gar keine Arbeit damit.«

»Und was soll das kosten?«, fragte Melina skeptisch.

»Keine Ahnung, ich schick dir mal den Link, dann können die uns ja ein Angebot machen. Also ich fände es super.«

»Und ich fände es super, wenn wir endlich mal in den Laden könnten. Es wird jetzt langsam wirklich Zeit, dass wir vor Ort anfangen mit dem Einrichten und Einräumen. Ich will diesen Stuhlwald aus meinem Zimmer loswerden.«

»Hey«, protestierte Lara, »bei mir stehen auch Stühle rum.«

»Ja, zwei«, erwiderte Melina und ließ sich aber nicht ablenken. »Was hat der Vermieter gesagt, wann die Schlüsselübergabe ist?«

»Irgendwann nächste Woche. Nun mach doch keinen Stress, das wird schon bald passieren. Hast du jetzt eigentlich einen Tresen gefunden, der deinen Ansprüchen genügt?«

Auch hier hatte Laras Beitrag darin bestanden, eine innovative, junge Tischlerfirma aufzutun, die ihnen ein astronomisches Angebot gemacht hatte für einen Tresen und ein paar Regale dahinter. Melina seufzte tief.

»Nein, da bin ich noch nicht richtig vorangekommen. Vielleicht müssen wir doch erst mal improvisieren. Der Tresen, den ich online gefunden hatte, steht in Berlin und die Frachtkosten übersteigen den Wert von dem Ding um ein Vielfaches. Vielleicht müssen wir doch noch mal ein alternatives Angebot einer Tischlerei anfragen …«

»Dann beeil dich aber, denn kommende Woche ist Weihnachten, da machen die meisten Handwerksbetriebe bestimmt dicht bis nach Neujahr.«

»Ja, danke, als ob ich das nicht wüsste.«

Etwas nagte in Melinas Hinterkopf, doch der Gedanke schaffte es einfach nicht wieder auf die vorderste Bewusstseinsebene.

»Und nächstes Jahr um die Zeit gibt es schon Kipferl im *Cookies*!«

Dieser Gedanke wiederum zauberte auch Melina sofort ein Lächeln ins Gesicht.

»Oh, ja, ich kann es echt noch gar nicht richtig fassen. Das ist alles noch ganz unwirklich. Und es ist noch so viel zu tun …«

»Wir schaffen das schon«, beruhigte sie Lara, »und bei deinen Backkünsten werden uns die Leute im Handumdrehen die Türen einrennen.«

»Dein Wort in Gottes Ohr.«

Irgendwie hatten sich bei Melina die Bedenken festgesetzt und sie wollte nicht mehr in die fluffig leichte Stimmung zurückfinden, die Lara mit so viel Begeisterung verbreitete.

»Das wird fantastisch, du wirst sehen.«

»Wenn wir nur erst in den Laden könnten …«

»Jaja, nun hör schon auf. Gibst du mir noch mal die Sommerrollen, bitte?«

Melina reichte ihr den Teller mit den Rollen und seufzte.

»O Mann, ich bin so froh, wenn die Feiertage endlich

durch sind. Was für ein Glück, dass wir Silvester nur ganz ruhig machen …«

Sie hatte sich zurückgelehnt und gähnend die Augen geschlossen. Dabei entging ihr, dass Lara und Tarkan einen Blick wechselten. Seine fragend gehobenen Augenbrauen beantwortete Lara mit einem kaum wahrnehmbaren Kopfschütteln und einem Augenzwinkern.

»Na ja, aber nun ist ja erst mal bald Weihnachten. Heiligabend bist du bei deinen Eltern, nicht wahr und am ersten Feiertag fangen wir an, zu streichen wie geplant? Klappt das mit der Farblieferung?«

»Ja«, bestätigte Melina und hielt sich die Hand vor den Mund, weil sie direkt ein weiteres Mal gähnen musste, »der Baumarkt hat die Mengen standardmäßig vorrätig, kein Problem, die einfach am dreiundzwanzigsten abzuholen. Vermutlich wird das auch das Einfachste sein, denn ich wüsste nicht, wo wir auch noch unzählige Liter Farbe lagern sollten.«

Bei dem Gedanken an das unfertige Café und die Arbeit, die ihr über die Weihnachtsfeiertage bevorstand, verpuffte auch der letzte Anflug von Weihnachtsstimmung. Dieses Jahr war einfach nichts mit besinnlich und gemütlich – da half auch kein Keksduft. Umso besser, dass sie Silvester schon im Café würden anstoßen können. Ganz entgegen Laras Art hatten sie sich gegen eine große Eröffnungsfeier entschieden. Das hatte Melina zwar ein bisschen gewundert, aber sie fand es auch okay, wenn sie erst im Frühjahr, wenn sie anfangen konnten, Tische auf den Bürgersteig zu stellen und auch die Markise da wäre, feiern würden. Als hätte sie ihre Gedanken gelesen, lachte Lara ihr klingelndes Lachen.

Tarkan lächelte ebenfalls, auch wenn er etwas verloren zwischen den Frauen wirkte, die die ganze Zeit nur über ihren Laden sprachen.

Melina ließ sich wieder nach vorn fallen und wollte gerade noch mal auf Silvester kommen, als Lara wieder den Arm ausstreckte und auf eine andere Box deutete: »Gib mir noch mal die Sesamstreifen, bitte, T, die musst du probieren, die sind ein Traum.« Ungefragt schob sie ihm ein Stück in den Mund und er kaute lächelnd.

Melina vergaß ihren Gedanken und grinste in sich hinein. Musste Liebe schön sein.

# Dezent gruselig

Am Freitagmorgen humpelte Melina ins Büro mit dem Smartphone zwischen Ohr und Schulter geklemmt.

»Ja, klar, ich verstehe, dass ich bald anfangen muss und dass Sie keine Termine mehr haben vor Weihnachten. Kein Problem. Ja, dann ab Januar. Genau, ein früher Termin wäre toll.« Sie warf ihre Tasche neben ihren Schreibtisch und ließ sich rückwärts auf ihren Drehstuhl fallen. »7.30 Uhr? Perfekt. Gleich Dienstag? Super, vielen, vielen Dank.«

Erleichtert legte sie auf. Natürlich hatte sie keine Physiotherapiepraxis gefunden, bei der sie noch in den letzten Tagen vor Weihnachten einen Termin bekommen hätte, aber nun hatte sie doch Glück gehabt und direkt um die Ecke vom Café eine Praxis gefunden, die sie Anfang des Jahres mit reinschieben konnte. Optimal, denn da würde sie kommendes Jahr ohnehin jeden Tag vorbeigehen. Das ging doch gut los …

»O mein Gott«, schoss es ihr durch den Kopf, »ich werde da erst vorbeigehen, wenn ich endlich kündige.«

Heute war der letzte Tag, das fristgerecht zu tun. Melina schluckte hart.

»Melina, dein Musterdisplay ist da!« Freddy hatte sich wie immer nicht die Mühe gemacht, das Büro zu betreten, sondern stand nur im Türrahmen und ließ seine volle Stimme durch den Raum rollen. Melina schreckte hoch und zog gleichzeitig den Kopf ein. Ihr wäre es viel lieber gewesen, er hätte das nicht gleich an die große Glocke gehängt, sondern sie hätte erst mal in Ruhe allein einen Blick darauf werfen können. Sofort rappelte sie sich auf die Füße und griff ihre Krücken.

»Ich komme rüber ins Lager …«, rief sie so leise wie möglich zurück.

»Nein, Freddy, bring es doch bitte gleich hierher, ich möchte mit drauf schauen.«

Sabrina war wie ein Teufel aus der Box neben ihr aufgetaucht und Melina machte einen unbeholfenen Satz nach hinten. Glücklicherweise stand dort noch ihr Stuhl und es passierte ihr nichts weiter.

Ihre Chefin warf ihr nur kurz einen irritierten Blick zu. Passend zur heute Abend stattfindenden Weihnachtsfeier der Firma hatte sie sich in ein burgunderrotes Kleid geworfen mit glitzerndem Haarschmuck und ausladenden Goldketten um den Hals. Wären ihre Haare schwarz und nicht rot gewesen, hätte sie ausgesehen wie eine märchenhafte Zigeunerin auf einem Jahrmarkt, die einem die Zukunft aus der Hand las.

Melinas Mund wurde trocken. Dann also hier. Sie nickte Freddy tapfer zu, der umgehend verschwand.

Wenige Augenblicke später erschien er wieder mit seinem kleinen Hubwagen und einem Display auf einer Viertelpalette – noch verpackt in braunem Karton. Er stellte das Paket mitten im Raum ab und sofort begann es aus allen Ecken herbeizukrabbeln. Sämtliche Kolleginnen des Marketings hatten offensichtlich in diesem Augenblick nichts Besseres zu tun, als sich neugierig um die Kiste zu scharen, um beim Auspacken dabei zu sein. Wie die Motten um das Licht.

Melina verzog das Gesicht. Halb hoffte, halb erwartete sie, dass Sabrina die Menge verscheuchen würde, doch eine entsprechende Anweisung blieb aus. Der Fluch. Natürlich. Es war mehr als nur wohlwollende Neugier, die alle von ihren Schreibtischen gelockt hatte. Sie erwarteten alle eine Katastrophe – und keiner wollte sich Melinas bevorstehende Schmach entgehen lassen. Melinas ganzer Körper begann zu kribbeln. Auf die Art von großem Spektakel hätte sie nun wirklich liebend gern verzichtet, doch ihr blieb auch gar nichts erspart.

»Mach es auf«, befahl Sabrina und leitete das von Freddy angebotene Teppichmesser mit einem Nicken direkt weiter an Melina. Die stellte eine ihrer Krücken an ihren Schreibtisch und humpelte hinüber zu der bereits versammelten Meute. Selbige teilte sich wie das Rote Meer, als sie herantrat. Sie ergriff den Cutter und betrachtete das Paket. Es half überhaupt nichts. Entweder würde dieser Karton ihr ewigen Ruhm einbringen oder sie würde als eine weitere Mitarbeiterin in die Annalen der Firma eingehen, die Opfer des Halloweenfluchs geworden war. Wie auch immer: Sie umfasste das Messer fester, schob die Klinge heraus und durchtrennte mit zwei energischen Bewegungen die Kunststoffumreifung. Die schwarzen Plastikbänder fielen zu Boden und Melina konnte spüren, wie alle um sie herum den Atem anhielten. Sie sah zu Freddy, der ebenfalls angespannt aussah und nickte ihm zu. Gemeinsam fassten sie den Deckel, der das gesamte Display bedeckte, an der unteren Kante an und schoben ihn gleichmäßig nach oben.

Dann nahm ihr Freddy den Karton ab und trat einen gebührenden Schritt zurück. Alle anderen in der Runde machten einen gespannten Schritt nach vorn und drängten sich um Sabrina und den Aufsteller.

Ein Raunen ging durch die Runde.

Melinas Blick fiel als Erstes auf die weißen Stumpen mit den schwarzen Katzen und sie liebte sie sofort. Auch die kleinere Variante in Schwarz mit dem weißen Spinnennetz daneben sah super aus. In Erinnerung an das Desaster vom letzten Jahr humpelte sie zunächst einmal um den Aufsteller herum, um sich davon zu überzeugen, dass der Druck vollständig war, aber auch hier war nichts zu beanstanden. Das Bild war scharf und auf allen Seiten aufgebracht. Ihr Herz klopfte. Noch immer hätte man eine Stecknadel im Raum fallen hören können. Melina gewahrte Pattys schockierten Blick, die eine Hand vor den Mund geschlagen und mit der anderen haltsuchend nach Lisa gegriffen hatte. Auch andere Kolleginnen rangen mit ihren Emotionen. Nur Sabrina stand stoisch da und starrte mit undurchdringlicher Miene auf das Display.

Melina wandte sich wieder dem Aufbau zu. Sie konnte sich nicht erklären, warum alle so guckten, der Druck war in Ordnung, die Kerzen standen alle an Ort und Stelle und dann fiel ihr Blick auf das Dreierset kleiner Stumpen mit den Kürbissen darauf … Die Kürbisse stachen einem in grellem Orange in die Augen und sahen zum Anbeißen aus. Die Kerzen selbst hingegen hatten einen sanften Ton wie unreife Aprikosen. Melina schluckte. Ihre Aufmerksamkeit wanderte weiter zu dem Hexenset, einem Duo in Schwarz-Lila, das gegengleich auf der einen eine schwarze und auf der anderen eine lila Hexe hatte. Doch auch hier war der Lilaton wieder keine kräftige Volltonfarbe, sondern glich mehr ein Hauch von Lavendel.

Melina schloss die Augen. Der Fluch hatte also auch sie erwischt, auch wenn sie keine Ahnung hatte, was zum Geier da schiefgelaufen war.

Das wiederum klärte Sabrina augenblicklich auf: »Das ist ja eine reizende Idee, dass unser Halloweendisplay dieses Jahr nahtlos an den Sommer anschließt und auch farblich so schön dazu passt. Dezent.«

Shit, genau. Melina musste bei der Eingabe der Farbcodes in ihre Bestelltabelle die Codes vom Sommersortiment im Kopf gehabt haben. Und weil ihr die eben so vertraut waren, war ihr der Fehler auch beim Überprüfen nie mehr aufgefallen. Um sie herum wurde es unruhig und sie hörte einige nervös kichern. Sie schlug die Augen wieder auf und fing den stechenden Blick ihrer Vorgesetzten auf. Unwillkürlich hüpfte sie einen kleinen Schritt zurück.

»Freddy, du kannst das erst mal hierlassen. Stell es drüben an die Wand.«

Sie hatte Melina nicht aus den Augen gelassen und hob jetzt die Hand, um mit dem Zeigefinger auf sie zu zeigen.

»Und du, sieh zu, dass du diese Farbkatastrophe behebst und die Muster so nachbestellst, dass wir das hier auch tatsächlich irgendjemandem anbieten können. Hopphopp, die Zeit läuft.«

Mit gesenktem Kopf hoppelte Melina zurück an ihren Schreibtisch. Hinter ihrem Rücken wurde ganz offen getuschelt und gelacht. Auch wenn sie es nicht sehen konnte, war sie sich sicher, dass ihr Gesicht hochrot angelaufen war. Wie hatte ihr so etwas Dummes nur passieren können. Klar war die logische Erklärung leicht, aber sie war es, Melina, die Perfektionistin. Das sah ihr überhaupt nicht ähnlich. Solche Flüchtigkeitsfehler machte sie einfach nicht. Sie ließ sich an ihren Schreibtisch fallen und starrte fest auf ihren Bildschirm. Ihre Augen brannten schon, doch sie wagte nicht zu blinzeln, um die Tränen nicht offen über ihre Wangen laufen zu lassen. Sie bewahrte noch mit schier übermenschlicher Anstrengung weitere fünf Minuten lang die Fassung. Dann sprang sie auf, steckte ihr Handy in die hintere Hosentasche, griff die Krücken und humpelte, so schnell sie konnte, hinüber zu den Toiletten.

Glücklicherweise war sonst gerade niemand in dem kleinen quadratischen Arrangement mit zwei Kabinen und sie schloss sich in die ihr näher gelegene ein und ließ endlich ihren Tränen freien Lauf.

Alle Freude des Morgens war verflogen. Das war also das peinliche Erbe, das sie der Firma hinterlassen würde, wenn sie ginge. Jetzt würden sich alle gleich doppelt das Maul zerreißen, wenn sie heute kündigte. Niemand würde ihr glauben, dass sie tatsächlich einen größeren Plan hatte. Alle würden vermuten, dass sie weglief, um nicht die nächsten Monate bei Sabrina unten durch und damit der Fußabtreter der Abteilung zu sein. Sie schluchzte auf. Und sie konnte ihnen nicht einmal das Gegenteil beweisen, denn sie musste nun einmal heute kündigen. Wie sie das allerdings jetzt noch irgendwie mit erhobenem Haupt machen sollte, war ihr schleierhaft. So wie Sabrina sie eben angesehen hatte, würde sie lieber auf der Stelle tot umfallen oder eigenhändig mit den Zähnen die falsche Waschfarbe von den Kerzen kratzen, anstatt ihr jetzt unter die Augen zu treten und ihre Kündigung auszusprechen. Sie schniefte und zog ihr Handy aus der Tasche.

Laras Nummer hatte sie auf Kurzwahl und der Rufton erklang bereits, als sie das Smartphone an ihr Ohr hob. Es dauerte eine Weile und sie fürchtete schon fast, dass sie nur auf der Mailbox landen würde, als Lara schließlich doch abhob.

»Ja, hallo?«

»Hey, ich bin's«, sagte Melina, die sich sicher war, dass ihre Freundin wie immer nicht gecheckt hatte, wer anrief.

»Cookie, alles in Ordnung?«

Melina heulte auf.

»Was ist passiert, du klingst furchtbar«, setzte ihre Freundin besorgt nach.

Melina schaffte es, unter Schluchzen hervorzustoßen: »Der Halloweenfluch hat mich erwischt.«

Vor lauter Heulen und Aufregung bekam sie nun auch noch zu allem Überfluss Schluckauf.

»Was für ein Halloweenfluch?«, fragte Lara verwirrt, »hast du getrunken?«

»Nein … hicks … ich hab nicht … hicks … aber das Halloweendisplay … ich hab's versaut … hicks.«

»Cookie, ich versteh kein Wort, was zum Geier ist mit deinem Halloweendisplay? Redest du von deinen Kerzen?«

»Jaaaa«, heulte Melina, »sie sind pastellfarben … hicks.«

»Aha«, machte ihre Freundin und klang nicht danach, als hätte sie die Tragweite dieser Information schon in vollem Umfang erfasst.

Melina riss sich zusammen und schniefte »Es gibt diesen albernen Aberglauben hier in der Firma, dass mit dem Halloweendisplay immer irgendwas schiefgeht … hicks. Und dieses Mal bin ich doch dafür verantwortlich und ich hab … hicks … mich mit den Farbcodes vertan und nun sind die Kerzen nicht grell und kontrastreich … hicks, sondern alle hübsch dezent und pastellfarben … hicks … es sieht total albern aus … hicks … und alle haben … hicks … gelacht … hicks.« Bei dem Gedanken an ihre Schande wurde der Schluckauf direkt schlimmer.

Nun war auch bei Lara der Groschen gefallen und auch sie fing schallend an zu lachen, was nicht ganz der moralischen Unterstützung entsprach, die Melina sich von ihrer Freundin erhofft hatte.

»Ach, Cookie-Schatz, das ist doch Pillepalle. Halloween ist erst in zehn Monaten, bis dahin hast du das doch wohl wieder hinbekommen. Warum machst du dich denn so fertig, dann bist du doch eh überhaupt nicht mehr da. Kann dir doch völlig egal sein, was diese anderen Hühner denken. Wir eröffnen unser Café. Das ist wichtig!«

So gesehen hatte Lara natürlich recht. Melina riss ein Stück Toilettenpapier von der Rolle und wischte sich über das Gesicht. Dann nahm sie ein weiteres, um sich auch die Nase zu putzen.

»Genau. Ich eröffne mein Café …hicks … warum rege ich mich überhaupt so auf?« Sie war noch ganz damit beschäftigt, der Tränenflut Herr zu werden, dass ihr die kurze Pause am anderen Ende gar nicht mehr auffiel.

»Du, ich muss dann auch mal wieder …«, sagte Lara und klang deutlich zurückhaltender.

Melina war ihr Stimmungswechsel nicht entgangen, sie nahm aber hin, dass ihre Freundin wohl schon wieder mit dem Kopf woanders war.

»Klar, kein Problem, ich bin so dankbar, dass ich dich überhaupt erreicht habe … hicks.«

»Alles gut, bis später dann.«

»Ja, tschüss.« Melina legte auf und trocknete sich mit einer finalen Handvoll Toilettenpapier die Tränen. Dann stand sie auf, verließ die Kabine und wusch sich mit kaltem Wasser das Gesicht. Sie strich ihre Haare glatt und sah sich fest im Spiegel in die Augen.

Ja, sie hasste es, wenn andere über sie lachten. Doch im Grunde war es ihr egal, denn was war schon passiert? Auch ihr war Halloween misslungen, wie so vielen anderen, sicher erfahreneren Kolleginnen als ihr zuvor auch schon. Was sollte es? Und ihr Fehler ließ sich wenigstens schnell beheben. Ein paar Zahlen korrigiert und in wenigen Wochen hätte sie die richtigen Kerzen. Die würden dann einfach ausgetauscht und der Fotograf könnte immer noch rechtzeitig Fotos für den Katalog machen. Ihr Patzer war doch nun wirklich kein Beinbruch. Im Gegenteil. Sie klärte das heute noch schnell und dann konnte sie ganz entspannt kündigen, denn sie hatte hier einen guten Job gemacht im letzten halben Jahr – und so gedachte sie ihn auch zu beenden.

Entschlossen drehte sie den Hahn zu, trocknete sich das Gesicht ab und machte sich wieder auf zu ihrem Schreibtisch.

# Prost, ich kündige

Der Rest des Tages kroch so dahin. Einige der Kolleginnen hatten sich im zweiten Anlauf doch dazu entschlossen, ein wenig Solidarität zu zeigen und Lisa war später sogar persönlich zu ihr gekommen, um sie mit den Worten aufzubauen: »Da konntest du gar nichts machen, das war halt der Halloweenfluch.«

Melina hatte verkniffen gelächelt und ihr für ihren Zuspruch gedankt, innerlich wollte sie sich aber immer noch nicht hinter dieser paranormalen Ausrede verstecken. Sie hatte Mist gebaut und das würde sie jetzt schnellstmöglich beheben. Sie telefonierte mit Jia, ihrem Kontakt in der chinesischen Produktion, klärte das mit den Farbcodes und bestellte einen Satz neuer Musterkerzen. Die würden dann einfach im Display ausgetauscht und Halloween wäre fertig und perfekt.

»Wann ist noch mal Neujahr bei euch?«, fragte Melina besorgt, denn sie hatte gehört, dass die Feierlichkeiten die Produktion vor Ort immer ziemlich durcheinanderbrachten.

Jia lachte auf

»Mach dir keine Sorgen, Melina, Neujahr ist erst am 10. Februar. Bis dahin ist noch viel Zeit.«

Melina lächelte. Nicht nur, weil das eine positive Nachricht für sie war, sondern vor allem voller Bewunderung für das exzellente Deutsch, das Jia sprach. Sie selbst hatte schon genug Mühe mit Englisch. Doch als Geste der Höflichkeit antwortete sie mit dem einzigen Wort, das sie auf Chinesisch in der ganzen Zeit ihrer Zusammenarbeit gelernt hatte.

»Xièxie – danke«, sagte sie und Jia lachte zur Antwort.

»Gern, wir sprechen uns nächstes Jahr. Hab eine schöne Weihnachtszeit und einen guten Rutsch.«

Melina schluckte. Wie gern hätte sie sich besser von ihr verabschiedet und ihr ehrlich gesagt, dass dieses voraussichtlich ihr letztes Telefonat sein würde, doch das konnte sie sich nicht erlauben. So lieb Jia war, so leicht könnte sie sich auch einer anderen Kollegin gegenüber verplappern. Im Vergleich zu ihrem kleinen Fauxpas mit den Farben wäre das ein ausgewachsenes Armageddon, sollte Sabrina auf diese Art von ihrer Fahnenflucht Wind bekommen.

»Ja, bis dann«, verabschiedete sie sich also nur lahm von ihrer Partnerin, die ihr eine so zuverlässige Stütze gewesen war im letzten halben Jahr.

Nach dem Auflegen ruhten ihre Finger auf ihrer Tastatur. Da heute wirklich der letzte Termin war, um ihre Kündigung einzureichen, sollte sie das besser gleich gründlich tun. Sie öffnete ein neues Worddokument. Im Kopf trug sie ihren Namen und ihre Adresse ein. Mit dem Datum von heute und dem Betreff *Kündigung* verfasste sie rasch einen Dreizeiler, in dem sie fristgemäß ihr Anstellungsverhältnis innerhalb der Probezeit zum Monatsende beendete.

Sie überflog das Schreiben noch einmal. Ihre Finger schwebten immer noch über dem Keyboard. Sollte sie sich noch für die Chance bedanken? Oder vielleicht eine Erklärung hinzufügen, warum sie Chandelles nach so kurzer Zeit wieder verlassen würde? Doch dann schüttelte sie den Kopf. Im Grunde war das alles überflüssig. Sie wusste, dass ihre Chefin einen regen Durchsatz an Mitarbeiterinnen in ihrer Abteilung hatte. Nicht jeder kam mit ihrer Art gleich gut klar. Auch Melina musste sich ehrlich eingestehen, dass sie nicht wusste, ob sie unter anderen Umständen länger hätte für diese Diplomhektikerin arbeiten wollen. Andererseits waren Freddy und einige andere wie Jia ihr ehrlich ans Herz gewachsen. Sie seufzte. Aber sie konnte nun einmal nicht hierbleiben und ihr Café eröffnen. Also worauf wartete sie?

Sie las noch einmal das kurze Schreiben, korrigierte ein letztes Komma und sandte das Dokument dann an den Drucker. Anschließend beeilte sie sich, mit ihren Krücken hinüberzuhoppeln, um das Blatt ungesehen aus der Druckerablage nehmen zu können. Zurück an ihrem Tisch unterschrieb sie ihre Kündigung, faltete sie sorgfältig und steckte sie in einen weißen Briefumschlag, den sie in ihre Tasche gleiten ließ. Nun musste sich nur noch der richtige Zeitpunkt finden, um ihn zu übergeben.

Doch wie der Zufall es so wollte, ergab sich da mal wieder gar nichts. Das Aufsehen um ihre misslungene Kollektion verflüchtigte sich ebenso schnell, wie es gekommen war.

Die ersten Zahlen der Weihnachtsabverkäufe wollten evaluiert werden, Sabrina rannte wie immer von einem Meeting zum nächsten und alle anderen legten in ihrer

Abwesenheit ein wenig die Füße hoch, denn jeder wusste, dass die kommende Woche keine kriegsentscheidenden Dinge mehr passieren würden.

Auch Melina erlaubte sich, nachdem sich ihr Nervenkostüm erholt hatte, sich damit zu beschäftigen, ihren Schreibtisch aufzuräumen, die E-Mail-Ablage zu sortieren und ihren Arbeitsplatz unauffällig übergabefähig zu machen. Sie hatte noch genug Resturlaub, um nicht mehr wiederkommen zu müssen. Das kam ihr sehr entgegen, denn sie hatte die Zeit dringend nötig, um die Einkäufe für das *Cookies* zu organisieren und sich endlich hinzusetzen und die Webseite online zu stellen.

Noch immer schwebte das Damoklesschwert des unausgesprochenen Abschieds über ihrem Kopf, aber sie fand einfach den Absprung nicht. So schlich sie um 16 Uhr zusammen mit allen anderen aus dem Haus los und stieg in einen der bereitstehenden Busse. Die Firma hatte für die diesjährige Weihnachtsfeier ein Restaurant gemietet, das Raum für die 89 Angestellten hatte, eine Bühne mit Karaokemaschine und eine große Tanzfläche bot. Melina hatte gehört, dass es sogar einen DJ geben würde. Ihr graute vor dem Abend, denn sie hasste Karaoke, aber da das Essen in Buffetform serviert wurde, bestand zumindest die Aussicht, dass sie auch etwas Vernünftiges in den Magen bekommen würde.

Vor Ort angekommen stellte sie fest, dass es keine festen Sitzplätze gab, sondern dass sich die Abteilungen setzen konnten, wohin sie wollten. Trotzdem wählten die meisten Kollegen Plätze zusammen mit ihren Büropartnern. Melina schluckte. Sie hatte so überhaupt keine Lust, mit Sabrina an einem Tisch zu sitzen. Als sie sah, dass der Tisch um sie ohnehin schon voll war, atmete sie erleichtert auf und wählte für sich den Stuhl neben Freddy, der mit einigen Herren aus dem Vertrieb zusammensaß. Die erweckten den Eindruck, dass sie den Abend in vollen Zügen genießen wollten und hatten bereits bei ihrer Ankunft mehrere Flaschen Obstler und Korn bestellt.

Melina wurde mit großem Hallo begrüßt, eine junge Frau, die sich freiwillig in ihr Revier wagte, war mehr als willkommen.

Freddy schenkte ihr den ersten Klaren ein, bevor sie ihre Krücken verstaut hatte.

»Freddy, ich sollte wirklich nicht …«

»Schnickschnack, Mädchen, das geht heute aufs Haus. Und einen verträgst du schon.«

Er erhob sein Glas und sie stieß mit ihm an, was natürlich umgehend dazu führte, dass auch alle anderen Herren am Tisch mit ihr anstießen.

Melina kippte den Kurzen und erschauerte. So harten Alkohol trank sie sonst nie und der Schnaps brannte in ihrem Hals bis hinunter in ihren leeren Magen. Suchend sah sie sich um. Sie musste dringend etwas essen, sonst würde der Abend ein wahrhaftig böses Ende nehmen.

Als das Buffet eine gute Stunde später endlich eröffnet wurde, hatte Melina bereits einen Schwips und Mühe, mit ihren zwei Krücken überhaupt dahin vordringen zu können.

Glücklicherweise traf sie Lisa, die ihr eine helfende Hand lieh und unter Melinas Anweisungen einen Teller befüllte und ihn ihr bereitwillig sogar zurück zu ihrem Tisch trug.

»Danke dir, meine Liebe«, säuselte Melina und stolperte fast über ihre Zunge, »du bist so ein Schatz, definitiv die netteste Kollegin in dieser Schlangengrube von einer Abteilung.«

Als sie Lisas schockiertes Gesicht sah, realisierte sie, was sie gerade laut ausgesprochen hatte, und schlug sich mit der Hand vor den Mund. »Upsi.« Sie kicherte los.

Lisa sah in die amüsierten Gesichter der Kollegen aus dem Vertrieb, die teils zustimmend johlten, und zog sich rasch wieder zurück.

Melina ergriff ihren nächsten Kurzen, denn die Herren sorgten ungefragt für ständigen Nachschub, und sprach einen Toast aus: »Auf den verdammten Halloweenfluch. Er bleibt auch dieses Jahr ungebrochen.« Niemand schien überrascht von dieser Neuigkeit und Melina wunderte sich auch nicht eine Sekunde darüber, wie gut der Flurfunk bei solchen Angelegenheiten immer funktionierte. Ihr war völlig klar, dass sie heute das Gespräch des Tages in der gesamten Firma gewesen sein musste. Dank des Alkohols und der aufsteigenden Hitze in ihrem Körper war ihr das allerdings herzlich egal. Sie kippte das Glas und sammelte dann ihre gesamte Konzentration, um wenigstens einigermaßen manierlich etwas zu essen.

Doch das Trinken riss nicht ab. Der Geschäftsführer hielt eine kurze, erheiternde Rede über das zurückliegende Geschäftsjahr und erntete reichlich Applaus für seine humorige Art. Nachdem er allen einen fröhlichen Abend gewünscht und damit den offiziellen Teil für beendet erklärt hatte, legte der DJ los. Am liebsten wäre Melina aufgesprungen und auf die Tanzfläche gestürmt. Der

Drang, sich zu bewegen wurde immer größer. Doch mit ihren Krücken traute sie sich nicht. Also blieb sie, wo sie war, und trank erst den angebotenen Sekt zur Feier des Tages und dann schon wieder den nächsten Kurzen.

Das Marketing hatte sich fast komplett um Sabrina scharend zur Tanzfläche bewegt, wo Patty auf der angrenzenden Bühne gerade eine wirklich schlechte Interpretation von Flowers von Miley Cyrus zum Besten gab. Sabrina hüpfte und wiegte sich in der Mitte des Raumes. Alle anderen wippten mehr oder weniger von einem Fuß auf den anderen. Niemand wollte in den Verdacht geraten, die Chefin übertrumpfen zu wollen oder gar eine bessere Figur zu machen als sie.

In Anbetracht dieses Schwarms von braven Arbeiterbienchen, die ihre Königin umschwirrten, musste Melina laut loskichern. Durch die allgemeine Lautstärke gedämpft fiel das allerdings zum Glück niemandem auf. Melina konnte jedoch überhaupt nicht wieder aufhören und ihr Gekichere steigerte sich zu einem so heftigen, stressinduzierten Lachkrampf, dass am Ende ihr ganzer Körper bebte. Sie lachte und lachte, krümmte sich auf ihrem Stuhl zusammen, weil ihr der Bauch anfing wehzutun und lachte nur noch mehr. Als ihre Wangen anfingen, ebenfalls zu schmerzen von so viel ungewohnter Muskelaktivität in ihrem Gesicht, schüttete sie sich über diese Erkenntnis vor Lachen aus und rutschte dabei versehentlich von ihrem Stuhl. Auf dem Boden sitzend lachte sie unter Tränen weiter.

»Na, Mädchen, du hast wohl genug gehabt«, stellte Freddy fest und griff sie am Arm, um ihr wieder aufzuhelfen. Doch sie entglitt ihm und prustete über diesen Umstand direkt wieder los.

Mittlerweile waren nicht nur die Umstehenden auf sie aufmerksam geworden, sondern auch Sabrina. Sie hielt in ihrem würdelosen Rumgezappel inne und warf Melina einen scharfen Blick zu. Die wollte sich wegschmeißen und giggelte hinter vorgehaltenen Händen.

»Oh, oh, ich hab ihre Majestät aus dem Takt gebracht.«

Sabrina konnte unmöglich gehört haben, was Melina lallte, trotzdem strebte sie zu ihr herüber und baute sich vor Melina auf.

»Melina, was in aller Welt ist das denn für ein peinliches Verhalten?«, fragte sie erzürnt und ihre Empörung erheiterte Melina noch zusätzlich.

»Ich dulde nicht, dass sich ein Mitglied meiner Abteilung derartig gehen lässt. Komm gefälligst vom Boden hoch.« Eine ihrer roten Locken hatte es gewagt, sich aus dem Glitzerhaarschmuck zu lösen, und sie strich sie jetzt mit einer der für sie typischen ausladenden Geste zurück.

Melina sah von unten zu ihr empor und gluckste unterdrückt weiter, während Patty und Lisa ihr halfen, auf die Füße zu kommen.

»Eure Majestät, es wird nicht wieder vorkommen«, lallte sie mit aller Ehrerbietung, die sie auf einem Bein stehend aufbringen konnte und meisterte eine kleine Verbeugung.

»Vielleicht sollte ihr jemand ein Taxi rufen. Melina, du hattest genug. Du solltest nach Hause fahren«, gebot Sabrina jetzt und traf damit einen Nerv bei Melina. Ihr Blick fokussierte sich plötzlich auf ihre Chefin und sie stieß mit dem Zeigefinger nach ihr.

»Und du sagst mir nicht, was ich zu tun habe. Nicht mehr. Nie mehr.« Und weil sie gerade so gut in Fahrt war und all die schockierten Gesichter um sich herum so unglaublich amüsant fand, fügte sie hinzu: »Ich bin nämlich eine erfolgreiche Geschäftsfrau mit einem eigenen Café. Jawohl. Und nicht mehr dein Depp, dem man das blöde Halloween aufs Auge drücken kann. Ich hab euch durchschaut. Aber nicht mit mir. Ich … hicks …« Genau im unpassendsten Moment meldete sich ihr Schluckauf von heute Morgen wieder, doch Melina war so in Fahrt, dass sie sich auch davon nicht mehr aufhalten ließ: »… ich kündige … hicks. Jetzt und gleich und sofort und überhaupt. Ich bin raus.« Damit ließ sie sich endlich wieder auf ihren Stuhl fallen und erhob ihren letzten Kurzen.

»Prost, ich kündige.«

Allen Umstehenden fiel die Kinnlade auf die Brust, doch Melina lehnte sich sichtlich zufrieden zurück. Dann fiel ihr noch der Brief in ihrer Tasche ein. Sie erhob sich schwerfällig und durchsuchte ihre Umhängetasche, bis sie den weißen Briefumschlag fand. Sie zog ihn hervor und klatschte ihn der immer noch völlig perplexen Sabrina vor die Brust, die reflexartig danach griff. Melina zwinkerte ihr zu. Dann schnappte sie sich ihre Krücken und unter dem anhaltenden Starren ihrer nunmehr Ex-Kollegen humpelte sie unsicher Richtung Ausgang.

»Halleluja, ich hab's gesagt«, fügte sie mit schwerer Zunge an sich selbst gerichtet hinzu.

# Verkaterte Katastrophe

Melina konnte sich beim besten Willen nicht mehr daran erinnern, wie sie nach Hause gekommen war. Als sie am Samstagmorgen angezogen und mit dem Geschmack eines toten Tieres in ihrem Mund aufgewacht war, hatte sie sich gewünscht, dass die Erde sie einfach verschlucken möge.

Es hatte über eine halbe Stunde gebraucht, bis sie sich hinüber ins Badezimmer quälen konnte, wo sie ein übler Geruch empfing. Offensichtlich hatte sich hier jemand in der Nacht übergeben … und zwar in die Badewanne, statt in die Toilette. Angewidert kämpfte sie gegen den sofort wieder einsetzenden Brechreiz. Sie wollte nach Lara rufen, befand aber, dass das wohl unfair wäre in Anbetracht der Tatsache, dass mit größter Wahrscheinlichkeit sie selbst die Verursacherin war.

Sie humpelte also hinüber zur Abstellkammer, aktivierte im Vorübergehen die höhere Stufe der Entlüftung für das kleine, fensterlose Bad und kam mit einer Klammer auf der Nase und Gummihandschuhen an den Händen zurück. Sie machte die Wanne und auch den Rest des Bades gründlich sauber, ehe sie sich traute, die Wäscheklammer wieder abzunehmen. Der Geruch war noch nicht ganz verflogen, aber deutlich gemildert. Einsetzender Schwindel zwang sie, einen Moment auf dem Wannenrand Platz zu nehmen. Sie war eindeutig immer noch nicht nüchtern.

»Also, ab nächstem Jahr verzichte ich nicht nur auf Zucker, sondern auch endgültig auf Alkohol.« Ihre Gedanken wanderten zurück zu der Firmenweihnachtsfeier. Eine Sekunde lang meldeten sich Scham und ein schlechtes Gewissen. Doch dann wichen sie einem Gefühl von Triumph, und als sie sich an das Gesicht ihrer Chefin erinnerte, musste Melina direkt wieder loslachen. Das war es einfach wert gewesen. Und nun war sie frei. Glücklich atmete sie durch. Wenn das kein Grund war zu feiern. Sie erhob sich und entschied, dass, bevor sie irgendwas feiern könnte, sie erst mal wieder sie selbst werden musste. Also startete sie mit Zähneputzen, Duschen und Haarewaschen und nach weiteren zwanzig Minuten fühlte sie sich nicht nur frei und glücklich, sondern auch frisch und sauber.

Erst jetzt stellte sie verwundert fest, dass es bereits auf Mittag zuging und sie noch gar nichts von Lara gehört hatte. Neugierig humpelte sie in die Küche. Auf dem Weg stellte sie durch die nur angelehnte Tür zum Zimmer ihrer Mitbewohnerin fest, dass deren Vorhänge nicht zugezogen waren. Das konnte nur bedeuten, dass sie gestern Abend entweder genauso voll gewesen war wie sie selbst oder Lara war gar nicht da.

»Lara?«, fragte sie also leise durch den Türschlitz und bekam keine Antwort. Mit der Krücke schob sie die Tür so weit auf, wie es der Kleiderhaufen dahinter zuließ. Das Zimmer war ruhig und wirkte unbewohnt.

»Lara, bist du da?«, fragte Melina noch einmal etwas lauter in Richtung der Ecke hinter dem Raumteiler, in der Laras Bett stand. In Ermangelung einer Reaktion ging sie weiter Richtung Küche, wo sie einen kleinen Zettel auf dem

Küchentisch fand. Die schnörkelig verspielte Handschrift war eindeutig Laras.

»Bin übers Wochenende bei Tarkan, hoffe du hattest Spaß auf der Weihnachtsfeier. Drück dich, bis Sonntag. Küsschen, Lara«, las sie und ließ den Zettel sinken.

»Okay, dann wird das wohl nichts mit dem Feiern meiner neugewonnenen Freiheit«, seufzte sie und beschloss, sich erst mal einen Espresso zu machen. Während der Perkolator fröhlich vor sich hin blubberte, scrollte sie durch ihre Playlist und suchte sich ein jazziges Weihnachtsalbum heraus.

Nachdem der Stress der letzten Wochen nun für einen Moment von ihr abfiel, stand ihr der Sinn ganz eindeutig nach Weihnachten.

»Ich sollte endlich anfangen mit den Lebkuchen, sonst bleibt es wirklich bei meinen Mini-Weihnachtsgeschenken unter dem Tannenbaum«, beschloss sie. Sie öffnete ihre Einkaufslisten-App und den Apothekerschrank, um ihre Vorräte zu checken und eine Einkaufsliste zu machen. Draußen war der Himmel ausnahmsweise mal wieder blau, und auch wenn die Straßen nur noch hier und da matschige Schneehaufenreste zeigten, war Melina wild entschlossen, sich hier drin ihr eigenes Winterwunderland zu schaffen.

Sie nutzte das Wochenende auch gleich noch dafür, die Weihnachtsdekoration aus dem Keller zu holen und die Wohnung zu schmücken. Als sie Montagmorgen in der Küche saß und Lara mit einem Espresso unter dem blinkenden, bunten Weihnachtsbaum empfing, der nunmehr das Küchenfenster erleuchtete, grinste ihre Freundin sie an.

»Na, du hattest ja Spaß am Wochenende«, stellte Lara mit einer Kopfbewegung in Richtung der Anrichte fest, auf der dutzende kleiner und größerer Tüten mit frisch gebackenen Lebkuchen standen, jede einzelne mit einem roten oder grünen Schleifchen und einer handgeschriebenen Karte versehen.

»Ja«, erwiderte Melina grinsend. »Jetzt kann Weihnachten quasi kommen.«

Lara nahm sich einen Kaffee und setzte sich zu ihr an den Tisch. Herzhaft gähnend streckte sie sich aus.

»Und, wie war deine Weihnachtsfeier? Hast du mit irgendeinem süßen Kollegen rumgeknutscht – oder vielleicht mit einer Kollegin?«

Die Erinnerung an den Abend rief mittlerweile eher gemischte Gefühle bei Melina hervor.

»Nein, das nicht«, sagte sie kopfschüttelnd und fügte dann an ihrer Unterlippe kauend hinzu, »ich glaub, ich hab auch so für genug Aufsehen gesorgt.«

Lara guckte sie neugierig an und rutschte so in Position auf ihrem Stuhl, dass Melina bereitwillig den Abend für sie Revue passieren ließ. Als ihre Freundin losprustete, konnte auch sie nicht anders, als einzustimmen.

»Das hätte ich ja zu gern gesehen.« Lara kicherte.

Melina lächelte und atmete tief durch.

»Zumindest ist das jetzt geklärt und ich kann mich endlich ganz auf mein Café konzentrieren.«

Lara sah sie an.

»Was?«, fragte Melina überrascht.

»*Unser* Café.«

Irritiert hob Melina die Augenbrauen.

»Ja, natürlich unser Café. Wieso? Was hab ich denn gesagt?«

»Meins.«

Melina überlegte und schüttelte dann den Kopf.

»Nein …«

»Doch und das machst du neuerdings dauernd. Du sprichst nur noch von *deinem* Café.«

Melina war sich keiner Schuld bewusst und zuckte leichthin mit den Schultern.

»Ach egal, ich meine natürlich, unser Café.« Sie zwinkerte Lara zu und räumte ihre Tasse weg. »Hoffentlich meldet sich der Vermieter heute endlich …«

Auch Lara hatte sich erhoben, im Vorbeigehen ihre Tasse ebenfalls in die Spüle gestellt und ging nun hinaus. Wenn sie Melina gehört hatte, reagierte sie nicht drauf. Stattdessen murmelte sie: »Ich muss mich beeilen. Denn ich muss diese Woche noch ins Büro.«

Melina sah ihr nach und überlegte, ob ihre Freundin irgendwie verstimmt war. Doch dann verwarf sie den Gedanken. Lara war eigentlich nie lange sauer, und was immer ihr gerade quer saß, wäre bis heute Abend sicher vergeben und vergessen.

Mittags piepte ihr Handy, als sie gerade dabei war, ein Chutney für den Abend anzusetzen, das sie zu gebratenem Tofu servieren wollte. Sie wischte sich die Hände am Geschirrtuch trocken und rief die Nachricht auf.

»… bedauern wir Ihnen mitteilen zu müssen, dass wir die Räumlichkeiten in Winterhude anderweitig vermietet haben.«

Melina starrte auf die E-Mail, scrollte wie wild hin und her, um den Absender auf dem kleinen Display erkennen zu können. Doch je aufgeregter und hektischer sie wurde bei dem Versuch, den Text in seiner Gänze lesen zu können, umso weniger ergaben die Fetzen, die sie las, einen Sinn. Genervt ging sie hinüber in ihr Zimmer und suchte unter ihrem Bett nach ihrem privaten Laptop. Es dauerte ewig, bis das Ding endlich hochfuhr und sofort pustete der Lüfter los, allerdings auch erst, nachdem sie das Kabel in die Steckdose gesteckt hatte.

Endlich öffnete sich ihr E-Mail-Programm und sie konnte das ganze Schreiben auf einer angemessenen Bildschirmgröße lesen. Sie las es ein zweites und auch noch ein drittes Mal. Erst dann sickerte es langsam bei ihr durch. Der Vermieter hatte einfach ihren Mietvertrag aufgehoben. Aber warum denn um Himmels willen? Es war doch alles klar gewesen … Sie scrollte zurück zu der Adresszeile der E-Mail und überprüfte, ob die Mail nicht nur an sie, sondern auch an Lara gegangen war.

Fassungslos starrte sie immer noch auf den Bildschirm.

»Nein, nein, nein«, flüsterte sie, als der Schock der einsetzenden Erkenntnis wich. »Das darf doch wohl nicht wahr sein.«

Sie tastete ihre Taschen ab, doch sie konnte ihr Handy nicht finden. Natürlich, sie hatte es in der Eile eben in der Küche liegen lassen. Mit dem Laptop in der einen und einer Krücke in der anderen Hand humpelte sie zurück in die Küche. Glücklicherweise verheilte ihr Fuß wirklich ganz gut und sie konnte dank der Schiene die Ferse schon wieder schmerzfrei aufsetzen.

Sie fand das Smartphone auf der Anrichte neben dem Gemüse und drückte die Kurzwahl für Laras Handy. Es klingelte, klingelte weiter und weiter. Und klingelte, bis die Mailbox schließlich ansprang.

Aufgeregt rief Melina: »Hast du deine Mails gecheckt? Unser Mietvertrag ist geplatzt … ich fasse es nicht, ich weiß nicht … ruf mich an!« Entgegen besseren Wissens wählte sie gleich noch mal, doch als erneut die Mailbox ansprang, verzichtete sie darauf, eine weitere Nachricht zu hinterlassen. Resigniert ließ sie das Telefon sinken und sich auf den nächstbesten Küchenstuhl fallen.

Das durfte doch alles nicht wahr sein. Sie war so kurz davor, ihren großen Traum zu verwirklichen, das konnte sich doch jetzt nur um einen Irrtum handeln. Einen grausamen Scherz des Universums. Der Vermieter sagte ihr doch jetzt nicht sechs Tage vor Weihnachten, am Tag an dem sie die Schlüssel übergeben bekommen sollten, anderthalb Wochen vor Eröffnung ihres Cafés, dass es sich ausgeträumt hatte? Nein, das konnte einfach nicht angehen.

Ihr Verstand weigerte sich, den Tatsachen ins Auge zu blicken, und suchte nach den originellsten Ausreden. Vielleicht war die Mail irrtümlich an sie geschickt worden und es hatte sich um eine ganz andere Immobilie gehandelt. Vielleicht war der Typ der Grinch und versaute anderen gern die Weihnachtsstimmung. Vielleicht hatte irgendein Schickimicki-Sternekoch ihm ein Vielfaches an Miete versprochen und er sie einfach rausgekegelt … vielleicht … In ihrer wachsenden Verzweiflung blickte sie sich um.

Und was wäre denn, wenn es wahr wäre … dann hätte sie kein Café, keinen Job … sie schloss die Augen. Panik schnürte ihr den Hals zu und sie hechelte, um nicht ohnmächtig zu werden.

Wieder piepste ihr Handy und signalisierte den Empfang einer weiteren Nachricht.

Melina riss es hoch und hoffte mit aller Kraft, dass es eine Entwarnung für die vorangegangene Mail wäre, doch stattdessen war es nur eine Messanger-Nachricht von Lara.

»Sprechen später, hab zu tun.«

Fassungslos starrte Melina auf die fünf Worte. Wie bitte? Hier ging gerade die Welt unter und ihre Co-Gründerin und Freundin hatte *zu tun*? War denn heute die ganze Welt verrückt geworden? Sie tippte eine Antwort und bat um dringenden Rückruf. Doch nichts geschah. Auch ihr eigener Versuch, ihre Freundin anzurufen, verlief sich wieder auf der Mailbox.

Melina kämpfte vergeblich gegen das erdrückende Gefühl, dass ihre gesamte Existenz vor ihr zerbrach und sie wurde immer wütender, je länger Lara nicht reagierte.

Verzweifelt versuchte sie, einen klaren Gedanken zu fassen. Schließlich ging ihr auf, dass sie ja gar nicht auf Lara zu warten brauchte, sondern direkt den Makler anrufen könnte. Die Erkenntnis traf sie wie ein Blitz und sie sprang auf und durchsuchte ihre Unterlagen nach der Nummer seines Büros. Auch wenn Lara die meisten Sachen abgewickelt hatte, nachdem sie sich für das Café entschieden hatten, musste sie doch irgendwo auch wenigstens eine Visitenkarte von dem Makler haben. Sie fand sie schließlich in ihrem Notizbuch und hüpfte damit zurück in die Küche zum Handy. Angesichts ihres Zustandes erwog sie ernsthaft die Anschaffung einer Handyhülle mit Band, damit sie es permanent um den Hals tragen konnte und nicht dauernd irgendwo liegen ließ.

Sie ließ sich wieder auf einen Küchenstuhl fallen und wählte die Festnetznummer des Immobilienmaklers, der alles mit ihnen abgewickelt hatte. Nach dem dritten Klingeln wurde endlich abgehoben.

»Neufeger Immobilien, guten Tag«, erklang eine professionell freundliche Stimme am anderen Ende.

»Hallo, hier ist Melina Thiele, kann ich bitte mit Herrn Neufeger sprechen?«

»Hallo Frau Thiele, worum geht es denn bitte?«

»Ich habe gerade eine Mail bekommen wegen des Cafés in Winterhude, und ich müsste ihn dringend persönlich sprechen, bitte.«

»O ja, natürlich. Ich stelle Sie durch.«Düdelige Musik ertönte für einen Augenblick und Melina wappnete sich.

»Neufeger«, erklang es da auch schon am anderen Ende.

»Hallo Herr Neufeger, Melina Thiele, ich habe gerade Ihre E-Mail bekommen und es kann sich doch nur im einen Irrtum handeln, dass …«

»Frau Thiele, tut mir leid, wenn ich Sie hier direkt unterbreche. Aber wenn Sie die E-Mail gelesen haben, wissen Sie schon, dass die Sache gelaufen ist. Es tut mir auch wirklich leid für Sie persönlich, denn ich fand Ihre Idee sehr charmant. Aber wenn Sie sich nicht an den Vertrag halten, sind mir die Hände gebunden. Und lassen Sie mich hinzufügen, dass es äußerst kulant von mir war, Ihnen nicht auch noch zusätzlich Versäumnis in Rechnung zu stellen.«

»Was? Wieso? Das ist es ja, Herr Neufeger, ich verstehe überhaupt kein Wort. Sie haben bislang meistens mit meiner

Mitgründerin Frau Clustermann gesprochen. Die kann aber gerade nicht, und ich stehe hier irgendwie völlig auf dem Schlauch. Bitte sagen Sie mir doch, was eigentlich los ist.«

»Das ist ganz einfach erklärt, Frau Thiele. Erst haben Sie den unterschriebenen Vertrag viel zu spät an uns zurückgesendet und dann ist die Kaution auch nie eingegangen, trotz mehrmaliger Erinnerungen. Daraufhin hat der Eigentümer von seinem Recht Gebrauch gemacht und Sie als Mieterinnen abgelehnt. Ende der Geschichte. Da kann ich überhaupt nichts tun. Denn der andere Interessent hat sich die Gelegenheit nicht entgehen lassen und ist sofort eingesprungen. Da waren alle Unterlagen inklusive der Kautionszahlung übers Wochenende da.«

»Was?«, war alles, was der fassungslosen Melina noch einfiel.

»Ja, tut mir auch leid für Sie. Ich muss jetzt allerdings auch weitermachen, ich habe noch einen Kunden in der Leitung. Viel Glück mit Ihrer nächsten Immobilie. Sie finden bestimmt noch was Passendes und ich kann auch gern die Augen für Sie aufhalten, wir haben Sie ja jetzt in der Kartei ...«

»Hm«, machte Melina, ohne ein Wort von dem gehört zu haben, was er gesagt hatte. Er räusperte sich. »Dann trotzdem frohe Weihnachten, Frau Thiele.«

»Frohe Weihnachten«, wiederholte sie automatisch und nahm das Telefon vom Ohr.

Ihr Laden war anderweitig vermietet. Das Café war gestorben. Ganz langsam sackte die Erkenntnis durch und Melinas Augen liefen wieder voll Wasser. Schluchzend brach sie auf dem Küchentisch zusammen.

Als Lara später am Abend durch die Haustür geschlichen kam, saß Melina immer noch in der Küche. Die Tränen waren zwischenzeitlich versiegt und nachdem Leugnen und Abstreiten verklungen waren, war sie mittlerweile bei Wut angekommen in ihrem Trauerprozess.

Ihre geröteten Augen verfolgten, wie Lara zögernd in die Küche kam. Auch sie war blass. Um ihren Mund jedoch spielte ein entschlossener Zug. Sie stand steif in der Tür und sah Melina an.

»Warum?«, eröffnete die das Gespräch.

»Warum was?«, gab Lara zurück und hob herausfordernd ihr Kinn.

Melina runzelte die Stirn.

»Warum hast du denn die Kaution nicht gezahlt?«, fragte Melina fast tonlos. »Wir hatten das Geld doch.«

»Warum, warum, warum! Als ob ich das mit Absicht gemacht hätte«, echauffierte sich Lara. »Ich hatte meine Eltern um das Geld gebeten und hab gedacht, sie überweisen das direkt. Dass sie es auf *mein* Konto eingezahlt haben, hab ich auch erst gemerkt, nachdem ich die Mail gelesen hatte. Das ist nicht mein Fehler, okay?!«

»Okay? Gar nichts ist okay«, fauchte jetzt auch Melina. »Du hast mal wieder ganz typisch Lara gar nichts gemacht, so wie du das immer machst. Du hast delegiert. Nur dieses eine Mal hättest du es eben wirklich selbst machen müssen. Ich hab mich auf dich verlassen und jetzt ist mein Café weg …«

»*Dein* Café?!« Jetzt platzte auch Lara endgültig der Kragen. »Ja, Cookie, genau, weil es ja immer nur um dich und deinen Traum ging! Du hast mich doch von Anfang an nur gebraucht, weil du das Geld nicht hattest. Keine einzige meiner Ideen oder meiner Vorschläge waren gut genug für dein Café. Nun hast du ja, was du willst. Nun kannst du es ganz allein aufmachen. Und alles ganz allein entscheiden. Ich hab nämlich keinen Bock mehr. Scheiß drauf. Scheiß auf dich und dein dämliches Café.« Wut verzerrte ihre Züge, als sie ihr auch noch entgegenschleuderte: »Ich hätte eh keine Lust gehabt, mein Leben lang zu kellnern. Ich hab echt was Besseres vor. Und apropos: Silvester feiere ich bei Tarkan.«

Melina starrte sie mit offenem Mund an.

Wütend machte Lara daraufhin kehrt und stürzte in ihr Zimmer. Die Tür knallte hinter ihr zu. Melina saß am Küchentisch und versuchte vergeblich herauszufinden, wie der Tag hatte tatsächlich noch so viel schlimmer werden können. Und je länger sie darüber nachdachte, umso wütender wurde sie. Nicht genug, dass Lara sich hier ganz billig rausredete und die Schuld von sich wies, nein, sie nahm das auch zum Anlass, um sie mit unfairen Vorwürfen zu überhäufen und sie gleich komplett hängen zu lassen.

Melina starrte auf die imaginären Scherben ihres Traumes und ihrer Freundschaft und sofort stiegen ihr wieder Tränen in die Augen.

Als sich Laras Zimmertür wieder öffnete und die mit einer unordentlich gepackten Reisetasche ins Badezimmer stapfte, sah Melina ihr nur stumm zu. Wortlos tauchte Lara wieder auf, warf sich ihre Winterjacke über, stieg in ihre Stiefel und ohne ein weiteres Wort verließ sie die Wohnung. Die Haustür donnerte hinter ihr ins Schloss.

# Fluchtplan

Noch nie in ihrem Leben hatte Melina sich so sehr selbst leidgetan. Ausnahmslos alles und jeder hatte sich gegen sie verschworen und sie verkroch sich unter ihrer Bettdecke. Auftauchen tat sie nur, um zum Kühlschrank zu schleichen und Laras Geheimvorräte an Schlagsahne aus der Dose, Familienpackungen Eis und den Prosecco zu vernichten, den sie bereits für die Silvesterfeier eingekauft hatten.

Am Mittwoch wachte sie mit einem solchen Kater auf, dass sie wusste, sie konnte nicht mehr so weitermachen. Aber was sollte sie tun? Es waren noch vier Tage bis Heiligabend und ihr Leben war eine einzige Katastrophe.

Ihre Eltern konnte sie nicht anrufen. Katharina hätte auch wenig Mitleid gehabt. Lara war raus. Also blieb nur Emma, aber da die zu Hause wohnte, konnte sie auch nicht einfach hinfahren, um sich bei ihr auszuheulen.

Nachdem sie sich wenigstens mit einem Espresso und einem Glas Wasser wieder ins Bett verzogen hatte, suchte sie doch die Kurzwahl für ihre kleine Schwester raus und wählte ihre Nummer.

»Hey, Lieblingsschwester«, rief die Kleine, offenkundig erfreut, ihre Schwester zu hören, »das muss Gedankenübertragung sein. Rate, wessen Weihnachtsgeschenk ich gerade einpacke?«

Melina schluckte hart und murmelte: »Meines?«

Am Klang ihrer tränenverschleierten Stimme vernahm Emma offenbar sofort, dass etwas nicht stimmte. »Cookie, was ist passiert? Geht es dir gut?«

»Jaja«, beeilte sie sich zu antworten und räusperte sich, um den Frosch aus dem Hals zu bekommen, »es ist einfach gerade alles scheiße. Kannst du herkommen?«

»Ich bin auf dem Weg«, antwortete ihre Schwester, ohne zu zögern, »ich leih mir Papas Auto und bin in zwanzig Minuten bei dir. Du bist doch zu Hause?«

»Ja, bin ich. Aber bitte sag Mama und Papa nichts.« Sie konnte das Stirnrunzeln am anderen Ende hören.

»Okay.«

Sie hängte auf und fühlte sich in all ihrem Elend wenigstens schon ein winziges bisschen besser.

Zum Aufstehen oder Duschen hatte die Energie allerdings nicht gereicht und so empfing sie Emma in einem verwaschenen, mit Schokoeis bekleckerten T-Shirt und einem wirren, sich beinahe auflösenden Zopf.

Emma drückte sie erst fest an sich und schälte sich dann aus drei umeinandergeschlungenen Schals und einer dicken Daunenweste, die sie über einen überdimensionierten Wollpullover gezogen hatte.

»Wenn ich es nicht besser wüsste, würde ich sagen, du hast den schlimmsten Liebeskummer seit Menschengedenken, aber ich dachte, du hast gar keinen Mann am Start momentan. Hab ich da was nicht mitbekommen?«

Widerwillen musste Melina grinsen. Wenn es doch so einfach wäre. Ein Gesicht tauchte vor ihrem inneren Auge auf. Leuchtend blaue Iris mit dunklem Rand. Island. Sie seufzte, wenn das doch wirklich ihr einziges Problem wäre. Sie schüttelte den Kopf und ließ die Schultern hängen.

»Ich wünschte, es wäre so simpel … aber komm erst mal rein.«

Emma warf im Vorbeigehen einen Blick in den Stuhlwald in Melinas Zimmer und auf das Chaos, das sich durch die restliche Wohnung zog. Als sie Laras leeres Zimmer gewahrte, fragte sie: »Ist Lara arbeiten?«

Niedergeschlagen gab Melina zu: »Lara hab ich seit Montag nicht mehr gesehen. Keine Ahnung, wo sie steckt oder wann sie wiederkommt.«

Emma runzelte die Stirn, bahnte sich den Weg zu einem Küchenstuhl und setzte sich, indem sie einen Fuß auf die Sitzfläche zog und ihr Kinn auf dem Knie ablegte.

»Nun erzähl erst mal, was überhaupt los ist. Ich hab mir voll Sorgen gemacht, so wie du am Telefon klangst. Als ob du dich von der Teppichkante stürzen wolltest …«

Als sie sah, dass Melina schon wieder Tränen über das Gesicht liefen, sprang sie auf und riss ihre Schwester an sich. Sie fest drückend flüsterte sie in ihr Haar: »Es wird alles wieder gut, nicht weinen, Süße, ich bin doch da.« Hilflos streichelte sie ihrer Schwester über ihr Haar, so wie Melina es unzählige Male gemacht hatte, wenn Emma gerade mal wieder eine ihrer Lebenskrisen zu bewältigen hatte.

»Es ist alles kaputt … zu Ende«, schniefte ihre Schwester in ihren Rollkragenpullover. Emma ließ sie weinen, bis sie sich beruhigen konnte. Dann setzte sie Melina mit einem Paket Taschentücher in die Ecke auf einen Stuhl und begann, in dem Chaos der Küche Kaffee zu kochen.

Als sie mit einem doppelten Espresso für Melina und einem Latte macchiato mit Zimt für sich selbst an den Tisch zurückkehrte, hatte Melina sich zumindest so weit gefangen, dass sie sie schwach anlächeln konnte.

»So, und nun mal hübsch der Reihe nach, die schlimmsten Katastrophen zuerst«, befahl Emma.

Melina überlegte, dann zählte sie an den Fingern auf: »Erstens habe ich meine beste Freundin verloren, zweitens hat sie meinen Traum vom Café platzten lassen und drittens hab ich meinen Job gekündigt … ach und vermutlich hab ich auch demnächst keine Wohnung mehr, weil ich pleite bin und mich mit meiner Vermieterin zoffe …«

Wieder stiegen ihr Tränen in die Augen, doch dieses Mal langte Emma rasch über den Tisch, ergriff ihre Hand und fragte nach: »Ich versteh kein Wort, Cookie, erzähl mal richtig, bitte. Was ist mit dem Café? Und beste Freundinnen verliert man nach über zwanzig Jahren nicht über Nacht.«

Stockend begann Melina die Ereignisse der letzten paar Tage zusammenzufassen. Wie sie sich mit dem Display in der Firma blamiert und dann auch noch diesen oberpeinlichen Abgang hingelegt hatte. Von der E-Mail des Vermieters und den Erkenntnissen, die sie aus dem Gespräch mit dem Makler gewonnen hatte. Sie erzählte von dem darauffolgenden Streit mit Lara und verschwieg auch nicht deren Vorwurf, dass sie sich ausgeschlossen gefühlt hatte. Nur das Detail mit ihrer emotionalen Verwirrung aufgrund der Begegnung mit Robin ließ sie unerwähnt. Das hatte ja schließlich auch gar nichts mit der ganzen Sache zu tun, redete sie sich ein. Am Ende schloss sie: »Tja, und nun sieht es so aus, dass ich in zehn Tagen arbeitslos werde –

ohne Bezüge, kein Café, aber einen Haufen Stühle habe und da ich mich mit meiner Mitbewohnerin gezofft habe, wohl auch bald ausziehen muss, denn schließlich ist das ihre Wohnung. Und das alles auf Krücken. Was für ein Jahresende.«

Emma hatte ihr ruhig zugehört und zuckte nun mit den Schultern.

»Ja, das sieht alles ein bisschen scheiße aus im Moment«, gab sie zu. »Aber du darfst jetzt nicht einfach aufgeben und vor allem, dich nicht so hängen lassen. Mann, ich erkenn dich gar nicht wieder. Wo ist denn meine Cookie, die alles gerissen bekommt, egal, was sie sich vorgenommen hat? Ich weiß, ist ein blöder Spruch, aber wenn sich eine Tür schließt, öffnet sich eine andere. Ganz ehrlich, das war bei mir auch immer so.«

Melina sah ihre Kleine skeptisch an und hätte sie gern darauf hingewiesen, dass Liebeskummer nach einer dreimonatigen On-off-Beziehung nicht ganz mit der Existenzkrise zu vergleichen war, in der sie momentan steckte. Doch andererseits hatte sie natürlich recht. Auch wenn Melina gerade komplett der Abstand und vor allem die Perspektive fehlte, war das nicht das Ende der Welt … nur ein ziemlich ätzendes Ende für ein noch fürchterlicheres Jahr.

»Was soll ich denn jetzt machen?«, wimmerte sie unglücklich. »Zu Mama und Papa kann ich damit nicht, die kriegen die Krise und machen sich nur total viele Sorgen.«

»Na, und hierbleiben kannst du auch nicht, denn Alkohol- und Zuckerexzesse sind keine Grundlage für vernünftige Zukunftsentscheidungen«, fügte Emma hinzu und Melina zuckte peinlich berührt zusammen. Hatte ihre Schwester die herumstehenden Reste also ganz richtig gelesen.

»Ja, ich sollte mal etwas Ordnung machen …«, räumte sie schwach ein.

»Viel wichtiger, du brauchst einen Perspektivwechsel.«

Melina schnaubte. »Und was schwebt dir vor? Soll ich von meinem überzogenen Dispo auch noch einen Flug irgendwohin buchen?«

»Nein, das natürlich nicht«, lenkte Emma ein, »aber wie wäre es, wenn du wenigstens eine Runde ans Meer fährst. Ein bisschen Horizont, Kopf durchblasen und auf andere Gedanken kommen.«

»Vier Tage vor Weihnachten?«

»Ja, genau, mach dich frei. Du hast doch alle Möglichkeiten. Nicht unnötig grübeln, einfach machen.« Ihre Stimme wurde immer motivierender, je mehr sie sich für ihre eigene Idee begeisterte. Dann schnipste sie plötzlich: »Ich hab's, fahr doch einfach zu Nadine. Wohnt die nicht irgendwo an der Ostsee?«

Melina kaute auf ihrer Unterlippe.

»Nordsee«, korrigierte sie, »Sankt Peter-Ording.« Ohne dass Emma es wissen oder hätte verstehen können, verursachte diese Idee ein kribbelndes Gefühl in ihrem ganzen Körper. Sie hatte ihre Cousine ewig nicht gesprochen und in dem ganzen Wirrwarr nach der Trennung von Fabian und dem neuen Job bei Chandelle nur ganz sporadisch mit ihr gechattet. Nadine war die jüngste der drei Töchter von Mamas Schwester Eva, nur ein Jahr älter als Melina und die Cousine, mit der sie das erste Mal um die Häuser gezogen war. Damals hatte Nadine ihrer Mutter gesagt, sie würde im Alstertal bei Melina schlafen und die wiederum hatte zu Hause erzählt, sie bliebe über Nacht in Buxtehude. Dann hatten sie sich zusammen in eine Disco auf dem Kiez geschleust und in den dunkelsten Ecken rumgedrückt, damit ihre gerade einmal 17-jährigen Hintern nicht um Mitternacht rausgeworfen würden. Was für ein Abenteuer. Melina lächelte in Erinnerungen versunken.

Emma, die eben doch nicht Gedanken lesen konnte, interpretierte ihr Lächeln als Zustimmung. »Sankt Peter ist doch perfekt. Da ist die Tage bestimmt nicht zu viel los.« Sie sah auf die Uhr. »Und ich meine, es ist erst eins, wenn du dich beeilst, kannst du bestimmt heute Abend schon bei Cousinchen Naddel sein.«

Melina sah sie an und begann langsam zu nicken. Die Idee war zwar völlig verrückt und nur in Emmas Welt konnte Weglaufen einen voranbringen, doch in ihrer aktuellen Situation mangelte es ihr auch an besseren Alternativen. Und ob sie es sich nun eingestehen wollte oder nicht, gerieten die Schmetterlinge in ihrem Bauch bei dem Gedanken an Sankt Peter-Ording ziemlich in Aufruhr … auch wenn ein gewisser Hüne ja vermutlich gar nicht mehr dort, sondern längst wieder in Neuseeland war. Zumindest könnte sie dann auf seinen Pfaden wandeln … und vielleicht würde sich darauf eine Perspektive für sie ergeben.

»Sankt Peter«, sagte sie spontan entschlossen und stand auf, »ich komme.«

»Amen«, machte Emma und grinste sie an.

## Nicht das erwartete Wiedersehen

Sie hatte Nadine nicht erreicht, sondern ihr nur eine Nachricht auf der Mailbox hinterlassen. Kurz hatte sie gezögert, ob sie das wirklich machen konnte, so kurz vor Weihnachten unangekündigt bei ihr aufzuschlagen. Aber Emmas Elan hatte sie innerhalb von einer Stunde nicht nur unter die Dusche getrieben und wieder in einen Menschen verwandelt, sondern auch dafür gesorgt, dass sie mit nur einem Rucksack über der Schulter, in dem trotzdem alles Nötige an Wechselwäsche für zwei Tage untergebracht war, auf dem Weg war.

»Man weiß ja nie«, hatte ihre reiseerfahrene Schwester gesagt, »aber Heiligabend bist du gefälligst zu Hause, ich habe nicht vor, die vegane Ente allein zu essen, verstanden?«

Nun stand Melina also in Husum auf dem Bahnhof und wartete auf ihren letzten Anschluss. Sie hatte es noch ein paar Mal bei Nadine versucht, und je näher sie ihrem Ziel kam, umso unsicherer wurde sie, ob das wirklich so eine gute Idee gewesen war. In dem Moment jedoch erreichte der Zug nach Sankt Peter-Ording und sie stieg entschlossen ein.

Es war halb sieben, als die Regionalbahn in den winzigen Bahnhof einfuhr. Melina blickte ein letztes Mal auf ihr Handy. Auch auf ihre fünfte Nachricht hatte sie noch keinen Rückruf erhalten und sie fragte sich verwundert, wo ihre Cousine sich herumtrieb. Selbst der Immobilienmakler, für den sie arbeitete, musste doch wohl um die Zeit mal Feierabend haben. Melina schob das wachsend ungute Gefühl aus ihrem Magen beiseite und suchte sich den richtigen Bus, um die paar Stationen Richtung Ortskern zu fahren.

Am Markt stieg sie aus und sah sich um. Sie war noch nie hier gewesen und kannte alles nur aus den Erzählungen beziehungsweise den Fotos von Nadine. Selbst in der Dunkelheit erkannte sie den wenig beleuchteten Platz, auf dem der Wochenmarkt abgehalten wurde, und fand von dort aus auf Anhieb das Büro des Immobilienmaklers, für den Nadine arbeitete. Ihre Wohnung lag im ersten Stock direkt daneben über dem Drachenladen.

»Na dann«, machte sich Melina allein auf der dunklen Straße Mut und schulterte ihren Rucksack. Entschlossen humpelte sie mit ihren Krücken über die unbefahrene Badeallee.

Das Maklerbüro war hell erleuchtet, aber verwaist. Auch der Laden für Drachenzubehör hatte um diese Tageszeit bereits geschlossen. Melina hopste um das Haus und fand die Türklingel zu der Wohnung darüber. Sie klingelte. Sie hörte es über sich läuten, allerdings passierte sonst nichts. Sie läutete noch einmal und als wieder keinerlei Reaktion kam, klingelte sie wider besseres Wissen eine Runde Sturm. An dem Fakt, dass die Fenster über ihr dunkel blieben und niemand die Treppe hinter der mit Bleiglasfenstern ausgestatteten Haustür herunterpolterte, änderte das nichts.

Ratlos sah Melina sich um. So hatte sie sich ihre Flucht nach vorn nicht vorgestellt.

In dem Augenblick piepste ihr Handy. Sie zog es aus ihrer Manteltasche und wischte mit eiskalten Fingern über das Display. Mit dem kalten Wind hatte sie einfach nicht gerechnet und dass sie ihre Handschuhe zu Hause auf der Kommode vergessen hatte, war ihr erst aufgefallen, als sie bereits in Altona aus der S-Bahn gestiegen war.

Die Nachricht war von Nadine.

»Cookie, wie schön, dass du mich besuchen willst. Aber das muss leider bis nach Weihnachten warten. Steh gerade am Flughafen in Hamburg am Sicherheitsschalter. Weihnachtsurlaub auf Mallorca!!! Kussi, Nadine« Die Nachricht endete mit einem Smiley, der Melina frech angrinste.

Melina ließ das Handy sinken und ihre Augen füllten sich mit Tränen. Wenn sie sich schon mal entschloss, spontan zu sein. Konnte ja nur in die Hose gehen. Und bei dem Lauf, den sie die letzte Woche gehabt hatte, war es ja auch überhaupt nicht anders zu erwarten gewesen, als dass auch dieser Versuch, das Ruder irgendwie herumzureißen, von vornherein zum Scheitern verurteilt gewesen war. Die erste Träne rann ihr über die Wange und sie wischte sie wütend weg.

»Scheiße«, fluchte sie erst leise und sah sich unauffällig um. Als sie sich vergewissert hatte, dass sie allein in der dunklen Auffahrt stand, brüllte sie aus Leibeskräften: »Scheiße!« Dann zog sie den Kopf zwischen die Schultern und humpelte wieder los zur Bushaltestelle. Denn welche Wahl hatte sie schon? Pleite, wie sie war, konnte sie sich kein Hotel nehmen und bei den Temperaturen war am Strand zu übernachten wohl auch keine Option. Also musste sie wohl oder übel so schnell wie möglich die Rückfahrt zum Bahnhof antreten, denn die letzte sinnvolle Verbindung nach Hamburg fuhr um 21.33 Uhr ab.

Die gemütliche Stimmung, die die vielen kleinen Lichter in den Fenstern ausstrahlten, entging ihr ebenso wie die liebevoll gestaltete Weihnachtsbeleuchtung an der Straße. Sie hatte für nichts um sich herum mehr einen Blick, sondern fixierte nur den feuchten Straßenbelag. Fehlte noch, dass sie in dieser eisigen Einöde noch einmal stürzte.

Bei der Bushaltestelle angekommen stellte sie fest, dass die Busse zum Bahnhof – zwei an der Zahl – jeweils nur einmal in der Stunde fuhren, was ihr noch knapp zwanzig Minuten in der Kälte bescherte. Sie schlang ihren Schal enger um den Hals und so hoch, dass sie ihre Ohren damit bedecken konnte und begann auf und ab zu humpeln. Doch dafür war sie im Grunde viel zu erschöpft. Müde und nervlich am Ende ließ sie sich auf eine der beiden Bänke unweit der Haltestelle fallen und zog die Finger in die langen Ärmel ihres Mantels, die sie wiederum unter die Achseln schob, um sich warm zu halten.

»Was mache ich hier bloß«, fragte sie sich zum wiederholten Mal und lachte in ihrer Verzweiflung kurz auf, ehe sie wieder anfing, still zu weinen. Eine ihrer Krücken rutschte von der Kante der Bank und fiel polternd auf den Boden, aber es war Melina egal, und bei dem mangelnden Fußgängerverkehr war sie wohl auch sonst niemandem im Weg.

Wann hatte ihr Leben denn bloß so eine fatale Wendung genommen und wie sollte sie das alles nur wieder auf die Reihe bekommen … vor allem ganz allein. Als sie an Lara dachte, schluchzte sie nur umso lauter auf. Wie gern wäre sie jetzt zu ihrer Oma gefahren und hätte ihr Gesicht in ihrem Schoss vergraben. Verfluchte Weihnachtszeit. Unglaublich, dass dieses Jahr tatsächlich noch furchtbarer geworden war als das letzte.

Wie lange sie da so gesessen hatte, wusste sie nicht. Melina war sich nur verhältnismäßig sicher, dass sie den Bus nicht verpasst hatte. Schniefend grübelte sie vor sich hin. Ihre Haare hingen ihr wirr ins Gesicht und weil sie ihre eingefrorenen Finger auch nicht aus ihren Höhlen ziehen mochte, ließ sie die feuchten Strähnen einfach als Vorhang ihr Gesicht beschatten.

Sie bemerkte den Radfahrer nicht, der an ihr vorbeifuhr, und am Ende der Schulstraße einen Brief in den Briefkasten warf. Dann wendete er und kam die Straße wieder hochgeradelt. Auf ihrer Höhe hielt er an, stellte sein Rad ab und sammelte ihre Krücke auf. Melina, die ins Leere starrte, fuhr erschrocken zusammen, als sie plötzlich eine Hand an der Schulter berührte.

»Geht es Ihnen gut?« Sie hob den Kopf und schüttelte mit einer kleinen Bewegung ihren langen Pony aus dem Gesicht. Das Licht der Straßenlaterne fiel in das Gesicht des Fremden und reflektierte in zwei leuchtend blauen Augen. Island. Sie zuckte so heftig zurück, dass sie vor Schreck fast rückwärts von der Bank, die keine Lehne hatte, gefallen wäre. Gerade rechtzeitig packte Robin richtig zu und fing sie auf.

»Alles gut, ich wollte Sie nicht erschrecken. Ich …« Nun klappte auch ihm der Unterkiefer herunter.

»Cookie? Was zum Teufel machst du denn hier?«

Sie starrte ihn an, als habe sie gerade ein Gespenst gesehen. Hatte sie eventuell schon einen einsetzenden Kälteschock oder so was? Halluzinationen?

»Melina?«, wiederholte er.

Sie erwachte aus ihrer Trance und sah ihn richtig an. Er war es tatsächlich, kein Zweifel möglich.

»Ja«, antwortete sie leise.

Er sah genauso aus, wie sie ihn in Erinnerung hatte, die karierte Flanelljacke, die schwarze Wollmütze über den winzigen weißblonden Kringeln, dieses unglaublich süße Lächeln und diese Augen … Sie räusperte sich.

»Ähm, ich bin auf dem Weg nach Hause«, sagte sie und wusste selbst, dass das überhaupt keinen Sinn ergab. Entsprechend runzelte er die Stirn und sah sie an.

Sie versuchte, scherzhaft zu klingen: »Also ich hab versucht, spontan meine Cousine zu besuchen, aber tada, bei dem Versuch, mal spontan zu sein, habe ich auch direkt Pech gehabt, denn sie steht am Flughafen in Hamburg und fliegt über Weihnachten in die Sonne … und ich sitze hier … in der Kälte … « Allein, hatte sie noch hinzufügen wollen, doch da hatte es ihr schon wieder den Hals zugeschnürt.

Noch immer musterte er sie aufmerksam.

Wolltest du mit dem Bus zum Bahnhof, oder so?«

Sie nickte und brach dann unvermittelt in Tränen aus. Einen Augenblick sah er nur hilflos auf sie herab, dann setzte er sich neben sie auf die Bank und legte behutsam seinen Arm um sie. Seine Wärme drang sofort durch die zu dünnen Schichten ihrer Kleider und in jede Pore ihres eisigen Körpers. Sie erzitterte und ihr Herz begann wie verrückt zu schlagen. Gott, war ihr das peinlich, dass er sie so sah, und dann wieder fragte sie sich, wie es überhaupt möglich war, dass er jetzt hier war … sie war so fertig mit den Nerven, dass sie es aufgab, sich Gedanken zu machen, und nur weinte.

Als die Anspannung endlich von ihr abfiel, überfiel sie eine so bleierne Müdigkeit, dass sie am liebsten einfach hier an ihn gekuschelt eingeschlafen wäre. Aber das war natürlich auch keine Option. Sie zog die Nase hoch, wischte sich mit dem Ärmel über die Augen und löste sich aus seiner Umarmung.

»Ja, ich muss wieder nach Hamburg … ich weiß sonst nicht wohin … nein, eigentlich weiß ich überhaupt nicht mehr wohin.« Wieder rannen Tränen über ihr Gesicht.

Robin stand einem Impuls folgend auf und hielt ihr eine Hand hin: »Auf jeden Fall musst du jetzt erst mal raus aus der Kälte, denn die haben Regen für heut Abend angesagt.«

Und wie auf Kommando begann ein feiner Sprühnebel zu fallen, der sich bei der Kälte anfühlte, als würde ihre Haut mit Stecknadeln beschossen. Sie ließ sich nicht lange bitten, ergriff die angebotene Hand und ließ sich auf die Füße ziehen.

Er schnappte sich ihre Krücken, warf sich ungefragt ihren Rucksack über die Schulter und deutete auf seinen Gepäckträger.

»Los, schwing dich rauf.«

Melina zögerte einen Moment, doch da sie zu keiner eigenen Entscheidung fähig war, ergab sie sich in die Situation und nahm so gut es eben ging hinter ihm Platz. Er stieg auf und stieß sich ab. Beim ersten Schlenker griff sie reflexartig nach seiner Jacke und hielt sich fest.

»Ist nicht weit«, rief er über die Schulter. Und tatsächlich fuhren sie nur wenige hundert Meter, um zwei Ecken und standen vor einem gemütlichen italienischen Restaurant. Robin stieg ab, half Melina vom Gepäckträger und reichte ihr die Krücken. Dann schob er sein Fahrrad an die Wand und schloss es sorgfältig an. Er kam zurück, strahlte sie an und hielt ihr die Tür auf.

Sie humpelte hindurch und prallte zurück, als ihr die warme Luft von innen entgegenschlug. Vor Erleichterung, aus der Kälte raus zu sein, hätte sie fast wieder angefangen zu weinen. Der Laden war klein und eher praktisch eingerichtet, aber Melina reichte, dass es ausgezeichnet roch. Sie folgte Robin, der einen Tisch am Rand gewählt hatte und ihr galant den Stuhl zurechtrückte. Er war es auch, der ihre Jacken zur Garderobe brachte.

Als er zurückkam, war ein aufmerksamer Kellner bereits an den Tisch getreten und hatte ihnen die Menükarten gebracht.

»Möchten Sie schon etwas trinken?«

Melina bestellte einen heißen Tee und Robin ein Alsterwasser und eine große Flasche stilles Wasser zum Essen. Sie studierte stumm die Karte und erwischte ihn dabei, wie er sie beobachtete. Sein Blick ließ keinen Rückschluss darauf zu, was er dachte. Unruhe überkam sie und sie zwang sich, sich wieder auf die Karte zu konzentrieren.

»Meinst du, die machen mir die Spaghetti aglio e olio auch ohne Garnelen?«, fragte sie, um die merkwürdige Stille zwischen ihnen zu unterbrechen. Erst jetzt schien auch Robin aufzuwachen und bemerkte, dass er sie angestarrt hatte.

Er räusperte sich. »Klar, die sind supernett hier und das ist ja auch kein Akt.«

Nun war es an ihr, ihn zu beobachten, wie er intensiv die Karte inspizierte.

»Eigentlich wollte ich heute ein Steak essen«, sagte er und Melina nahm es in ihrer Unsicherheit direkt als Vorwurf.

»Oh, tut mir leid … wir können auch woanders …«

Er lachte und das Eis brach. »Quatsch, das meinte ich nicht. Ich habe nur was zu feiern und normalerweise mache ich das immer mit einem Steak.« Er zögerte eine Sekunde. »Aber mit dir ist das natürlich viel netter, auch ohne Steak.«

War er jetzt tatsächlich etwas rot geworden oder bildete Melina sich das nur ein? Ihre eigenen Wangen glühten ohnehin von dem Wechsel von Kalt auf Warm.

Sie hatte die Augen niedergeschlagen und war froh, dass der Kellner wieder erschien, um ihre Getränke zu bringen und die restliche Bestellung aufzunehmen.

Nachdem er verschwunden war, lächelte Robin sie an. »Aber jetzt verrate mir mal bitte, was dich ausgerechnet nach SPO verschlagen hat. Du läufst mir doch nicht etwa nach?«

Und du flirtest doch nicht etwa mit mir?, hätte Melina gern entgegnet, aber sie hatte nicht seine forsche Art und so schüttelte sie nur den Kopf, um sich dann eine Strähne hinter das Ohr zu streichen.

»Nein, ich wollte wirklich meine Cousine besuchen … aber das war spontan eine dumme Idee … wie so viele diese Woche …«

Robin hatte sie nicht aus den Augen gelassen. Jetzt lehnte er sich vor und sagte immer noch in diesem schelmischen Ton: »Also, sei mir nicht böse, Cookie, aber du siehst echt fertig aus. Was ist denn bloß passiert, seit ich weg bin?«

Sie sah ihm in die Augen und hätte sich am liebsten hineingeworfen, um darin zu ertrinken. Sie wollte ihm alles erzählen und andererseits war er der letzte Mensch, dem sie ihr Herz ausschütten wollte. Aber in diesem Moment war sie so durcheinander und ihr Herz klopfte so laut, dass sie zu keinem klaren Gedanken mehr fähig war, und so warf sie alle falsche Zurückhaltung über Bord und begann einfach zu erzählen. Sie ließ nichts aus. Ihre Kündigung, den Verlust des Cafés, den Streit mit Lara, selbst von dem idiotischen Halloweenfluch erzählte sie ihm, was ihm ein Schmunzeln entlockte.

»… und dann sagte meine kleine Schwester so locker: ›na, dann fahr doch ein paar Tage zu Nadine, von wegen Wind um die Nase wehen lassen und Perspektivwechsel und so.‹ Ha, als ob ich dafür der Typ wäre … so etwas klappt auch nur bei ihr. Na, und das habe ich ja wieder eindeutig bewiesen, denn nun steh ich hier in Sankt Peter und Nadine ist gar nicht da, weil sie auf dem Weg nach Mallorca ist …« Sie ließ die Hände, die sie während ihres Monologes unterstützend gestikulierend genutzt hatte, sinken. »Und dann treffe ich ausgerechnet dich …« Sie hatte keine besondere Betonung in die Worte gelegt, doch er griff sie scherzhaft auf.

»Was soll denn das heißen? Ich kann auch gehen …«

»Nein, nein«, flehte sie, »so habe ich das gar nicht gemeint.«

Zu spät merkte sie, dass er sie schon wieder hochnahm, und legte den Kopf schräg, um ihm einen funkelnden Blick zuzuwerfen.

»Nein, aber mal im Ernst. Wie wahrscheinlich ist das bitte, dass ich dich ausgerechnet hier wiedersehe?«, fragte sie.

»Na, entschuldige mal, immerhin wohne ich hier«, gab er schelmisch zurück.

»Aber du bist doch in Neuseeland, hat Tarkan gesagt«, widersprach Melina und biss sich in der gleichen Sekunde auf die Zunge. Das musste ja klingen, als hätte sie sich nach ihm erkundigt …

Er grinste schon wieder und gab unumwunden zu: »Stimmt, normalerweise bin ich über den Winter meist in Raglan, aber dieses Jahr hatte ich hier … was zu klären.«

Sein Zögern war ihr nicht entgangen. Überrascht stelle sie fest, wie er ihrem Blick auswich. Sein Dreitagebart war wie eh und je, wurde jetzt jedoch gerade nicht von einem sagenhaften Lächeln durchbrochen. Stattdessen spielte Robin mit den Fingern an einem Bartzipfel und starrte ins Leere.

Einem spontanen Impuls folgend – und sicher noch eine Folge ihres halb eingefrorenen Hirns – streckte sie ihre Hand aus und berührte seine andere Hand, die neben dem Gedeck auf dem Tisch lag.

»Alles okay?«, fragte sie leise.

Nun war es an ihm, zusammenzuzucken und sie anzusehen.

Ihre Blicke trafen sich und für einen Augenblick stand die Welt einfach still. Melina hielt den Atem an. Dann brach der

Augenkontakt ab und er sah auf die Finger auf seiner Hand. Reflexartig zog sie ihre Hand zurück.

»Tut mir leid, ich wollte dir nicht zu nahe treten …«

Er war noch immer irgendwie in Gedanken. Dann fokussierte er sich und schüttelte leicht den Kopf. »Nein, du hast feine Antennen. Aber ich bin okay.« Noch einmal atmete er durch und fuhr dann fort, was ihn selbst zu überraschen schien. »Mein Vater hatte einen Herzinfarkt und es sah eine Zeit lang nicht so gut aus. Nun hat er heute früh vier Bypässe bekommen und die Ärzte sind ziemlich optimistisch.«

»Oh, das tut mir leid«, flüsterte sie und wieder sah er sie so eindringlich an, dass sie den Blick nicht deuten konnte.

»Schon gut, er hatte Glück. Und ich auch.« Zögernd fuhr er fort: »Mein Vater und ich hatten nicht so das beste Verhältnis. Er hat irgendwie Immer nur gearbeitet und nach dem Unfall meiner Mutter …« An ihrem Nicken erkannte er, dass sie auch das schon wusste, was er ebenfalls nur mit einer knappen Kopfbewegung quittierte und den Teil dankbar übersprang. »Na ja, da hatten wir uns irgendwie überhaupt nichts mehr zu sagen und dann bin ich mit 18 weg, so schnell und so weit, wie ich konnte … Ist jetzt erst in den letzten Jahren so gekommen, dass wir überhaupt wieder angefangen haben, miteinander zu reden … und nach seinem Herzinfarkt … da hat er sich irgendwie das erste Mal geöffnet. Plötzlich hab ich kapiert, dass er bloß emotional genauso wenig klargekommen ist wie ich … das haben wir Könige wohl gemeinsam. Große Klappe, aber wenn's um Gefühle geht, die Zähne nicht auseinander kriegen.« Er lachte freudlos.

»Die Könige?«, fragte Melina nach und legte den Kopf schräg.

Er schenkte ihr ein schiefes Grinsen. »Ja, König, so heiße ich. Robin König.«

Nun musste auch Melina lächeln.

Beide schwiegen und es traf sich gut, dass wenig später ihr Essen kam. Robin hatte sich Pizza mit Prosciutto bestellt und Melinas Magen knurrte vernehmlich, als ihr der Geruch ihrer Pasta in die Nase stieg.

»Oh, ich hab gar nicht gemerkt, was ich für einen Hunger hatte.«

»Dann mal guten Appetit.«

Sie attackieren ihr Essen und aßen schweigend.

Melina erwischte sich immer wieder dabei, wie sie Robin durch ihre dunklen Wimpern beobachtete: die große Gestalt mit den breiten Schultern, dem sonnengebräunten Gesicht und den vom Meerwasser ausgeblichenen Haaren, die er wie immer in einem Man Bun im Nacken zusammengebunden trug. Für sie, die so kontrolliert und verhaltenen war, hatte er etwas nervtötend Lässiges an sich und trotzdem konnte sie nicht umhin, sich einzugestehen, dass er auch eine sehr ernsthafte und tiefgründige Seite hatte. Zu gern hätte sie mehr über ihn erfahren, aber aus Angst, neugierig oder zu interessiert zu wirken, konzentrierte sie sich auf ihre Pasta. Als sie auch das letzte bisschen des guten Olivenöls mit Hilfe eines Stückchen Brotes von ihrem Teller geschrubbt hatte, lehnte sie sich zufrieden zurück.

»Das habe ich gebraucht«, seufzte sie, »es geht doch nichts über gute, hausgemachte Pasta.«

»Ist die denn koscher in deiner Welt?«, neckte Robin sie.

»Haha«, machte sie, ließ sich allerdings nicht ärgern, »nur weil ich auf meine Ernährung achte, heißt das ja nicht, dass ich nicht gern und gut esse. Im Gegenteil.«

»Und was steckt hinter deinem Clean-Eating? Willst du damit die Welt retten oder strebst du nur das ewige Leben an?«

Trotz seiner flapsigen Formulierung lag in seinen Augen ehrliches Interesse, also gestattete auch Melina sich, sich weiter zu öffnen.

»Im Grunde war meine Omi der Auslöser dafür.«

Neugierig stützte Robin das Kinn auf die Hände und hörte ihr zu. Leise erzählte Melina von der Koch- und Backleidenschaft ihrer Großmutter und wie eingeschränkt diese am Ende ihres Lebens hatte essen können wegen des fortschreitenden Diabetes.

»Das ist auch so eine Krankheit, die einem echt das Leben versauen kann«, stimmte Robin grimmig zu.

»Ja, und für sie habe ich meine ersten Rezepte entwickelt, die den Blutzucker eben nicht unnötig belasten. Und weil sie so viele Zutaten nicht mehr vertrug, wurde es halt immer gesünder.« Sie machte mit den Fingern imaginäre Anführungszeichen um das Wort in die Luft. »Und ich habe mich so daran gewöhnt, ich bin irgendwie dabei geblieben. Es fühlt sich so viel besser an, wenn der Körper gesund ernährt wird, ohne unnötige Säuren, Zucker und all den anderen Kram, der schlecht verdaulich ist.«

Robin nickte. »Klingt voll logisch.« Er lachte »und eindeutig nach zu viel Arbeit für mich …«

»Quatsch, das ist ganz einfach, wenn man sich erst mal ein bisschen damit beschäftigt hat.«

»Wenn du das sagst«, räumte er schmunzelnd ein, »aber schmeckt es denn auch?«

»Haben dir meine Himbeercookies etwa nicht geschmeckt? Und du solltest mal meinen veganen Chocolate-Cake probieren …« Ihre Begeisterung ging mit ihr durch und sie verstummte abrupt, als sie sein breiter werdendes Grinsen sah.

»Doch, die waren super, und ja, den würde ich wirklich gern mal probieren …«

Nun war es an Melina, rot zu werden, und das hatte nichts mehr mit der Wärme im Restaurant zu tun.

»Darf es für Sie noch ein Dessert oder ein Kaffee sein?«, fragte der Kellner höflich, der diskret noch einmal mit den Dessertkarten an den Tisch getreten war.

»Für mich nicht«, winkte Melina ab, denn ihr war justament eingefallen, dass sie kaum noch Geld im Portemonnaie hatte.

Doch Robin schob ihren Einwand beiseite und sagte zum Kellner gewandt: »Macht ihr noch dieses allerlei Dings Dessert?«

Der Kellner verstand ihn offensichtlich und entgegnete: »Sissignore. Natürlich, einmal mit zwei Löffeln?« Robin nickte und orderte Espressi dazu. Melina biss sich auf die Zunge und schwieg.

Er drehte sich wieder zu ihr und grinste sie an wie ein Kater, der von der Sahne genascht hatte. »Sorry, aber das musst du probieren, Clean Eating hin oder her.«

Melina konnte sich seiner ansteckenden Begeisterung nicht entziehen und entspannte sich.

»Na, wenn ich muss«, ergab sie sich.

Als wenig später der Kaffee und die Dessertauswahl kamen, war allein das Arrangement schon die Sünde wert.

»Wow«, lobte Melina und schnappte sich einen Löffel. Vier verschiedene Miniaturen der typischen italienischen Dessertspezialitäten waren hier kombiniert und mit frischen Früchten garniert. Melina kostete das Tiramisu und verdrehte die Augen. »Das ist ein Traum.«

»Ich weiß«, antwortete Robin. Sein Teelöffel hing noch in der Luft und er sah sie auf eine Art an, dass sie nicht sicher war, ob sie noch über die gleiche Sache sprachen.

Hastig kostete sie auch das Schokoladensoufflé und neckte ihn: »Wenn du dich nicht beeilst, bekommst du jedoch nichts ab.«

»Hey, so nicht«, stieg er auf die Herausforderung ein und sie machten sich gemeinsam über den Dessertteller her.

Am Ende des Abends lehnte Melina sich entspannt zurück. So gut war es ihr seit Tagen nicht gegangen.

»Ich danke dir«, sagte sie ehrlich und sah Robin ernst an. »Das war echt der beste Abend seit Langem. Und ohne dich hätte er vermutlich ziemlich anders ausgesehen.«

Robin winkte ab. »Passt schon. Schön, dass ich dich mal retten durfte, bevor es zu spät ist.« Er deutete mit dem Kopf auf die Krücken und fügte hinzu: »Du bist ja schon auch eher so ’n kleiner Dickschädel.«

Melina wollte widersprechen, aber dann fiel ihr ein, wie es zu ihrem Bänderriss gekommen war. Sie war zu stur gewesen, um seine Hilfe anzunehmen und musste sich eingestehen, dass er recht hatte. Sie zuckte mit den Schultern, reckte sich noch einmal und ließ ihren Blick durch den Raum schweifen. An der Uhr hinter dem Tresen blieb er hängen. 23.14 Uhr.

»So spät schon?«, fuhr sie hoch und Robin, der nicht verstand, antwortete amüsiert: »Wieso, Cinderella, es ist doch noch gar nicht Mitternacht?«

»Aber meine letzte Verbindung nach Hamburg ist um 21.33 Uhr gewesen … jetzt sitze ich die ganze Nacht am Bahnhof fest.« Panisch fing sie an, in ihrem Rucksack nach ihrem Portemonnaie zu suchen. »O Gott, ich muss los …«

Robin lehnte sich vor und legte behutsam seine Hand auf ihre. »Nun warte doch mal.«

Elektrisiert starrte sie auf seine Hand. Schockwellen liefen durch ihren Körper, es kribbelte auf ihrer Haut, in ihrem Bauch explodierte ein Schwarm Schmetterlinge und wenn sie nicht gesessen hätte, hätten garantiert ihre Knie unter ihr nachgegeben.

Unbeeindruckt hatte er ihre Hand genommen und zwang sie so, ihm ins Gesicht zu sehen. »Du hast recht, du kommst hier heute Nacht nicht weg, aber das ist nicht so schlimm. Du kannst einfach mit zu mir kommen und …«

»Nein«, rief Melina empört und überrascht gleichzeitig. Sie entzog ihm ihre Hand. Konnte es sein, dass er auch nicht besser war als ihr Ex …

Doch Robin lachte nur beim Anblick ihres schockierten Gesichtsausdrucks.

»Nein, nicht so, ich habe ein Gästezimmer.«

Melina sah ihn skeptisch an. Er hatte nicht von Gästecouch gesprochen, sie hatte deutlich Gästezimmer gehört. Aber vielleicht sprach er ja vom Haus seines Vaters …

Sie runzelte die Stirn. »Ich weiß nicht …«

Er lehnte sich vor und sein typisch herber Geruch stieg ihr in die Nase, jetzt ergänzt um eine süße Note von Schokolade und Kaffee. »Keine Sorge, ich werde deine missliche Lage schon nicht ungefragt ausnutzen. Wofür hältst du mich denn bitte?«

Nun musste auch sie über ihre Reaktion lächeln.

Um es auf die Spitze zu treiben, fügte er hinzu: »Außerdem hätte ich dich dann wohl kaum mit Tee und Wasser davonkommen lassen, sondern dich gnadenlos mit Wein und Sambuca abgefüllt.« Provozierend zwinkerte er ihr zu und sie antwortete mit einem strengen Blick. Nun war es an ihm loszulachen.

»Na ja, ich kenn dich doch gar nicht … «

Sein volles Lachen erklang noch eine Nummer lauter.

»Also, mal ganz ehrlich, Cookie, du kennst mich wahrscheinlich jetzt schon besser als die meisten Frauen, denen ich so begegnet bin. Keine Ahnung, warum ich dir überhaupt so viel über meine Familie erzählt habe.«

Melina krauste die Stirn, unsicher, ob das nun wirklich ein Kompliment war, aber sie ließ es mal so stehen. Was hatte sie schon für eine Wahl.

»Okay, ein Gästezimmer also … und wie weit weg ist das? Denn ich bin nicht besonders mobil.«

Er zwinkerte ihr zu. »Das mit dem Rad hat doch bis hierher auch ganz gut geklappt.«

# Immer für eine Überraschung gut

Sie schafften es tatsächlich ohne weitere Zwischenfälle zu Robins Wohnung. Melina, die auf dem Gepäckträger sitzend nicht wirklich viel vom Weg mitbekommen hatte, hörte nur in der Ferne das Plätschern der Nordsee. Es roch nach Salzwasser und ausnahmsweise war das nicht Robin.

Bei der Aussicht, die Nacht in seiner Wohnung zu verbringen, wurde sie sofort wieder nervös. Entsprechend unbeholfen stellte sie sich dieses Mal beim Absteigen vom Fahrrad an und stolperte gegen die Hauswand.

»Vorsicht«, mahnte Robin leise in der Dunkelheit und schob sein Fahrrad in die dafür vorgesehene Fahrradgarage neben der flachen Hecke.

Melinas Herz klopfte und sie wartete, bis er zurückkam. Er führte sie zum Eingang. Hinter der weißgefassten Glastür ging automatisch das Licht an und erleuchtete ein helles, modern schlichtes Treppenhaus. Er trat an ihr vorbei und betätigte den Knopf für den Aufzug.

Dann lächelte er sie an. »Den nehme ich normalerweise nie, nur wenn ich ein Board dabei habe …«

»Schon klar«, entgegnete Melina und versuchte, es leicht klingen zu lassen, doch er stieg nicht darauf ein. Auch er war plötzlich wieder still und in sich gekehrt. Sie beobachtete den Stimmungswechsel argwöhnisch … stand ihr jetzt die Offenbarung bevor, dass er eine Freundin hatte?

Sie schluckte, und auch wenn sie es sich nicht eingestehen wollte, wurde ihr bei dem Gedanken ein wenig unwohl.

Der Fahrstuhl kam und sie fuhren in den dritten Stock, die letzte Etage. Vor seiner Wohnungstür hielt er einen Moment inne und sah sie an. Keine Chance, diesen Blick zu interpretieren, aber Melina war sich sicher, dass nicht ihr Herz allein so laut hämmern konnte. Er stieß die Wohnungstür auf und trat einen Schritt beiseite, um ihr den Vortritt zu lassen.

Melina humpelte in einen Raum, der locker doppelt so groß war wie ihre ganze Wohnung. Robin betätigte hinter ihr den Lichtschalter und überall an Wänden und rundherum an der Decke entflammten indirekte Beleuchtungen. An den Wänden hingen zwei Surfboards in verschiedenen Größen und ein Snowboard. Die gesamte hintere Wand des Lofts war von einer Fototapete bedeckt, ein Strand mit einer Monsterwelle.

Neugierig humpelte Melina weiter in den Raum und sah sich um. Es war ungewöhnlich aufgeräumt. Die wenigen Dinge, die den Raum möblierten, waren mit Geschmack ausgewählt und funktional. Ein großer Esstisch aus einer einzigen Baumscheibe mit acht Stühlen, ein Designerküchentresen mit Türen, die aussahen wie Treibholz, davor Barhocker und darüber eine Reihe hochwertiger Töpfe und Pfannen. An der rechten Wand zwei Tischlerböcke auf denen ein weiteres Surfboard lag, daneben ein mobiler Werkzeugschrank. Dahinter ein breiter Schreibtisch aus Glas mit einem elegant geschwungenen, überdimensionalen Bildschirm und einem ledernen Chefsessel. Eine gemütliche Couchlandschaft in einem hellen Sandbeige mit einem riesigen Fernseher an der Wand und einer eindrucksvollen Bassbox darunter vervollständigten das Mobiliar. Die ganze linke Seite des Raumes bestand aus Glas. Melina konnte im Dunkeln und mit den sich von innen widerspiegelnden Lichtern nur ahnen, dass sie hier tagsüber einen atemberaubenden Blick über die Nordsee hätte.

»Wow«, entfuhr es ihr. Unvermittelt war sie stehen geblieben. »Das ist deine Wohnung?«

Robin ging um sie herum und ließ ihren Rucksack von der Schulter gleiten.

»Ja, ähm … komm einfach rein.«

Er trat von einem Fuß auf den anderen und Melina konnte sich seine Nervosität immer noch nicht erklären. Unauffällig scannte sie den Raum nach einem Indiz, das auf eine weibliche Präsenz hindeuten würde, fand aber auf Anhieb nichts. Keine verräterischen Blumenarrangements oder Damenslips …

Robin neben ihr zog seine Flanelljacke aus und hing sie in einen Wandschrank, der ihr vorher nicht aufgefallen war. Alles darin war total ordentlich auf Bügeln aufgehängt und die zahllosen Turnschuhe und Sneaker standen in Reih und Glied unter einer Reihe sorgfältig aufgehängter Skateboards.

Melina lächelte. »Na, du stehst aber wirklich auf Boards in jeder Form.«

Robin grinste verhalten zurück. Er nahm ihr ihren Mantel ab und hängte ihn ebenfalls ordentlich auf. Sie zog ihre Stiefel aus und stellte sie auf die Fußmatte zu seinen Sneakern neben die Haustür.

Sie musste zugeben, dass sie so ziemlich alles erwartet hätte: eine dunkle Kiffer- oder mit riesigen Rechnern zugestellte Gamerhöhle, aber ganz sicher nicht diesen tadellos aufgeräumten Palast.

König, dachte sie, passt irgendwie.

»Ähm, das Gästezimmer ist da hinten …« Er ging vor und verschwand am anderen Ende des Wohnbereiches hinter einem Paravent, der ebenfalls aus Treibholz bestand.

Melina beeilte sich, ihm zu folgen. Sie gelangte in einen kleinen Flur, von dem zu beiden Seiten noch einmal Türen abgingen. Nach links erhaschte sie einen Blick in einen Raum, in dem unter einer weiteren Fototapete eines Meermotives nur ein einziges großes Bett mit einer weißen Tagesdecke stand. Auch hier war die ganze linke Wand aus Glas. Robin hatte sich zu dem Raum auf der anderen Seite gewandt und stand jetzt verloren im Zimmer. Er knetete seine Finger und sah auf seine Socken.

»Ich hoffe, das ist okay. Da, im Bad sind auch Handtücher. Und wenn du willst, kann ich dir auch die Infrarotsauna anmachen.«

Erstaunt stellte sie fest, dass der kleine charmant in Weiß und Treibholz eingerichtete Raum über ein eigenes Bad en suite verfügte.

»Wow«, machte sie noch einmal.

Er legte ihren Rucksack behutsam auf das Bett und vermied es immer noch, sie anzusehen.

»Magst du vielleicht noch was trinken?« Er sah definitiv so aus, als könnte er einen Drink gebrauchen. Melina stimmte nickend zu und Robin floh an ihr vorbei aus dem Zimmer, als wäre der Raum für sie zwei zu klein.

»Mach dich gern frisch … ich mach die Getränke. Was magst du trinken?«

»Hast du Tee?« Jetzt sah er sie das erste Mal wieder richtig an und grinste.

»Nee, ich fürchte, da muss ich passen, aber ich könnte dir einen fantastischen Cocktail mixen, wenn du willst – auch ohne Alkohol, falls dir das lieber ist.«

»Okay«, sagte sie, ohne ihre Wahl weiter zu präzisieren.

Er stand da und sah sie immer noch an. Dann schien ihm aufzugehen, dass er eine Antwort erhalten hatte.

»Ja, dann mach ich mal …« Robin verschwand wieder durch die Tür, die von vorn hinter dem Raumteiler verborgen war.

Verdutzt blieb Melina allein zurück. Sie wurde nicht schlau aus diesem Mann. Sie öffnete leise die Schränke und fand nichts darin. Auch das Badezimmer war leer bis auf ein paar flauschige weiße Handtücher. Sie sah in den Spiegel und stellte fest, dass sie immer noch total fertig aussah. Rasch fand sie ihren Kulturbeutel in ihrem Rucksack, machte sich frisch und kämmte ihre Haare. Sie legte sogar ein wenig Mascara auf.

Besser, befand sie.

Als sie zurück in den Wohnbereich humpelte, ließ Robin gerade seine doppeltürige Kühlkombination Eis crushen. Sie setzte sich unauffällig auf die Couch und beobachtete ihn aus ihrer Ecke still.

Er war ganz in Gedanken versunken, goss eine rosa Mischung in zwei hohe Gläser, die er mit frischen Orangenscheiben dekorierte. Zufrieden betrachtete er sein Werk. Erst jetzt bemerkte er Melina.

»Oh, da bist du ja schon wieder.«

Mit zwei Handgriffen brachte er die Küche in Ordnung und kam dann mit den Cocktails in der Hand zu ihr herüber. »Hier.«

Melina nahm ihm das angebotene Glas ab und roch vorsichtig daran, während er sich ans andere Ende der Couch setzte.

Ein fruchtiger Geruch völlig ohne Alkohol stieg ihr in die Nase. Er erhob sein Glas. Sie imitierte die Bewegung und da er nichts sagte, kostete auch sie wortlos.

»Sehr lecker.«

Er lächelte, dann stellte er abrupt sein Glas auf den Couchtisch, der ebenfalls eine Glasplatte hatte, die auf einem interessanten lagerfeuerartigen Aufbau aus Treibholz ruhte. Irgendwie hatten so gut wie alle Gegenstände in dem Raum eine Meerthematik.

»Du musst unbedingt was probieren.« Er war aufgesprungen und hatte vom Tresen eine Flasche geholt, die dort dekorativ neben einigen Whiskyschwenkern stand.

Er stellte zwei Gläser vor sie hin und füllte jeweils einen Fingerbreit einer goldbraunen Flüssigkeit ein. Als er die Flasche auf den Tisch stellte, las Melina Dunedin Double Wood New Zealand. Sie war keine große Whiskytrinkerin. Da er aber offensichtlich total begeistert war, erhob sie ihren Tumbler und roch daran. Ein voller, stark alkoholischer Geruch stieg ihr in die Nase. Vorsichtig nahm sie einen Schluck von dem Getränk und wurde angenehm überrascht.

Der Alkohol stieg ihr zwar sofort in den Kopf, was jedoch blieb, war ein Geschmack nach Karamell, mit dem sie nicht gerechnet hatte.

»Hm«, machte sie und nippte noch einmal, »der ist aber wirklich gut.«

Jetzt endlich strahlte Robin sie wieder an

»Der ist aus Neuseeland und die haben so eine krasse Geschichte mit ihrem Whisky. Im 19. Jahrhundert hatten sie ganz viele richtig gute Destillerien. Aber dann hat die Regierung die Industrie fast komplett kaputt gemacht. Steuern. Jetzt gibt es von dieser Destillerie als einer der letzten überhaupt nur alle paar Jahre mal ganz wenige Flaschen und es ist gar nicht so leicht, da mal an eine ranzukommen … aber für besondere Gelegenheiten …«

Er verstummte und sah sie wieder so eindringlich an. Melina versuchte zu lächeln und ihn nicht wieder in seine schwermütigen Gedanken abdriften zu lassen.

»Du stehst wirklich sehr auf das Land, oder?«

Er fokussierte seinen Blick und lächelte wieder.

»Ja, total. Es ist ein echt großartiges Land, landschaftlich und zum Surfen, aber auch die Menschen. Die sind einfach so unglaublich hilfsbereit und freundlich. Total krass.« Versonnen nippte auch er noch mal an seinem Whisky.

Melina hatte ihr Glas unauffällig wieder gegen den Fruchtcocktail getauscht, denn nach den Exzessen der letzten Zeit war sie etwas zurückhaltend mit Alkohol.

»Und du hast da auch dein Geschäft?«, fragte sie, um das Gespräch am Laufen zu halten.

Überrascht sah Robin sie an.

»Nein, wie kommst du denn darauf? Also, zumindest nicht wirklich …« Er ließ den Satz unvollendet.

»Ach, Tarkan …« Erschrocken schlug sie sich die Hand vor den Mund. Schon wieder hatte sie sich verplappert.

Robin grinste sie an. »Tarkan ist ein alter Schnacker. Nein, mein Business ist nur online. Bis jetzt …«

Dieses Mal hielt Melina ihre Neugier nicht mehr aus. »Und was genau machst du?«

Er fing ihren Blick auf, der durch das Loft gestreift war.

»Oder hast du eine reiche Erbtante?«

Lächelnd sah er auf seinen Drink und schwenkte ihn noch zwei Runden, ehe er ihn leerte, das Glas auf den Tisch abstellte und sie dann ansah.

»Nein, ich habe nicht geerbt.« Bevor er fortfuhr, atmete er tief durch. »Ich habe diverse Webseiten mit allem zu Skaten, Surfen und Snowboarden initiiert und verdiene mein Geld in erster Linie durch Affiliateprogramme – und irgendwie läuft das ziemlich gut.« Verlegen griff er wieder nach seinem Cocktail und spielte mit dem Pappstrohhalm.

Melinas Kinnlade fiel herunter.

»Du weißt, was das ist?«

Melina verzog den Mund und schüttelte dann leicht den Kopf.

»Im Prinzip empfehle ich mit meinen Links Produkte und wenn sie dann jemand über denselben Link kauft, werde ich vom Hersteller mit ein paar Prozent am Umsatz beteiligt. Das läuft ganz automatisch und ist wirklich eine super Sache, um passiv Einkommen zu generieren.«

Anerkennend hob sie die Augenbrauen. Dass der etwas zu cool wirkende Skater so etwas draufhatte, hätte sie nun als Letztes geglaubt. Sie senkte den Kopf und musste zugeben, dass sie ihn komplett falsch eingeschätzt hatte. Ihre eigenen Vorurteile waren ihr peinlich, hatte sie sich doch selbst ihr Leben lang dagegen gewehrt, aufgrund ihrer älteren Schwester vorbeurteilt zu werden.

»Krass«, sagte sie, »dann bist du ein richtiger Unternehmer, das ist total beeindruckend.«

Robin war das Thema offensichtlich unangenehm, doch bei Melinas offenem Lob hatte er sich sichtlich entspannt.

»Na ja, im Grunde ist es kein Hexenwerk, und wenn man ein Thema hat, für das man brennt, und bereit ist, ein bisschen Arbeit reinzustecken, dann ist das tatsächlich ziemlich cool.«

»Auf jeden Fall hast du es damit schon mal sehr viel weiter gebracht als ich«, sagte Melina mehr zu sich selbst als zu ihm. Ihre Gedanken wanderten zu ihrem WG-Zimmer, das voller Stühle für ein Café stand, für das sie keine Räume mehr hatte, bei einer Freundin, von der sie nicht sicher war, ob sie noch ihre Freundin war …

Robin war nicht entgangen, wie traurig sie plötzlich wirkte. Er stelle sein Glas wieder ab und rutschte zu ihr herüber. Einen Moment glaubte sie, er würde sie in den Arm nehmen, doch stattdessen nahm er auch ihr den Cocktail ab und stellte ihn auf den Tisch. Dann ergriff er ihre beiden Hände und sah ihr fest in die Augen.

»Gib nicht auf, Cookie. Ja, das mit dem Laden hat jetzt nicht im ersten Anlauf geklappt. Aber deine Idee ist gut. Halt an deiner Vision fest und dann werde unaufhaltsam. Mach weiter und immer weiter, bis du deinen Laden hast. Mann, glaubst du vielleicht, bei mir hätte das alles beim ersten Mal und über Nacht geklappt?« Er lachte herzlich auf. »Jeder Übernachterfolg ist die Folge von einem Haufen Fehlern und Scheißerfahrungen. Lies mal die Biographien der ganz Großen wie Steve Jobs und so. Du musst an dich glauben und darfst einfach nicht aufgeben.«

Melina wusste nicht, ob es seine flammende Rede war oder seine Hände, die ihre so sanft und doch festhielten, auf jeden Fall wurde ihr heiß. Ihr Herz schlug ihr bis zum Hals und sie konnte den Blick nicht mehr von seinen meerblauen Augen abwenden.

»Du schaffst das, du musst einfach nur an dich glauben. Ich glaube an dich.«

Er drückte ihre Finger. Melinas Kopf war wie leer gefegt.

Ganz langsam kam sein Gesicht ihrem näher und Melina ertrank in seinen Iriden. Sie öffnete die Lippen leicht und im nächsten Moment berührten seine die ihren. Unendlich zärtlich küsste er sie. Sie brauchte nicht darüber nachzudenken, seinen Kuss zu erwidern. Das tat ihr Körper von ganz allein. Als wäre es das Natürlichste auf der Welt, hier zu sitzen und ihn zu küssen.

Erst jetzt rutschte Robin auch das letzte Stück an sie heran und strich ihr eine Strähne hinter das Ohr. Noch einmal küsste er sie und sie ließ sich in den Arm nehmen und schmiegte sich an ihn. Es fühlte sich so gut an. Seine Worte, aber vor allem seine Hände und seine Arme um sich zu spüren. Er löste seine Lippen von ihren, hauchte einen Kuss auf ihre Stirn und zog sie an seine Brust. Gemeinsam sanken sie in die Kissen der Couch.

Wortlos strich Robin über ihr langes Haar und Melina kuschelte sich in seine Armbeuge mit dem Kopf auf seiner Brust. Er hatte seinen Hoodie beim Zubereiten der Cocktails ausgezogen und durch den dünnen Stoff des verwaschenen T-Shirts konnte sie deutlich seinen Herzschlag wahrnehmen. Keiner von beiden wagte, etwas zu sagen.

Nach einer gefühlten Ewigkeit regte er sich. »Komm, lass uns schlafen gehen. Das war ein aufwühlender Tag für dich, du musst total kaputt sein.«

Melina nickte und ließ sich aufhelfen. Doch statt ihr ihre Krücken zu geben, nahm er sie einfach auf den Arm wie er es damals bei Hein gemacht hatte und trug sie hinter den Paravent. Fieberhaft überlegte Melina, was jetzt als Nächstes passieren würde und ging instinktiv davon aus, dass er sie ins große Schlafzimmer tragen würde. In ihrem Kopf formte sich in wachsender Panik eine Pro- und Kontraliste, ob sie bereit wäre, mit diesem Mann zu schlafen. Sie kannte ihn doch erst so kurz – jedoch war alles, was sie über ihn herausgefunden hatte, mehr als positiv …

Als sie mit ihrer Aufmerksamkeit wieder im Hier und Jetzt ankam, stelle sie überrascht fest, dass sie gar nicht im Hauptschlafzimmer der Wohnung war. Stattdessen setzte Robin sie behutsam auf dem Gästebett ab und stand verlegen vor ihr.

»Ich hol dir noch deine Krücken. Und möchtest du vielleicht ein Glas Wasser?«

Sprachlos nickte sie. Jetzt war sie komplett verwirrt.

Er verschwand noch einmal, und als er zurückkam, wurde es hinter ihm dunkel und er brachte ihr die Krücken und ein Wasser. Nur ansehen tat er sie schon wieder nicht mehr. Melinas Gedanken wirbelten immer noch. Es war so schön gewesen mit ihm auf der Couch und nun zog er sich aus unerfindlichen Gründen schon wieder von ihr zurück. Sie verstand es nicht, und zu ihrer eigenen Verwunderung war das wirklich das Letzte, was sie wollte.

»Brauchst du noch was?«

Sie sah ihn nur an, unfähig ihre eigenen trudelnden Gedanken und Wünsche zu sortieren oder gar aussprechen zu können.

»Dann schlaf gut«, sagte er und wandte sich ab, um das Zimmer zu verlassen.

»Robin«, rief sie und konnte selbst kaum glauben, dass sie das tat. Einerseits hatte sie vor nichts mehr Angst, als noch mehr Risiko einzugehen und womöglich eine weitere Pleite diese Woche verkraften zu müssen, andererseits sehnte ihr ganzer Körper sich danach, sich seinem wieder nah zu fühlen … Er hielt inne und drehte sich wieder zu ihm um. Sie streckte die Hand nach ihm aus, und nach einem kurzen Zögern ergriff er sie. Sie hielt den Atem an und zog ganz leicht. Er machte den Schritt zurück zum Bett und setzte sich neben sie.

»Weißt du, ich …«, fing er leise an, doch in diesem Moment war es Melina egal, was er noch sagen wollte oder was ihn zögern ließ. Seine Zurückhaltung machte sie wahnsinnig und sie legte ihm den Finger an die Lippen.

»Schon gut, geh nur einfach nicht weg, bitte.«

Er sah sie an und nickte dann lächelnd. Rückwärts rutschten sie nebeneinander richtig aufs Bett. Melina ließ sich auf die Seite fallen und Robin kuschelte sich wie ein Löffelchen von hinten an sie. Seinen Arm um sie legend wob er seine Finger von oben durch ihre. Er zog sie ganz eng an sich und sie spürte seinen warmen Atem in ihrem Haar. Sie wagte nicht mehr, sich zu bewegen. War sie enttäuscht, überrascht, glücklich? Sie hätte es nicht sagen können. Und noch bevor sie das beunruhigen konnte, schlief sie ein.

# Gast im eigenen Haus

Als Melina aufwachte, stellte sie zunächst verwundert fest, dass sie nicht wusste, wo sie war – und dann, dass sie sich nicht rühren konnte. Für den Bruchteil einer Sekunde wollte sie in Panik verfallen, doch dann stieg ihr dieser mittlerweile erregend vertraute Geruch in die Nase von Sonne und Salzwasser, und eine Erinnerungswelle überflutete sie.

Hätte Robin sie nicht immer noch in Löffelchenstellung an sich gepresst im Arm gehalten, wäre sie sicher hochgefahren oder aus dem Bett gesprungen, so blieb es bei einem reflexartigen Zusammenzucken, von dem er wach wurde.

Sie spürte, wie er sich hinter ihr rekelte und ihren schlanken Körper noch etwas fester umschlang, so als wollte er sie ganz in sich aufnehmen. Wieder spürte sie durch ihr Haar seinen warmen Atem auf ihrer Haut.

»Guten Morgen«, murmelte er verschlafen, bewegte sich aber nicht weiter.

»Guten Morgen«, erwiderte Melina und wagte kaum zu atmen. Neben seinen beeindruckenden Oberarmen fühlte sie auch deutlich seine feste Brust und Bauchmuskulatur, die gegen ihren Rücken drückte. Unruhe erfasste ihren ganzen Körper, als sie etwas tiefer noch etwas ganz anderes, überaus Hartes wahrnahm, das sich fest an ihr Gesäß presste. Sie schluckte und spürte, wie ihre Aufregung ganz natürlich in Erregung überging.

Robin bewegte sich hinter ihr und wurde wach. Als habe er ihre Gedanken gelesen, wollte er ein Stück von ihr wegrutschen. Doch Melina nutzte den neugewonnenen Raum nur dazu, um sich noch in seinem Arm umzudrehen. Auch wenn er ebenso verpennt und verstrubbelt aussah wie sie selbst, beobachteten seine unergründlichen Augen sie bereits aufmerksam.

Dieses Mal übernahm Melina die Führung: Sie legte ihre flache Hand an seine Wange, strich mit den Fingerspitzen über seine Schläfe und dann weiter über seine erstaunlich weichen Bartstoppeln.

So wie sie in seinen, versank er jetzt in ihren braunen Augen, und als der Impuls kam und sie sich leidenschaftlich küssten, hätte keiner der beiden mehr sagen können, von wem er ausgegangen war. Er umschlang sie noch fester und hielt sie so eng an sich gedrückt, dass Melina der Atem stockte. Sie grub ihre Finger in sein Haar, das sich gelöst hatte und in weichen Wellen sein Gesicht umspielte. Er küsste ihre Lippen, ihren Hals und riss sich dann von ihr los, als hätte er Angst, Beherrschung oder Verstand zu verlieren. Für einen bangen Moment fürchtete Melina, er würde jetzt wieder aufspringen und gehen, doch stattdessen zog er sich nur in einer fließenden Bewegung das T-Shirt über den Kopf. Melinas Herz setzte einen Schlag aus.

Auf seinem eindrucksvollen Brustmuskel über dem Herz prangte dieser kleine verschnörkelte Angelhaken, der mit einem Wellenmustern gefüllt war. Zusätzlich war seine gesamte rechte Schulter bis hinunter an den Rand des T-Shirt-Ärmels ebenfalls tätowiert. Aus ihrer Perspektive konnte Melina das Motiv nicht vollständig erkennen, aber dass es der gleiche Stil war wie der Maori-Anker auf seiner Brust, war offensichtlich. Er ließ sich über ihr in einen Liegestütz fallen und Melina kostete die Sekunden des süßen Schmerzes aus, die es dauerte, bis er sein Gewicht auf ihr ablegte und sie wieder küsste. Seine Zunge schien in ihrem Mund zu brennen und sie wurde sich bewusst, dass sie noch immer den dunklen Rollkragenpulli von gestern trug. Auch ihm war aufgefallen, dass sie eindeutig zu viel anhatte. Das untere Bündchen war hochgerutscht und hatte ein Stück ihres Bauches freigegeben und er legte seine flache Hand genau zwischen ihren Hosenbund und den Saum des Pullis. Unwillkürlich stöhnte Melina auf. Ein Lächeln umspielte seine Lippen, als er sich zurücklehnte und sie ansah. Dann schob er seine Hand unendlich langsam weiter unter ihren Pullover und Melina war bereits kurz davor, in Ekstase aufzuschreien. Jede Berührung dieses Mannes löste Wellen von elektrisierender Erregung in jedem Quadratzentimeter ihres Körpers aus. Noch einmal hielt er inne. Sein Blick war jetzt nicht mehr unergründlich, die Begierde, die darin lag, war unübersehbar. Trotzdem hielt er sich mit schier übermenschlicher Anstrengung zurück und ließ ihr ein letztes Mal die Wahl. Als Antwort schlang Melina ihr Bein um seinen Oberschenkel und riss ihn wieder an sich.

Sie hatten sich leidenschaftlich geliebt und als Melina wieder erwachte, war es bereits hell draußen. Unauffällig versuchte sie, sich aus seinem Arm zu schälen, doch keine Chance. Bei der kleinsten Bewegung ihrerseits schlang er den Arm nur fester um sie und hielt sie vor seine Brust gepresst als wolle er sie nie wieder loslassen.

»Wo willst du denn hin?«, murmelte er und klang schon wieder herausfordernd.

Sie versuchte, sich halb umzudrehen, und flüsterte verlegen: »Ich müsste mal wohin.« Er lachte, küsste sie hinter das Ohr und ließ sie gehen.

Rasch verschwand sie um die Ecke ins Bad. Als sie von der Toilette ans Waschbecken trat, stellte sie mit Entsetzen fest, dass ihr Mascara sich unter den Augen verteilt hatte. Ihre Haare waren verschwitzt und klebrig und ihr ganzer Körper hätte nach den Strapazen des gestrigen Tages und der letzten Nacht nach einer Dusche gelechzt. Sie widerstand dem Impuls und wusch sich nur das Gesicht. Ihre Wangen glühten noch vom Schlaf und ihre Augen glitzerten. Zufrieden schenkte Melina sich einen kessen Blick im Spiegel, warf ihr ungekämmtes Haar zurück und ging, wie Gott sie schuf, zurück ins Schlafzimmer.

Robin lag jetzt mitten im Bett und hatte die Arme unter dem Kopf verschränkt. Er hatte ein Bein unter der Decke rausgestreckt und aufgestellt und Melina konnte ein weiteres großflächiges Tattoo auf seiner Wade erkennen. Er fing ihren Blick auf.

»Wie viele hast du davon?«, fragte sie neugierig und er drehte sich auf die Seite, sodass die Decke von seiner Hüfte rutschte und wirklich nur noch das Intimste verbarg.

»Keines, das du noch nicht gesehen hättest.« Er grinste.

Sie legte den Kopf schief und er rollte sich zurück auf den Rücken. Mit der Rechten hob er die Decke.

»Los, komm wieder her, schöne Frau.« Das ließ sie sich nicht zweimal sagen, sondern glitt neben ihm wieder unter die Decke. Gemeinsam kuschelten sie sich ein. An der Wand gegenüber war dieses Mal keine Fototapete, aber ein geschmackvolles, großformatiges Bild, das in einer dreidimensionalen Technik auf Leinwand ein Ruderboot am Strand darstellte. Versonnen träumte Melina vor sich hin.

»Da bin ich ja echt froh, dass ich für das Gästezimmer auch eine vernünftige Matratze gekauft habe«, stellte Robin fest und Melina lachte.

»Das merkst du heute zum ersten Mal?«

»Ja«, gab er zu und strich über ihr Haar. »Ich schlafe sonst normalerweise nicht in meinem eigenen Gästezimmer.«

»Und deine Eroberungen schaffen es nur auf die Couch, oder was?«, neckte sie, jedoch nicht ohne einen Anflug von unangemessener Eifersucht. Schon als sie die Bemerkung ausgesprochen hatte, fand sie den Seitenhieb mehr als unpassend.

Er antwortete nicht direkt, sondern streichelte nur weiter ihr Haar. Sie wagte nicht zu atmen.

»Nur ein Scherz …«, versuchte sie, ihren Worten die Schärfe zu nehmen und hatte sofort einen Frosch im Hals.

Es dauerte noch eine gefühlte Ewigkeit, bis Robin endlich ebenso leise entgegnete: »Nein, ich nehme normalerweise niemanden mit hierher – und du bist ehrlich gesagt auch die erste Frau.«

Melina lag schon wieder ein dreister Konter auf der Zunge, doch dieses Mal gelang es ihr, sie im Zaum zu halten.

Was genau bedeutete das? Ihr Herz klopfte schon wieder bis zum Hals und sie wagte nicht nachzuhaken.

Auch er konnte das Thema offensichtlich nicht einfach wieder abstreifen. Jedenfalls schwiegen sie beide, bis er schließlich fragte: »Kaffee?«

»Gern«, erwiderte sie, auch wenn das bedeutete, dass sie ihn schweren Herzens gehen lassen musste. Er schwang sich aus dem Bett und ging völlig ungeniert nackt an ihr vorbei in Richtung Tür. Dort drehte er sich um und schenkte ihr ein süßes Lächeln.

»Nicht bewegen.«

Auch Melina entspannte sich wieder etwas und lächelte zurück. »Ich würde gern duschen …«

Er erhob den Zeigefinger und machte ein gespielt strenges Gesicht. »Nicht bewegen, habe ich gesagt.«

Gehorsam kuschelte sie sich wieder zurück in die Kissen.

Er kam im Handumdrehen mit zwei Espressi wieder.

»Sorry«, erklärte er schulterzuckend, »ich habe leider nur eine Kapselmaschine.«

Melina grinste und streckte begierig die Finger aus.

Er setzte sich auf die Bettkante und sie tranken ihren heißen Kaffee.

»Hast du Hunger?«, fragte er, ehe so etwas wie peinliche Stille aufkommen konnte. Sie wollte ladylike verneinen, aber ihr knurrender Magen strafte sie Lügen.

Sie lachte. »Und wie.«

»Ich kenne da ein richtig cooles Café, wo sie hervorragende Pancakes machen, Lust?«

Wieder nickte sie. »Aber erst duschen.«

»Aber erst duschen.« Er nahm ihr ihre leere Tasse ab und stellte beide achtlos auf den Nachtschrank, dann half er ihr auf die Füße. Sie waren immer noch beide völlig nackt und seine plötzliche Nähe jagte ein Kribbeln über Melinas Rücken. Auch er schien sich der plötzlichen Nähe wieder bewusst zu werden und küsste sie sanft auf die Lippen. Als er sich löste, stand ihm der Schalk ins Gesicht geschrieben, und ehe Melina sich versah, hatte er sie einfach an der Taille gepackt und sich über die Schulter geworfen.

»Hey, was soll das?«, protestierte sie und genoss in Wirklichkeit die neue Perspektive auf seinen perfekt geformten Po.

Er trug sie hinüber in sein Schlafzimmer, ging am Bett vorbei und in das anschließende Badezimmer, das noch mal größer war als das beim Gästezimmer. Neben einer offenen Regenwalddusche stand ein Whirlpool in einer Ecke. Die dezente Beleuchtung in Form von Deckenstrahlern war automatisch angegangen. Er stellte sie in der Dusche ab, hielt sie mit einer Hand fest und stellte mit der anderen das Wasser an.

Im ersten Moment war es eiskalt und Melina kreischte auf. Dann wurde es jedoch sofort warm und sie hörte auf, sich zu winden. Er stellte die Temperatur richtig ein und schob sie weiter unter den sanften Regen. Sie hob ihr Gesicht und genoss das Prickeln des Wassers auf Wangen und Stirn. Sie tauchte wieder auf und bemerkte, dass er sie beobachtet hatte.

»Also, waschen kann ich mich dann allein«, sagte sie kess und legte den Kopf schief.

»Und soll ich jetzt etwa gehen?«, fragte er zurück und beugte sich hinunter. Seine Lippen verharrten so dicht vor ihren, dass sie seine Wärme selbst unter der Dusche spürte. Und noch etwas anderes wurde wohl weniger von der Dusche als ihrer Nähe belebt.

Sie stellte sich auf die Zehenspitzen und schlang ihre Arme um seinen Hals. Als sie ihren Körper gegen seinen presste, hatte sich jede weitere Diskussion erübrigt. Und nicht einmal ihr Fuß gab mehr Widerworte, obwohl er so unvermittelt belastet worden war.

Das Café, das er für das Frühstück ausgesucht hatte, lag nur einen kurzen Spaziergang von seiner Wohnung entfernt und war Teil einer Pension. Wie durch ein Wunder hatte ihr Fuß sich über Nacht tatsächlich so weit verbessert, dass sie nur noch mithilfe einer Krücke und schon wieder recht gut laufen konnte. Sie nahmen trotzdem das Fahrrad.

Die Pancakes waren hervorragend und auch der Kaffee ein Genuss. Neugierig schaute sich Melina um und nahm alle Eindrücke der Inneneinrichtung auf. Für ihren Geschmack war es etwas zu blumig und altbacken eingerichtet mit den altrosa Bezügen der Stühle und den in einem Eierschalenton lackierten Tischen, aber es strahlte eine unwiderstehliche Gemütlichkeit aus. Ein bisschen wie das Wohnzimmer bei ihrer Oma.

Nachdem Robin gezahlt hatte – und das hatte er sich trotz Melinas lauten Protests auch dieses Mal nicht nehmen lassen, half er ihr gerade wieder in ihren Mantel, ehe ihm eine Idee kam.

»Weißt du was, mir fällt gerade ein, da gibt es nicht weit vom Deich diesen einen Laden. Ein Fischrestaurant. Der ist hier jahrzehntelang eine Institution gewesen, aber der Besitzer geht jetzt endgültig in Rente. Und der sture Bock verkauft einfach nicht. Ich weiß, da waren schon alle möglichen Makler und Investoren dran an seinem Grundstück, aber er gibt es nicht her. Er will unbedingt, dass das Gebäude erhalten bleibt und wieder Gastronomie reinkommt. Vielleicht wäre das was für dich und dein *Cookies*-Café?«

Melina sah ihn skeptisch an. »Wenn der die großen Player ablehnt, was könnte ich ihm schon anbieten? Ich habe ja nicht einmal Geld für eine Abstandszahlung …«

Als habe er sie nicht gehört, setzte er sie auf den Gepäckträger und grinste. »Wir fahren einfach mal vorbei, und du guckst es dir an. Wenn es dir gefällt, lassen wir uns was einfallen, einverstanden?«

Melina nickte und ihr Herz machte einen kleinen Hüpfer. Wäre es wirklich möglich, dass ihre Zukunft vielleicht hier am Meer lag? Der Tag wurde besser und besser.

Sie fuhren eine Weile die Straße am Deich entlang und Melina genoss den kalten klaren Morgen. Hier lag nirgendwo Schneematsch herum. Der Wind war frisch und ausnahmsweise erwischten sie die Gezeiten so, dass sie die Nordseewellen gemütlich an den Strand rollen sah.

Unvermittelt bog Robin ab und hielt bei nächster Gelegenheit vor einem reetgedeckten Haus.

»Fischerkate«, las Melina laut die goldgrüne Leuchtreklame, die aussah, als wäre sie von einer Brauerei gesponsort worden. Sie ging zur Tür und zog daran, abgeschlossen. Erst jetzt bemerkte sie das Schild, das über die Geschäftsaufgabe informierte. Robin ging ungeniert zu einem der Fenster und legte seine Hände schützend um seine Augen, um durch die Scheibe hineinsehen zu können. Melina tat es ihm gleich.

Der Speisesaal war gutbürgerlich in dunkler Eiche und dunkelgrünen Kunstlederbezügen gehalten. An der Decke hingen Messinglampen, wie man sie früher auf Segelschiffen gefunden hatte und an und auf den rohen Balken, die immer wieder das nackte rote Mauerwerk durchbrachen, war allerlei Fischereitand ausgestellt.

Melina erschauerte.

»Das ist ja echt urig«, sagte sie und fügte zögernd hinzu, »aber so gar nicht der Stil für das *Cookies*, wie ich es mir vorgestellt hatte.«

Robin richtete sich auf und grinste sie an. »Komm, ein bisschen Fantasie, Cookie, so sollst du den Laden ja auch nicht übernehmen. Versuch es dir vorzustellen.«

Sie sah noch einmal durchs Fenster und vor ihrem inneren Auge verwandelte sich der Raum ganz langsam in ihr Café. Mit gemütlichen pastellfarbenen Tischdecken, den dunklen Bistrostühlen, großflächigen Kunstdrucken ihrer eigenen Kekskreationen an den Wänden, der großen Glaskühlvitrine, in der das Gebäck zum Verkauf für das Café angeboten wurde und den Regalen daneben, wo man sie zum Mitnehmen abgepackt kaufen konnte … ja, sie konnte es tatsächlich sehen.

»Wow«, machte sie, »das wäre wirklich ein tolles Café.«

Robin lächelte. Er hatte gar nicht mehr selbst in das Restaurant geblickt, sondern nur noch Augen für sie gehabt.

Doch dann erschien ihr Kontostand vor ihrem inneren Auge und ihr Blick fiel auf die vielen Details, die noch zu richten wären. Ihre Gedanken wanderten weiter zur Lage des Objektes und wie sich diese auf die Miete auswirken würde, und ihre Bilanz verfinsterte sich. Melina ließ die Arme hängen.

»Das ist eine Nummer zu groß für mich.«

»Nicht, Cookie, jetzt nicht in Hoffnungslosigkeit verfallen. Bleib bei deiner Vision. Du musst nur wissen, was, nicht wie. Das Wie ergibt sich, wenn du nur dein Ziel fest im Blick hast.«

Sie warf ihm einen zweifelnden Blick zu, schloss jedoch gehorsam die Augen und beschwor das Bild ihres Cafés wieder herauf.

Es war wunderschön, lichtdurchflutet, sanfte Musik erfüllte den Raum ... sie konnte den frischen Kaffeeduft riechen und dann die Brise des Meeres. Es war, als wüchse vor ihrem inneren Auge ihr persönliches Weihnachtswunder. Sowie sich ihre Vision entfaltete, hatte sich ein Strahlen auf ihrem Gesicht ausgebreitet. Doch dann löste sie sich mühsam aus ihrem Traum und sagte schweren Herzens: »Aber wie sollte ich mir das hier leisten können ... bei der Lage?« Ihr Arm wies auf die entfernt immer noch wahrnehmbare Nordsee.

Wieder wischte Robin ihren Einwand hinweg. »Ach, das findet sich ... wenn du es dir vorstellen kannst, dann findest du auch eine Lösung.«

Sie lächelten sich an und Melina stellte fest, dass sie sich mit Robin so einiges vorstellen konnte. Sie wollte gerade etwas in der Art äußern, als sein Telefon klingelte.

Er zückte das Smartphone und ein Schatten fiel über sein Gesicht.

»Da muss ich rangehen«, sagte er und entfernte sich ein paar Meter von ihr.

Melinas durch Leid geprüfte, übersensible Antennen schlugen sofort Alarm. Sie beobachtete ihn, wie er auf und ab ging und kurz, aber hitzig mit jemandem diskutierte. Den größten Teil des Gesprächs bekam sie nicht mit, nur einen Satz trug der Wind zu ihr herüber: »Nein, Tahnee, habe ich nicht, und natürlich stehe ich zu meinem Wort. Ich lasse dich mit dem Baby nicht allein …«

Melinas Herz setzte einen Schlag aus. Im ersten Moment klammerte sie sich an die Hoffnung, dass sie sich auf die Distanz verhört haben mochte, doch in ihrem tiefsten Inneren wusste sie, dass das nicht der Fall war.

Was hatte sie getan? Er war nicht frei. Sie hatte es doch geahnt. Wie dumm von ihr, ihr Bauchgefühl einfach auszublenden … sie hatte es doch gewusst, dass was nicht stimmte mit ihm … also war er doch gebunden … und zwar viel ernster als selbst sie es sich in ihren schlimmsten Albträumen ausgemalt hätte. Was machte sie hier?

Ihr schossen Tränen in die Augen und sie wandte sich rasch ab, damit er nicht mitbekam, dass sie gelauscht hatte. Am liebsten wäre sie einfach weggerannt, doch das hätte selbst ohne Krücken schon wenig Sinn gemacht. Plötzlich schmerzte ihr Fuß wieder ganz unerträglich und sie humpelte, schwer auf die eine Krücke gestützt, wenigstens ein paar demonstrative Schritte von ihm weg. Wenn sie doch nur weg könnte …

Als sie hörte, dass er auf dem Kiesweg hinter sie trat, wischte sie sich rasch die Feuchtigkeit aus den Augen.

Er war in Gedanken versunken und hatte nicht einmal bemerkt, wie aufgewühlt Melina plötzlich war. Abwesend sah er von ihr zum Meer und wieder zurück. Anscheinend hatte das Telefonat auch ihn völlig aus der Bahn geworfen. Kein Wunder, wenn die Mutter seines Kindes ihn anrief und er hier mit ihr … Melina schluckte hart.

Da er überhaupt nichts sagte, stammelte sie schließlich los: »Wir sollten zurückfahren. Ich sollte wieder nach Hamburg …« Sie vermied es, ihn anzusehen.

Sie spürte seinen Blick, hob allerdings nicht den Kopf und er widersprach auch nicht. Stumm holte er das Fahrrad und ließ sie aufsteigen. Schweigend fuhren sie zurück. Als er ihr am Haus vom Rad helfen wollte, ignorierte sie die angebotene Hand absichtlich, doch auch darauf reagierte er nicht. Er ließ sie wieder vor in die Wohnung humpeln, wo sie rasch im Gästezimmer ihre Sachen zusammensammelte und mit dem Rucksack auf dem Rücken wieder im Wohnzimmer erschien.

Er hatte seinen Rechner hochgefahren und sprang jetzt aus dem Schreibtischstuhl auf.

»Ich wollte nur kurz …«, setzte er an, doch sie unterbrach seine Erklärung.

»Ist schon gut, du hast sicher … zu tun«, sagte sie und wich seinem Blick weiter aus. »Ich muss auch noch eine Menge regeln wegen des Cafés …« Einen Augenblick hingen sie beide ihren Gedanken nach.

Dann riss Robin sich zusammen und lächelte sie verhalten an. »Also, du solltest dir das mit der Fischerkate wirklich überlegen, die Location ist top und Udo würde dir sicher entgegenkommen …«

»Hm«, machte Melina und war den Tränen nahe. Jetzt war genau das passiert, was sie auf keinen Fall gewollt hatte. Zu all dem Chaos, was ohnehin gerade ihr Leben bestimmte, hatte sie nun auch noch ein gebrochenes Herz. Sie beeilte sich, an Robin vorbeizukommen, und floh in Richtung Wohnungstür.

»Warte, ich kann dich doch fahren«, bot er an.

Melina winkte ab. »Ist schon gut, ich habe die Bushaltestelle an der Straße gesehen, ich komme schon klar. Kümmere du dich mal lieber um …« Sie verstummte. Vorwürfe waren hier völlig fehl am Platz und doch hätte sie ihn am liebsten angeschrien.

Sie zerrte an ihren Stiefeln, die jetzt natürlich so gar nicht fluffig über ihre Schiene rutschen wollten, und kämpfte mit den Tränen. Um keinen Preis würde sie jetzt hier heulen.

»Melina, warte doch, lass uns doch…«

Wieder fiel sie ihm ins Wort. »Ich habe doch gesagt, ich schaff das schon«, herrschte sie ihn an und nun war es an ihm, sie überrascht anzusehen.

Mit gerunzelter Stirn stand er da und sah ihr zu, wie sie die Haustür öffnete.

Ohne sich noch einmal umzudrehen, murmelte sie über die Schulter: »Danke … leb wohl.«

»Cookie …«

Die Tür fiel so schnell ins Schloss, dass sie den verletzten und verwirrten Ausdruck auf seinem Gesicht nicht mehr sehen konnte. Im Treppenhaus hämmerte sie auf den Knopf, damit der Fahrstuhl sich schneller öffnen möge, doch Robin kam ihr gar nicht nach.

Sie schaffte es aus dem Haus und ein Stück die Straße runter außer Sichtweite, wie sie hoffte, ehe ihre Tränen sie übermannten und sie laut schluchzend mitten auf dem Fußweg stehen bleiben musste.

Ihr Blick fiel in einen Vorgarten, in dem sogar die Gartenzwerge weihnachtlich geschmückt waren, und heulte noch lauter auf.

»Das ist das beschissenste Weihnachten aller Zeiten.« Wütend und immer noch weinend stapfte sie die Straße entlang in Richtung Bushaltestelle.

## Weihnachtliche Beichte

An die Rückfahrt konnte sie sich kaum erinnern. Es war unglaublich voll und unruhig gewesen am Hauptbahnhof, aber ansonsten waren alle Eindrücke der vorweihnachtlichen Hektik einfach nur an ihr vorbeigeflogen.

Zu Hause erwartete sie eine noch immer unaufgeräumte und fahl riechende Wohnung. Sie ließ den Rucksack von der Schulter rutschen und schaffte es noch auf die Couch, bevor sie hemmungslos anfing, sich ihrem Selbstmitleid hinzugeben.

Wie hatte sie sich nur so täuschen können? Ach, was hatte sie sich überhaupt gedacht? Schniefend knüllte sie das feuchte Taschentuch zusammen und warf es auf den Haufen zu den anderen. Eine weitere Träne lief ihr aus dem Augenwinkel und sie riss ein neues Taschentuch aus der Box.

Sie hatte sich was eingeredet. Sie hatte sich was vorgemacht. Ganz offensichtlich. Sie war selbst schuld. Ihre Verliebtheit hatte sie blind gemacht. Erst war sie auf den Egoisten Fabian hereingefallen und nun war sie mit ihrer emotionalen Verwirrung auch noch Robin auf den Leim gegangen. Ihr Blick fiel auf die Weihnachtsdeko im Wohnzimmer und sofort wimmerte sie wieder los. Was war denn bloß aus dem besinnlichen und liebevollen

Weihnachten geworden? Warum passierte das ausgerechnet ihr? Und dann auch noch jetzt? Und überhaupt … sie weinte und weinte, bis ihr Selbstmitleid ihre Tränen versiegen ließ.

Am Samstagmorgen wurde sie gegen 11 Uhr nach unruhigem Schlaf, in dem sie dauernd die wirrsten Dinge von Robin geträumt hatte, wie er einem Baby das Surfen beibrachte und ähnlichem Quatsch, geweckt. Ihr Handy klingelte und hörte einfach nicht auf.

Wütend über die Störung ihrer selbstzerstörerischen Trauerphase setzte sie sich auf. Ihr Fuß schüttete dabei versehentlich eine Flasche Prosecco um, deren glücklicherweise nur noch winzige Reste sich über den Boden ergossen und eine Lache um einige leere Behälter von Eis und Chips bildeten.

Melina fluchte und rappelte sich auf die Füße. Ohne Krücke ging sie hinüber in den Flur. Der Fuß war mittlerweile wieder gut belastbar, doch es fiel ihr in ihrem Brass nicht einmal auf.

Sie fand das fast entladene Smartphone in ihrem Rucksack und stellte fest, dass sie einen Anruf von Emma verpasst hatte. Mit dem Handy in der Hand stand sie da und überlegte, was die richtige Vorgehensweise wäre. Wenn sie anriefe, würde sie nur sofort wieder heulen und danach war ihr gerade nicht. Andererseits, wenn sie nicht reagierte, würde ihre Schwester sich garantiert Sorgen machen und das wollte sie natürlich noch weniger.

Melina überlegte gerade noch, was sie Emma schreiben konnte, als sie eine Nachricht von ihr bekam: »Hey, Süße, ich hoffe, du genießt deine Auszeit am Meer. Denk dran, morgen um 18 Uhr gibt es Essen. Komm ja pünktlich. Mama kocht seit gestern.« Ein Zwinkersmiley bildete den Schlusspunkt.

Melina schnaubte ärgerlich. Auszeit am Meer. Die schlimmste Peinlichkeit ihres Lebens. Sie hatte mit einem anderweitig vergebenen Mann geschlafen. Einem Vater. So was war ihr auch noch nicht passiert. Sie grummelte vor sich hin und dachte darüber nach, wie sie die Katastrophe, als die sich ihre Flucht an die See entpuppt hatte, in einen Messengertext bekommen sollte und schüttelte dann den Kopf.

Sie tippte: »Keine Sorge, bin da. Bis morgen.« Die Nachricht wurde gesendet. Es kam keine Antwort mehr, also hatte ihre Schwester die negativen Schwingungen wohl nicht wahrgenommen. Melina ließ das Handy sinken und sah sich um. Die Wohnung sah schlimm aus. So schlimm, dass sie über sich selbst ärgerlich wurde. Kein Mann der Welt war ihre Tränen wert, das hatte ihre Oma schon gesagt, als sie das erste Mal heulend aus der Schule gekommen war. Melina straffte ihre Schultern. Was ihre Oma wohl sagen würde, wenn sie sie jetzt sehen könnte. Schuldbewusst zog sie den Kopf zwischen die Schultern.

Ja, die Situation war das absolute Chaos und nach den Feiertagen würde sie einige Sachen mal ganz dringend auf die Reihe bekommen müssen, aber fürs Erste sollte sie hier anfangen, mit sich und der Wohnung.

Entschlossen humpelte sie ins Bad. Sie duschte, band ihre Haare zusammen und warf nur ein altes T-Shirt über. Dann legte sie los. Sie räumte all den angesammelten Müll auf und stellte den vollen Mülleimer direkt raus auf den Treppenabsatz. Anschließend räumte sie alles auf, was sich an Stellen gesammelt hatte, wo es nicht hingehörte. Danach wischte sie Staub und wischte alle Arbeits- und Ablageflächen ab. Sie putzte das Bad und staubsaugte am Ende. Als sie fertig war, war die Sonne längst wieder untergegangen und sie duschte ein weiteres Mal.

Bei der Inspektion des Kühlschranks, musste sie feststellen, dass er nicht nur nichts Gesundes, sondern auch tatsächlich nach ihren letzten Exzessen wirklich gar nichts Essbares mehr hergab – und die Feiertage standen bevor. Melina stöhnte auf, doch es half nichts.

Also zog sie sich an und ging einkaufen. Wie befürchtet war im Supermarkt die vorweihnachtliche Hölle ausgebrochen. Mit Müh und Not ergatterte sie noch ein paar letzte Gemüse- und Obstreste und kaufte einige von den Tiefkühlgemüsepaketen, die sie gern mit etwas Reis aß. Als sie fertig war, war sie erleichtert, sich aufgerafft zu haben. Mit einer gewissen Zufriedenheit schleppte sie die schweren Taschen zurück in ihre Wohnung und bestückte ihre Vorräte neu. Dann warf sie den Herd an und kochte sich das erste Mal seit Tagen eine vernünftige Mahlzeit. Am Ende räumte sie die Spülmaschine ein und wusch den Wok von Hand ab. Während sie sich die Hände am Geschirrtuch abtrocknete, überfiel sie eine gewisse Ruhe. Mit einem zufriedenen Blick schaltete sie das Licht aus und ging hinüber ins Schlafzimmer. Sie hatte sich sogar frische Bettwäsche gegönnt und der Gedanke, dass unten im Trockenraum die gewaschene bereits aufgehängt war, machte sie sehr stolz. Die restliche Wäsche würde sie einfach morgen waschen. Dafür hatte sie neben dem Einpacken ihrer paar spärlichen Geschenke definitiv Zeit. Sie krabbelte ins Bett.

Die Ablenkung durch ihren Putzanfall hatte ihr gutgetan, und auch wenn sie es sich nicht eingestehen wollte, hatte es sich klasse angefühlt, endlich mal wieder etwas Sinnvolles zu tun und am Ende zufrieden auf die Früchte ihrer Arbeit blicken zu können. Selbst wenn es fürs Erste nur eine aufgeräumte und saubere Wohnung war.

Doch in der Dunkelheit allein in ihrem Bett waren die alten Gespenster viel zu schnell wieder da: Sie würde nicht in einer Woche ihr Café eröffnen, sie würde auch nicht nach Neujahr wieder in die Firma gehen und vor allem wäre sie dank ihrer eigenen Dummheit ganz allein zu Silvester. Vielleicht wäre es an der Zeit, mal einen Schritt auf Lara zuzumachen? Sie kannten sich seit fast zwanzig Jahren, konnte doch nicht sein, dass sie nun einfach nie wieder miteinander reden würden. Melina kaute an ihrer Unterlippe. Ehrlicherweise musste sie zugeben, dass dieser Wunsch nicht ganz uneigennützig war. Das Loch in ihrem Herzen war so tief, dass sie Angst hatte, über den Rand zu stürzen und nie wieder daraus auftauchen zu können – und es wäre so viel leichter gewesen mit Lara an ihrer Seite. Sie schluckte hart, schon wieder hatten sich ihre Augen mit Tränen gefüllt.

Als sie sich vorstellte, was Lara zu der Geschichte mit Robin sagen würde, musste sie unwillkürlich lächeln. Ihre Freundin würde das wegwischen und sie nur darauf hinweisen, dass es da noch viel mehr uneroberte Herzen gäbe, die sie brechen könnte. Und er hatte sich doch darauf eingelassen, obwohl er wusste, dass er gebunden war. Das machte doch eindeutig ihn zum Buhmann.

Melina rollte sich auf die Seite und angelte auf dem Nachtschrank nach ihrem Telefon, das dort lud. Das Display ging an – und wieder aus. Ratlos lag Melina da und überlegte, was sie schreiben sollte. Gefühlt war schon wieder so viel passiert, dass sie gar nicht wusste, wo sie anfangen sollte. Doch es war auch egal, es war einfach Zeit, dieses alberne Schweigen zu brechen. Klar war sie noch sauer wegen des Cafés … wie sollte sie auch nicht. Aber die ganze Geschichte wäre überhaupt gar nicht möglich gewesen ohne Lara und ihren Enthusiasmus. Ihre schrägen Ideen hatten Melina am Ende immer herausgefordert, sich über ihre eigene Vision klarer zu werden. Für Melina stand fest, dass es kein *Cookies*-Café ohne Lara geben würde. Bei dieser plötzlichen Erkenntnis musste sie hart schlucken.

Sie hob das Display vors Gesicht und schrieb die wichtigsten Worte, die ihre Freundin unbedingt hören musste: »Vermisse dich, bist du über Weihnachten da?« Dann wartete sie eine gefühlte Ewigkeit auf eine Antwort. Schon wollte sie das Handy wieder weglegen, als doch endlich das erlösende Piepsen ertönte, das den Eingang einer Nachricht signalisierte.

»Du fehlst mir auch. Wir sehen uns Montag. Viel Spaß bei deinen Eltern.«

Melina hätte am liebsten wieder losgeheult vor Erleichterung. Nein, es war noch nicht alles wieder gut. Aber sie redeten wieder und damit war der Rest bereits Geschichte. Schließlich war das nicht ihr erster Streit. Vielleicht der schlimmste, aber ihre Freundschaft würde das überstehen. Zumindest redete Melina sich das hartnäckig ein. Sie musste sich einfach an irgendeinen Strohhalm klammern dürfen.

»Dir auch«, tippte sie noch, rollte sich dann mit dem Handy in der Hand zusammen und schlief ein.

Der Heiligabend war sonst einer ihrer Lieblingsabende im Jahr. Vor allem die Zeit bei ihren Eltern. Doch dieses Jahr war einfach alles anders. Da half auch kein Lametta. Was sollte sie ihnen nur sagen? Wie? Und ausgerechnet heute?

Noch als sie bereits auf der Schwelle stand und ihr Finger über dem Klingelknopf schwebte, rang sie mit sich, was die beste Taktik wäre. Ehe sie allerdings einen Entschluss fassen konnte, wurde die Tür aufgerissen und Emma flog ihr um den Hals.

»Da bist du ja endlich!« Sie drückte ihre Lieblingsschwester an sich und löste sich dann, um sie anzusehen.

»Hast du dich gut erholt an der Nordsee?« Als sie in Melinas Gesicht blickte, erstarb ihr Lächeln auf ihren Lippen. »Süße, was ist denn passiert? Du siehst ja überhaupt nicht besser aus.«

Am liebsten hätte Melina auf der Stelle losgeheult. Doch heute war Weihnachten – und das würde sie nicht allen anderen auch noch versauen. Außerdem hatte sie sich wirklich Mühe gegeben und so gut es ging zurechtgemacht und das bedeutete, sie würde jetzt nicht schon auf der Fußmatte im Flur ihren Mascara ruinieren, bevor sie das Haus überhaupt betreten hatte. Sie riss sich zusammen und straffte die Schultern.

»Ist halt alles noch nicht perfekt, aber das wird schon«, sagte sie tapfer und schob sich an Emma vorbei. Ihre Mutter kam ihr aus der Küche entgegen und drückte sie fest.

»Fröhliche Weihnachten, mein Schatz, schön, dass du da bist.«

Sie half ihr aus dem Mantel, während Emma schon ihre neugierige Nase in die Tüte mit den Geschenken und Beuteln von Lebkuchen steckte.

»Und den Rest bringt dann der Weihnachtsmann, oder was?«, fragte sie frech und ihre Mutter scheuchte sie ins Wohnzimmer.

Melina war so dankbar für diese familiäre Normalität. Sie beschloss, ihr persönliches Drama heute einfach außen vor zu lassen und den Abend mit ihrer Familie zu genießen. Es wäre auch beim Neujahrsbrunch noch früh genug, allen reinen Wein einzuschenken. Also setzte sie ein Lächeln auf und ging mittlerweile ohne Krücken und nur noch ganz leicht unrund laufend hinüber ins Esszimmer, wo Katharina und der arme Thomas bereits in ein animiertes Gespräch mit ihrem Vater vertieft waren über die schönsten Jahreszeiten für eine Hochzeit.

Ihre Mutter hatte sich wieder einmal selbst übertroffen mit dem Essen. Sie hatte verschiedene Gemüsesorten aufwendig zubereitet, für ihren Vater, Katharina, Thomas und sich Ente gemacht und für Emma und Melina eine vegane Alternative auf Tofubasis, die hervorragend schmeckte. Die Vorsuppe ebenso wie der Beilagensalat waren perfekt, und als sie als Dessert auch noch ihre berühmte Mousse au Chocolat präsentierte, applaudierte Emma spontan – denn für die machte selbst die eingefleischte Veganerin eine Ausnahme. Für Melina gab es natürlich eine zuckerreduzierte Alternative. Gerührt und dankbar lächelte Melina ihre Mutter an.

Das Tischgespräch war locker und leicht gewesen. Da Melina die meiste Zeit hartnäckig den Mund hielt, gab es nur ein paar kleine Reibereien zwischen Katharina und Emma. Thomas, der froh war, nicht mehr Mittelpunkt des Gespräches zu sein, saß still und unbeweglich wie ein Zinnsoldat neben seiner Freundin.

Anscheinend hatten die Eltern sich mittlerweile damit abgefunden, dass ihr Nesthäkchen zum Sommersemester nach Marburg ziehen würde. Ihr Vater plante bereits minutiös den Umzug. Er war wild entschlossen, seine Kleine höchstpersönlich in der Walachei abzugeben, wie er sagte. Den Stolz in seiner Stimme konnte er dabei allerdings schlecht verbergen.

»Aber Marburg …«, warf ihre Mutter ein. Doch an der gespielten Verzweiflung in ihrer Stimme hörte Melina, dass auch sie längst mit den aktuellen Entwicklungen ihren Frieden gemacht hatte.

»Ach, kommt schon, Mami und Papi, ich bin doch nicht aus der Welt. Aus Marburg bin ich in dreieinhalb Stunden mit der Bahn wieder da. Ein Katzensprung im Vergleich zu Kalifornien.«

Ihre Eltern seufzten unisono und lächelten dann.

Melina grinste in sich hinein, anscheinend hatte die Sache mit Justin hier noch nicht die Runde gemacht. Emma jedenfalls zwinkerte ihr verschwörerisch zu.

Nach dem Essen räumten gegen den üblichen Protest ihrer Mutter alle gemeinsam den Tisch ab und das Chaos in der Küche war perfekt. Als Katharina sich wie immer als die Meisterin der Geschirrspülmaschine aufspielte und Emma konsequent ihr tolles System immer wieder durcheinanderbrachte.

Melina musste herzhaft lachen und fühlte sich das erste Mal seit Tagen wieder gut. Es war richtig gewesen, hierherzukommen. Ihre Familie war ihr Hafen, und auch wenn sie nicht immer so offen für Neues war oder mutig genug, die verrückten Ideen ihrer Kinder sofort gutzuheißen, so war sie doch immer füreinander da. Liebevoll sah Melina von einem zum anderen.

Als sich anschließend alle unter dem Weihnachtsbaum versammelt und zusammen oberschräg zwei Weihnachtslieder gesungen hatten, das war seit Jahren das letzte bisschen an Tradition, auf das ihre Mutter noch bestand, ging es ans Geschenkeauspacken. Da Melina wusste, dass sie wohl die kleinsten Aufmerksamkeiten zu verteilen hatte, beeilte sie sich wenigstens, den Anfang zu machen. Alle freuten sich über ihre leckeren Lebkuchentüten und Emma stellte mit Genugtuung fest, dass sie die größte bekommen hatte. Außerdem ein hübsches Notizbuch mit einem Kugelschreiber, auf denen Emmas Name eingraviert war.

»Für die Studentin«, sagte Melina liebevoll, als sie in das verdutzte Gesicht ihrer kleinen Schwester blickte.

Emma lachte auf. »Mann, Cookie, ich hab doch ein Tablet. Papierlose Uni und so?«

Nun war es an Melina enttäuscht zu gucken, doch Emma kicherte weiter und warf sich ihr um den Hals.

»Ich mach nur Quatsch, keine Ahnung, wie weit die da in Marburg sind, da brauch ich bestimmt mal einen Kuli.«

Melina lächelte verlegen. Für ihre ältere Schwester hatte sie einen dünnen Schal gekauft, der zwar nicht aus Seide war, aber so aussah und schmeichelnd fiel, für Thomas eine alkoholfreie Pralinenmischung und für ihre Eltern einen Wanderreiseführer für Norddeutschland. Alle freuten sich.

Emma hatte für Katharina, Thomas und ihre Eltern geringelte Socken gestrickt. Melina erwartete mindestens ein ebenso schauderhaftes Paar, doch sie erhielt kein Päckchen.

Verdutzt beobachtete sie, wie sie einfach übergangen wurde und Katharina ihre deutlich größeren und natürlich aufwendig verpackten Päckchen verteilte. Auch in dieser Runde ging sie leer aus. Als dann auch noch ihre Eltern ihre Geschenke unter dem Baum nur an Emma und Katharina verteilten, wurde Melina neugierig. Es war nur noch ein einziges Geschenk unter dem Baum liegen geblieben, das vom Format her aussah wie ein Bildband. Ungeduldig wartete sie, bis ihr Vater schließlich zeremoniell das letzte Paket aufhob und in ihren Schoss legte.

»Fröhliche Weihnachten, meine Kleine«, sagte er liebevoll und küsste sie auf die Stirn, ehe er sich wieder setzte.

Neugierig betrachtete sie das Geschenk und wurde sich plötzlich bewusst, dass es mucksmäuschenstill geworden war im Raum. Niemand sprach, kein Papier raschelte. Aller Augen ruhten auf ihr. Sie bemerkte die Anspannung, konnte sie sich allerdings nicht erklären. Ihre Mutter lächelte sie an und Emma machte eine ungeduldige Bewegung mit dem Kopf hin zu dem Präsent auf ihren Knien. Melina begann schnell das Papier abzureißen.

Zum Vorschein kam die Rückseite eines Bilderrahmens. Alle hielten den Atem an, als Melina ihn umdrehte und das Foto betrachtete, das er beinhaltete.

Es war die Front von dem Gebäude, in dem der Laden lag, den Lara und Melina hatten für das *Cookies* mieten wollen. Die beiden Fensterscheiben waren mit einem weißen Schriftzug beklebt auf denen der Name des Cafés zu lesen war. Über der Tür waren in Schreibschrift sechs Buchstaben aus Aluminium auf die Hauswand aufgebracht, die aussahen, als würden sie von der darüberliegenden Lichtleiste beleuchtet.

Melina stiegen spontan Tränen in die Augen. Krächzend sagte sie: »Ihr habt doch nicht etwa …«

»Das ist nur eine Fotomonatage«, unterbrach sie Emma, die nicht mehr an sich halten konnte. »Aber so könnte es aussehen, wenn du es magst.«

Melina kämpfte mit den Tränen und konnte überhaupt nichts sagen.

Ihre Familie missverstand ihren Gefühlsausbruch und ihre Mutter fragte besorgt: »Das war doch das Schild, was dir so gut gefallen hatte, oder?«

Melina nickte und konnte sie nicht ansehen.

Ihr Vater sprach weiter: »Wir haben alle zusammengelegt, denn so ein feines Café braucht doch auch ein feines Aushängeschild.«

Wenn nicht aus den anderen Gründen, hätte Melina jetzt mindestens vor Rührung losgeschluchzt. Das Schild inklusive des Lichtes kostete über eintausend Euro und war, selbst wenn sie alle zusammengelegt hatten, ein viel zu teures Weihnachtsgeschenk. Melinas Hals war zugeschnürt und auch wenn sie ihren Kopf hartnäckig gesenkt hielt, liefen ihr jetzt die Tränen über die Wangen.

»Sie können das sogar ganz kurzfristig im Januar gleich liefern. Wir müssen nur die Bestellung im Onlineshop auslösen … wenn du willst, können wir das jetzt gleich machen …« Emma war schon aufgesprungen und auf halber Strecke zur Treppe, um ihren Laptop zu holen, als Melina endlich ihre Sprache wiederfand.

»Stopp«, sagte sie leise, und als Emma einfach weiterlief, rief sie energisch: »Emma, hör auf, ich brauche kein Schild.«

Nun starrten sie sie alle mit offenen Mündern an.

Katharina war die Erste, die sich fing. »Siehst du, Papa, hab ich doch gesagt, das war keine gute Idee, sie mit so was zu überfallen. Du hast bereits ein anderes Schild gekauft, oder?«

»Nein, nein«, stotterte Melina, kämpfte gegen die Tränen und rang gleichzeitig um die richtigen Worte. Ihre Mutter sah alarmiert von ihrer Tochter zu ihrem Mann und wieder zurück. Als Melina dem ruhigen Blick ihres Vaters begegnete, war es um ihre Fassung geschehen.

»Es gibt kein Café. Wir haben den Laden nicht bekommen …« Sie schluchzte los und begrub ihr Gesicht in ihren Händen.

Während Katharina sie nur entgeistert anstarrte, fasste ihre Mutter sich mit der Hand an die Brust.

»O mein Gott …«, entwich es ihr. Melinas Vater hatte ihre Hand ergriffen und beruhigte seine Frau so wortlos, während er Melina nicht aus den Augen ließ. Emma war mit wenigen Schritten bei ihrer Schwester, hatte sich vor ihr auf die Knie geworfen und sie in eine enge Umarmung gezogen. Als Einzige von den Neuigkeiten nicht überrascht, strich sie Melina über das Haar und flüsterte immer wieder: »Alles wird gut, alles wird gut, wir sind für dich da.«

Nachdem sie sich einigermaßen gefangen hatte, fragte ihr Vater ganz leise: »Was ist passiert?«

Melina warf Emma einen Blick zu. Die drückte ihre Hand und nickte ihr aufmunternd zu.

»Lara hat die Kaution nicht bezahlt …«

»O mein Gott«, machte ihre Mutter wieder.

Ihr Vater runzelte die Stirn, doch bevor er etwas erwidern konnte, sprach Melina weiter: »Nein, das war einfach ein dummes Missverständnis. Im Grunde konnte sie nichts dafür, und ich glaube, ehrlich gesagt, dem Vermieter war von Anfang an der andere Interessent lieber …«

»Aber was wird denn jetzt?«, hauchte ihre Mutter mit wachsender Panik in der Stimme, angesichts derer Melina sich zwang, wieder Haltung anzunehmen.

»Mama, was soll da schon werden, ich such mir einen anderen Job und das mit dem Café mach ich dann vielleicht mal später – allein.«

»Gekündigt hast du also schon?«, fragte ihr Vater pragmatisch.

Melina nickte kleinlaut.

»Und sich furchtbar mit Lara gestritten«, fügte Emma an ihrer Stelle hinzu.

Melina sah sie mit feuchten Augen an.

»Ja, ich glaube, Lara ist auch von mir irgendwie enttäuscht gewesen. Sie hat sich wohl nicht so richtig ernst genommen gefühlt, weil ich immer mehr allein ausgesucht und entschieden habe …«

Ihr Vater nickte ernst. Dann fragte er: »Was brauchst du also von uns – denn ein Türschild ist es wohl gerade nicht.«

»Aber das ist doch schon bestellt …«, warf Katharina wenig hilfreich ein. Ihr Vater wischte den Einwand einfach weg.

»Vorbestellt, nichts, was man nicht rückgängig machen könnte.« Er sah Melina aufmerksam an. Die zuckte mit den Schultern. Sein Blick wurde sanfter. An seine Frau gewandt sagte er: »Wie wäre es, wenn wir uns auf den Schreck einen Tee gönnen?«

Ihre Mutter verstand den Hinweis, drückte als Antwort seine Hand und erhob sich.

»Emma, Katharina, es wäre nett, wenn ihr mithelfen würdet – in der Küche.«

»Aber …«, setzte Emma an, doch ein Blick ihrer Mutter machte klar, dass es hier nichts zu protestieren gab. Also beeilte sie sich nur, schneller an der Tür zu sein als Katharina, die sich wie gewünscht über ihr kindisches Benehmen lautstark aufregte. Thomas hatten alle irgendwie vergessen und so beeilte er sich aus eigenem Antrieb, ebenfalls rasch den Raum in Richtung Küche zu verlassen. Melinas Mutter folgte ihren Mädchen und zog die Wohnzimmertür hinter sich zu.

Ihr Vater klopfte mit seiner Handfläche auf die Sitzfläche neben sich auf der Couch, von ihre Mutter gerade aufgestanden war. Melina ließ den Rahmen auf den Boden gleiten und setzte sich hinüber zu ihrem Vater. Mit gesenktem Kopf spielte sie mit ihren Haarspitzen.

Er nahm sie in den Arm und zog sie an sich. Die Edelholznote seines Aftershaves stieg ihr in die Nase und sofort war ihre aus den Fugen geratene kleine Welt ein wenig heiler. Er legte seine Wange auf ihren Scheitel und für einen langen Moment saßen Vater und Tochter einfach nur schweigend da.

Dann räusperte er sich und begann zögernd: »Du weißt, ich hatte immer meine Bedenken, was die Wahl deiner … ähm … Geschäftspartnerin anbelangte.« Melina wollte protestieren, doch er drückte sie nur kurz. Dann stand er auf, ging hinüber zum Schrank und goss zwei Gläser Cognac ein. Er reichte eines Melina und nippte an seinem, während er sich setzte und den Arm wieder um sie legte. »Und ich habe dem ganzen Projekt, dich ausgerechnet mit Gastronomie selbstständig zu machen, immer … ähm, zurückhaltend gegenübergestanden. Das weißt du, denn ich hab's dir oft genug gesagt.«

Sie hatte sich aufgerichtet und sah ihn flehentlich an. Wenn sie etwas jetzt nicht brauchen konnte, war es eine Standpauke und ein ich hab es dir ja gleich gesagt.

Er strich ihr geduldig eine Strähne hinter das Ohr und fuhr dann ernst fort: »Aber ich habe mich geirrt. Du hast wirklich hart für deinen Traum gearbeitet. Nein, jetzt gerade sieht es noch nicht danach aus, aber ich bin sicher, du hast bereits sehr viel Wertvolles und Wichtiges gelernt, was du brauchen wirst, um dein Café nachher gut zu führen. Und was ich dir vergessen habe zu sagen bei all meinen Sorgen, ist: ich bin unendlich stolz auf dich.«

Schon wieder schnürte es Melina den Hals zu und sie konnte nur nicken. Damit hatte sie jetzt nicht gerechnet.

»Gib also nicht auf. Du hast es bis hierhin geschafft. Auch wenn es dieses Mal noch nicht ganz geklappt hat, du schaffst das. Ich bin ganz sicher, wenn eine meiner Töchter das hinbekommt, dann du, Cookie. Wachse an deinen Aufgaben. Und was immer in meiner Macht steht, werde ich tun, um dich zu unterstützen. Vielleicht kann ich wieder eine Hypothek auf das Haus aufnehmen oder wir können es als Sicherheit für deinen Laden hinterlegen oder …«

Melina warf die Arme um den Hals ihres Vaters und drückte ihn an sich.

»Oh, Papi, danke. Du weißt gar nicht, wie lieb ich dich hab.«

Er drückte sie ebenfalls. »Ich hab dich auch lieb, Spätzchen.«

Als die anderen später zurückkamen, entbrannte eine spannende Diskussion darüber, was jetzt zu tun wäre und welche alternativen Möglichkeiten Melina hätte. Katharina gab ihr ein paar Tipps, wie sie ihr LinkedIn-Profil auf Vordermann bringen könnte, um möglichst bald wieder einen Job zu finden. Emma hatte nun doch ihren Laptop geholt und recherchierte auf diversen Internetportalen bereits nach Ladenlokalen. Auch ihr Vater und ihre Mutter beteiligten sich an dem Spiel Ich bastele eine Zukunft für Melina. Ihre Mutter richtete gedanklich schon mal ihr altes Kinderzimmer wieder her, während sich ihr Vater ehrlich bemühte, nicht zu allem immer gleich Bedenken zu äußern. Nur Melina sagte nichts. Sie saß da, wärmte sich in der liebevollen Zuwendung und konnte die Unsicherheit über ihre berufliche Zukunft in diesem Rahmen tatsächlich richtig gut ertragen. Nein, es war noch nicht alles perfekt und wenn ihre Gedanken in Richtung Nordsee wanderten, dann war da auch immer noch dieses furchtbare Loch in ihrem Herzen, aber für heute Abend war alles so optimal, wie es nur sein konnte. Zufrieden lehnte sie sich zurück und trank ihren Cognac aus.

# Abschied und Neuanfang

Am ersten Weihnachtsfeiertag hatte Melina es sich gegönnt, auszuschlafen. Normalerweise hätte sie sich vielleicht auch einen Kaffee wieder mit ins Bett genommen, doch da ihr Schlafzimmer nach wie vor mit Stuhlstapeln voll stand und daher mehr als ungemütlich war, entschied sie sich, hinüber ins Wohnzimmer zu wechseln.

So saß sie jetzt im Schneidersitz vor dem Couchtisch, hatte ihren Laptop offen und mehrere Zettel, auf denen sie thematisch sortiert ihre To-dos runterschrieb, und genoss ihren zweiten Espresso.

Dank der wundervollen Unterstützung, die sie unverhofft von ihrer Familie bekommen hatte, fühlte sie sich heute Morgen so weit gestärkt, der beängstigenden und immer noch traurigen Realität ins Auge sehen zu können. Nun war sie dabei, einen Schlachtplan zu entwickeln, wie es weitergehen sollte.

Sie hörte die Haustür und wenig später steckte Lara ihren Kopf durch die Wohnzimmertür.

»Hey«, sagte sie leise, »frohe Weihnachten.«

»Frohe Weihnachten«, entgegnete auch Melina und rappelte sich auf die Füße. Sie ging auf ihre Freundin zu und überlegte verzweifelt, was sie als Erstes sagen sollte, als Lara ihr plötzlich mit solcher Wucht in den Arm fiel, dass sie zwei Schritte rückwärts taumelte.

»Es tut mir so leid, ich bin eine so furchtbare Freundin. Aber wir sind doch noch Freunde, nicht wahr, Cookie? Ich schwöre, ich mach es wieder gut. Bitte, bitte, sei mir nicht mehr böse.«

»Schon gut, schon gut«, flüsterte Melina beschwichtigend und drückte ihre Freundin glücklich an sich, »das war echt scheiße, aber du hast das nicht mit Absicht gemacht, ich weiß. Mir tut es leid, dass du dich so ausgeschlossen gefühlt hast.«

»Ach, ich dumme Kuh, war doch klar, dass das *Cookies* nun einmal mehr dein Baby ist, als meines. Weiß gar nicht, was mich da geritten hat, so ein Fass aufzumachen«, lachte Lara unter Tränen. Die Frauen sahen sich an und küssten sich gegenseitig auf die Wangen. Beiden liefen die Tränen über die Gesichter und keine genierte sich dafür im Mindesten.

»Aber ich wollte das doch nie ohne dich …«

Lara wischte den Einwand weg.

»Es tut mir einfach so leid …«, wiederholte sie und Melina nickte. »Ja, mir auch.«

»Freunde?«

»Für immer.«

Die Frauen lachten, drückten sich noch einmal und setzten sich dann gemeinsam auf die Couch.

»Was machst du?«, fragte Lara mit Blick auf die Papiere und den Laptop vor sich.

»Ich sortiere mein Leben … oder das, was es mal wieder werden soll. Ich will mit einem Plan ins neue Jahr starten.«

»Gute Idee«, pflichtete ihr Lara bei, »das heißt wohl, dass du als Erstes so schnell wie möglich einen neuen Laden finden musst, oder?«

»Wir«, korrigierte Melina und lächelte sie an.

Lara senkte den Blick und spielte mit einer Haarsträhne.

»Oder etwa nicht? Es ist doch alles wieder gut zwischen uns.«

Lara beeilte sich zu nicken, doch sie lächelte noch immer nicht. Dann holte sie tief Luft.

»Ehrlich gesagt, habe ich drüber nachgedacht, Cookie. Ich werde zur Teamleitung befördert … ist über den Flurfunk schon durchgesickert … und ich freu mich voll auf den neuen Job, das ist doch was, ich als Chefin und so? Und ich mag meinen Job echt ganz gern … das mit dem Café war so ein schöner Traum … aber das ist auch so verdammt viel Arbeit … und ich weiß nicht. Seien wir doch mal ehrlich, das ist nicht so wirklich mein Ding.«

Sie versuchte es mit einem schrägen Lächeln. Verzweifelt darum bemüht, die Enttäuschung nicht an die Oberfläche dringen zu lassen. Doch Lara hatte sie durchschaut.

»Komm schon, guck nicht so, du hast doch jetzt auch schon alles allein gemacht.« Sie stupste Melina liebevoll in die Seite, doch deren Gesicht hellte sich nicht auf.

»Und natürlich helfe ich dir jetzt dabei, einen neuen Laden zu finden und meine Eltern werden dir das Geld auch leihen, wenn ich nicht dabei bin. Ganz sicher, die lieben dich. Und glaub mir, am Ende bist du besser ohne mich dran, die dauernd Bestellungen verwechselt oder Geschirr fallen lässt.«

Offensichtlich hatte ihre Freundin sorgfältig über ihre Entscheidung nachgedacht und Melina musste zugeben, dass das ihr produktivster und sinnvollster Beitrag bislang zu ihrem Projekt gewesen war. Trotzdem schmerzte es sie ungemein, dass sie ihren Traum nun nicht gemeinsam weiterverfolgen würden. Plötzlich fühlte sie sich wieder komplett allein und jeder Elan, den sie beim Aufstehen noch gehabt hatte, war mit einem Mal wieder wie in einem schwarzen Loch verschwunden.

»Ich schaff das nicht allein«, flüsterte sie unter Tränen.

»Quatsch, natürlich schaffst du das, und wie gesagt, ich bin ja nicht aus der Welt. Ich steh dir halt bloß nicht mehr im Weg … und Tarkan und ich helfen dir jederzeit, wenn …«

Was hatte lustig klingen sollen, brachte bei Melina nur das Fass zum Überlaufen. Die fing jetzt wieder hemmungslos an zu weinen. Überrascht nahm Lara sie in den Arm.

»Oh, Cookie, ich wollte nicht … ich dachte nur … ich kann einfach nicht …« Nun brachte auch Lara keinen Gedanken mehr zu Ende angesichts der tiefen Verzweiflung ihrer Freundin. Doch die hatte nach dem noch nicht verdauten Verlust des Cafés und ihrer Mitgründerin nun gedanklich den Kreis über Tarkan nun wieder zu Robin geschlossen und alle Dämme brachen.

Es dauerte einen Moment, bis sie schniefend in der Lage war, zu krächzen. »Ich hab mit Robin geschlafen …«

»Was?«, kreischte ihre Freundin und hielt sie sofort eine Armlänge von sich weg.

Während Lara sie forschend ansah, schluchzte Melina: »Und er hat ein Kind …«

»Wie bitte?« Nun war auch ihrer Freundin das eben erst wieder aufgetauchte Grinsen aus dem Gesicht gefallen. »Ich versteh kein Wort. Wie lange war ich weg? Was ist denn hier bitte in der Zwischenzeit abgegangen? Jetzt erzähl mal hübsch von vorn und lass ja kein schmutziges Detail aus.«

Stockend begann Melina zu berichten von den Tagen nach ihrem Streit mit Lara, ihrer missglückten Flucht zu ihrer Cousine, der folgenschweren Begegnung mit Robin und dem mitgehörten Telefonat.

Lara hatte gespannt zugehört und mit vielen Ahs und Ohs die Geschichte mitfiebernd nachgefühlt. Wenn sie etwas konnte, dann sich emotional voll einzulassen, wenn es um Herzensangelegenheiten ging. Allerdings hatte sie auch diese magische Gabe, derart überflüssige Gefühlsduseleien wie auf Knopfdruck wieder abzuschalten, wenn sie ihr nicht mehr diente. So wie jetzt, da Melina wie ein Häufchen Elend neben ihr saß.

»Und er hat sich überhaupt nicht mehr bei dir gemeldet?«

Melina senkte den Kopf.

»Was für ein unsagbarer Idiot.« Empört schüttelte Lara ihre blonde Mähne. »Vergiss ihn, der hat dich eindeutig nicht verdient.«

Ich wünschte, das wäre so einfach, dachte Melina und wischte sich mit beiden Händen über das Gesicht.

Auch ohne eine Antwort konstatierte Lara: »Kein Wunder, dass es dir so mies geht, Herzchen, aber nun bin ich ja erst mal wieder da.«

»Und darüber bin ich echt froh. Nun muss ich nur noch kurz den Rest meines Lebens wieder sortieren und dann können wir Silvester endlich darauf anstoßen, dieses verfluchte Jahr hinter uns zu lassen.«

Lara zuckte zusammen und ihr Gesicht verzog sich.

»Oder nicht?«, fragte Melina, als sie ihre Reaktion sah.

»Ähm … ja, also, wenn wir schon gerade bei den Geständnissen sind. Ehrlich gesagt, hatte ich Tarkan versprochen, dass ich mit ihm auf die Party bei seinem Cousin gehe … der hat einen Nachtclub, weißt du, voll schick mit VIP-Bereich und allem … aber vielleicht kannst du ja einfach mitkommen. Das ist bestimmt kein Problem …«

Melina schüttelte den Kopf. Natürlich hatte sie nicht erwartet, dass Lara an ihrer Verabredung festhielt, nachdem sie sich so gestritten hatten. Aber ihr war noch lange nicht nach Party in einem Club mit lauter Fremden.

»Es tut mir leid«, setzte Lara an und Melina unterbrach sie: »Ist schon gut. Mach dir keinen Kopf. Aber nein, ich will nicht mitkommen. Mir ist im Moment noch so gar nicht nach Feiern, und nachdem, was ich in letzter Zeit getrunken habe, braucht mein Körper, glaube ich, mal eine Pause. Weißt du was, das passt schon. Ich mach mir hier einfach einen ruhigen Abend à la Dinner for One.« Sie lächelte tapfer, und auch wenn ihre Freundin ihr das sicher nicht vollständig abkaufte, wusste selbige doch, dass es keinen Zweck hatte, sie weiter überreden zu wollen.

»Okay«, sagte sie stattdessen. »Aber heute Abend ist Mädelsabend, nur du und ich, und ich mache uns was zu essen.«

»Bestellst uns was zu essen, wolltest du sagen«, korrigierte Melina und zwinkerte ihrer Freundin zu.

»Ich bestelle uns was. Wie wäre es mit Vietnamesisch?«

Und beide Frauen lachten.

## Verspätetes Weihnachtswunder

Die Tage zwischen den Feiertagen verliefen ruhig und unaufgeregt. Melina hatte viel Zeit darauf verwendet, alle Dinge aufzulisten, die für das Café rückabzuwickeln waren, und hatte tatsächlich einen Großteil der Dinge bereits erledigt. Scheinbar war es viel leichter, einen Traum zu begraben, als ihn aufzubauen, stellte sie mit einem gewissen Zynismus fest. Als Letztes hatte sie Hein auf den AB gesprochen und ihn gefragt, ob der andere Kunde gegebenenfalls noch Interesse an den Stühlen hätte und sie bei ihr abholen würde, doch sie hatte bislang keinen Rückruf erhalten.

Sie hatte einen Nachmittag in der Stadt zum Umtauschshopping mit Emma verbracht, mit ihren Eltern telefoniert und viel Zeit mit Lara und auch Tarkan in der WG verbracht. Im Grunde genommen war Tarkan wirklich ein feiner Kerl, und auch wenn er genau wie Lara für ihren Geschmack zu viel Wert auf Äußerlichkeiten und Bling-Bling legte, war er im Herzen doch ein Guter.

Schmunzelnd stellte sie fest, dass Lara noch immer nicht in ihren Zickenmodus geschaltet hatte, der sich normalerweise nahtlos an die Phase euphorischer Verliebtheit anschloss und ein meist sehr zeitnahes Ende der großen Liebe einläutete. Im Gegenteil, mit wachsender Überraschung stellte Melina fest, dass die beiden echt süß miteinander waren. Gedanklich setzte sie also die Wohnungssuche, die sie nach ihrer Versöhnung mit Lara kurzzeitig wieder von ihrer Aufgabenliste gestrichen hatte, doch wieder drauf. Wenn das so weiterging, würden die beiden womöglich im nächsten Jahr zusammenziehen, dann wäre Melina auf jeden Fall raus.

Noch immer versetzte es ihr jedes Mal einen Stich, wenn Tarkan ohne Robin durch die Tür kam. Obwohl diese Vorstellung allein schon albern war und sein Name nie wieder in den Wänden der WG ausgesprochen worden war, starb die Hoffnung irgendwie nicht.

Als sie dann auch noch eine Karte aus Mallorca von Nadine bekam, gestattete sie sich einen letzten Heulanfall mit heißen Tränen im Andenken an die Nacht in Sankt Peter-Ording.

Der 31. Dezember kam und kündigte sich mit herrlich blauem Himmel an. Melina stand – da Hein sich wegen der Stühle immer noch nicht gemeldet hatte – im Wohnzimmer am Fenster und trank einen Espresso, während es im Zimmer neben ihr rumorte.

Lara tauchte im Flur auf, mit einer Reisetasche, die klar auf einen sechswöchigen Urlaub hindeutete und verkündete: »So, ich hab dann alles für heute Abend.«

Melinas Blick auf ihre Tasche folgend fügte sie grinsend hinzu: »Was denn? Ich brauche ein bisschen Auswahl für die Party …«

Die Frauen tauschten einen wissenden Blick. Lara kam zu Melina herüber und legte ihr den Arm um die Taille.

»Und ich kann dich nicht überreden, mitzukommen?«

Melina schüttelte den Kopf und küsste Lara auf die Wange.

»Nein, genieß du nur deinen Abend mit Tarkan, ich will dir doch nicht die Schau stehlen.«

Mit ihrem glockenhellen Lachen warf Lara ihren Kopf in den Nacken. »Als ob das irgendwer könnte.« Sie wurde wieder ernst. »Du willst also wirklich hier allein bleiben?«

Melina nickte entschlossen.

»Jawohl, ich werde ganz bewusst dieses beschissene Jahr allein abschließen, mir ein Bad und eine Sushiplatte so groß wie ein Wagenrad gönnen und dann auf meine Vision für das neue Jahr anstoßen.«

Sie gab sich bewusst hoffnungsvoller, als sie war, denn von einer Vision konnte da keine Rede sein. Natürlich hatte sie alle notwendigen Schritte wie einen aktuellen Suchauftrag in diversen Jobbörsen oder einen Termin beim Arbeitsamt veranlasst, aber auch wenn die nächsten praktischen Schritte klar waren … visionär waren sie sicher nicht.

Immer eines nach dem anderen, hatte Melina sich eingeredet und wollte sich nicht eingestehen, dass ihr Selbstbewusstsein noch zu angeschlagen war, als dass sie schon wieder hätte träumen können. Tapfer lächelte sie Lara an. Die glaubte ihr kein Wort, wusste aber um Melinas Dickschädel und ließ sie damit zufrieden.

»Hast du was gehört … von ihm?«, fragte sie noch und vermied es sorgfältig, den Namen des Mannes, der hier in Ungnade gefallen war, auszusprechen.

Melina schüttelte den Kopf. Sie hatten darüber gesprochen … ausführlich … und am Ende lief es immer wieder darauf hinaus: Sie hatte nichts falsch gemacht, sondern er hätte einiges zu erklären, und überhaupt wäre es an ihm, den ersten Schritt zu machen … selbst wenn sie weggelaufen war. Da war Melina ebenso stur wie altmodisch und Laras Ratschläge stießen nur auf taube Ohren. Lara nickte nur einmal kurz und drückte sie.

»Okay, dann bin ich jetzt weg. Ich wünsche dir einen guten Rutsch.«

Die beiden umarmten sich innig und auch Melina wünschte ihrer Freundin einen gesunden Start ins neue Jahr.

»Wir sehen uns nächstes Jahr«, rief diese im Gehen von der Haustür aus, ehe sich selbige hinter ihr schloss.

Melina hatte sich am Hauptbahnhof Sushi geholt und den Ausflug in der Kälte genossen. Ihr Fuß war so weit wieder in Ordnung, dass sie wohl noch nicht damit tanzen gegangen wäre, aber zum Spazierengehen ohne Krücken reichte es mittlerweile.

Sie hatte eine verspätete Weihnachtspostkarte von Chandelle im Briefkasten gefunden, der wohl seit ein paar Tagen nicht mehr geleert worden war, und musste darüber lachen. Dass sie dort noch vor zwei Wochen gearbeitet hatte, erschien ihr jetzt so weit weg … wie in einem anderen Leben. Sie dachte an das Marketing-Team, an ihre extravagante Chefin Sabrina und auch an Freddy, die gute Seele. Sie schmunzelte und erkannte ohne große Überraschung, dass sie im Großen und Ganzen dem Laden keine Träne nachweinte. Sie würde schon wieder einen Job finden, wenn es sein musste, und dieses Mal vielleicht mit einer Chefin, die sie wirklich fördern wollte und ihr nicht nur die ungeliebten Aufgaben aufdrückte – wie die, einen Halloweenfluch zu besiegen.

Im Kühlschrank stand eine Flasche Prosecco kalt und als sie das Schildchen untersuchte, das ihr um den Hals baumelte, stellte sie fest, dass das der freundliche Versuch ihre Freundin war, ihre neu deklarierte Abstinenz auf die Probe zu stellen. Melina lächelte und stellte die Flasche zurück. Daneben platzierte sie eine alkoholfreie Alternative, die sie selbst eingekauft hatte. Sie war wild entschlossen, das neue Jahr nüchtern zu beginnen.

Sie hatte sich gerade die Wanne voller Wasser laufen lassen und war bis zu den Ohren in den Schaum eingetaucht, als es an der Tür klingelte. Irritiert sah sie auf die Uhr: Es war mitten am Nachmittag. Einem Sonntag. Silvester. Sie erwartete absolut niemanden, und wenn überhaupt konnte es sich nur um einen Lara-Notfall handeln. Der würde es im Übrigen ähnlichsehen, bei der Menge Gepäck, die sie hier rausgeschleppt hatte, das Wichtigste oder zumindest ihre Schlüssel vergessen zu haben. Seufzend stieg Melina wieder aus der Wanne und schlang ein großes Badehandtuch um sich, um nicht den ganzen Flur voll zu tropfen. Dann huschte sie barfuß hinüber zur Tür. Die Gegensprechanlage knisterte zwar, aber auf ihre Frage, wer da sei, bekam sie keine Antwort. Es klingelte wieder, noch immer klappte die Verständigung aber nicht. Als es zum dritten Mal klingelte, drückte Melina einfach genervt auf den Summer und blieb hinter der geschlossenen Haustür stehen. Wenn es nicht für sie war, brauchte sie nicht nass und halb nackt auf dem Treppenabsatz herumzuhüpfen, und sie konnte Lara ja durch den Spion kommen sehen.

Doch es war nicht Lara, die da die Treppe heraufkam und sich vor ihre Haustür stellte. Es war Robin. Melina blieb vor Schreck die Luft weg und fast wäre sie rückwärts in ihren eigenen Flur gestürzt, als er jetzt sanft gegen die Tür klopfte. Wie angewurzelt stand sie da, unfähig sich zu rühren. In ihrem Kopf wirbelte es und ihr Herz schien abwechselnd im SOS-Takt auszusetzen und Purzelbäume zu schlagen.

Es klopfte noch einmal und dann sagte Robin mit der Stirn gegen die Tür gelehnt: »Melina, mach bitte auf.«

Sie wollte etwas sagen. Ihn fortschicken. Zum Teufel jagen. Doch sie war so geschockt, dass sie ihre Empörung nicht ausdrücken konnte. Wie kam er denn hierher und was wollte er hier? Jetzt?

Ein drittes Mal klopfte er.

»Melina, nun mach schon, ich weiß, dass du da bist, und ich muss mit dir reden.«

Sie zuckte zusammen und öffnete reflexartig die Tür. Erst in der Sekunde, als sie seinen Blick gewahrte, ging ihr auf, dass sie nicht angezogen war. Sie sah erst an sich herunter und dann schockiert in sein belustigtes Gesicht.

»Na, das nenn ich ja mal einen Empfang.«

Sofort kochte ihr Temperament hoch.

»Sehr witzig, was willst du?«

Augenblicklich wurde auch er wieder ernst.

»Wir müssen reden.«

»Ich wüsste nicht, worüber«, gab sie schnippisch zurück.

»Zum Beispiel über Tahnee und das Baby?«

Sprachlos starrte sie ihn an, während Wasser aus ihren Haaren auf den Boden tropfte.

»Kann ich reinkommen?«, fragte er und weckte sie aus ihrer Trance.

»Ich wüsste nicht …«, versuchte sie noch einmal zu widersprechen, doch dieses Mal fixierte er sie mit seinen tiefblauen Augen und sie schwieg. Natürlich wollte sie hören, was er zu sagen hatte. Wider besseres Wissen und aller Vernunft flehte ihr gesamtes Sein nach einer harmlosen Erklärung, die … die nicht so endgültig Nein bedeuten würde?!

Er hielt ihrem Blick stand, bis sie schließlich einen Schritt zurücktrat und die Haustür ganz aufschwingen ließ. Er machte einen großen Schritt über ihren Wannenwassersee und blieb dann direkt bei ihr stehen.

Sie konnte ihn nicht ansehen, aus Angst, dass sie dann ihre coole Fassade und das letzte bisschen Selbstachtung einbüßen würde. Also wies sie ihn, ohne ihn anzusehen, an: »Du kannst dich ins Wohnzimmer setzen … ich zieh mir nur schnell was an.«

Er stand einen Augenblick zu lang da und sie wusste, dass ihm eine Erwiderung auf den Lippen gelegen hatte. Freundlicherweise verzichtete er allerdings auf weitere unpassende Kommentare und schlüpfte stattdessen aus seinen Sneakern.

Wortlos wandte er sich ab und ging hinüber ins Wohnzimmer. Melina beeilte sich, mit ihren weichen Knien ins Badezimmer zu kommen. Sie duschte rasch den restlichen Schaum aus ihren Haaren und trocknete sich ab. Dann huschte sie hinüber in ihr Zimmer und streifte eine Jeans und ein Sweatshirt über. So bekleidet, fühlte sie sich schon eher gewappnet, diesem unerwarteten Besucher die Stirn zu bieten.

Auf keinen Fall würde sie auf faulen Zauber oder falsche Kompromisse hereinfallen … auch wenn ihr bei seinem Anblick jede Faser ihres Körpers in Flammen geriet. Sie würde sich hier nicht bezirzen lassen. Es stand für sie eindeutig außer Frage, eine Familie auseinanderzubringen … und sie als Geliebte, bei dem Gedanken musste sie sogar über das Schmetterlingsgeflatter in ihrem Bauch hinweg laut lachen.

Als sie hinüberkam ins Wohnzimmer, lehnte er mit dem Rücken an der Fensterbank und hatte sie offensichtlich erwartet. Seine Flanelljacke und die Mütze hatte er auf einen Sessel geworfen und auch seinen Hoodie hatte er bereits auszugezogen.

Schön, dass er sich hier schon wie zu Hause fühlt, dachte Melina. Ihre Augen blitzten wütend.

Er soll es sich mal nicht zu gemütlich machen.

Sie verschränkte die Arme vor dem Körper und setzte sich so weit wie möglich von ihm weg.

»Und?«, fragte sie mit verschlossenem Gesicht.

Robin hingegen stieß sich von der Fensterbank ab und kam einen Schritt auf sie zu. »Echt jetzt, das ist die Begrüßung nach … nach unserer letzten Begegnung?«

»Na, du hast doch wohl nicht erwartet, dass ich dir jetzt hier um den Hals falle, oder? Ist ja nicht so, als ob du dich … danach … nochmal gemeldet hättest.«

Er sah sie so intensiv an, dass ihr schon wieder heiß und kalt wurde, und schüttelte dann lächelnd den Kopf.

»Also, Cookie, das muss ich dir jetzt leider wirklich mal sagen: Du bist eine verdammt sture Ziege.«

»Wie bitte?« Entgeistert starrte sie ihn an. Der Typ hatte ja echt die Ruhe weg. Hier unangekündigt aufzutauchen und dann auch noch zu beleidigen? Wütend war sie aufgesprungen.

»Das muss ich mir echt nicht anhören. Hast du sie eigentlich noch alle? Du kommst hierher und beschimpfst mich? Ich habe dich zumindest nicht verarscht …«

»Das ist genau der Punkt, Cookie, ich habe keine Ahnung, was zum Teufel du dir da in deinem Köpfchen zusammengesponnen hast, aber ich habe dich auch nicht verarscht! Mit gar nichts!«

»Ach, nein? Und, dass du eine Freundin hast und sogar ein Kind, hast du nur zufällig vergessen zu erwähnen, bevor wir miteinander geschlafen haben?«

Er lachte los und warf in gespielter Entrüstung die Arme in die Luft. »Das versuche ich dir ja die ganze Zeit zu sagen, du Dickschädel, hör doch mal zu: Tahnee ist nicht meine Freundin und Arama ist auch nicht meine Tochter.«

Stumm standen sich die beiden gegenüber und Melina wollte schon weiterstreiten, doch irgendwas in ihrem Hinterkopf fing an, das eben Gehörte zu verarbeiten.

»Was?«, fragte sie also irritiert und aller Zorn verpuffte, »aber …«

»Aber du hast dir da hübsch was zusammengereimt, anstatt einfach mit mir zu reden. Und ich hab's nicht geschnallt, was da bei dir abging.«

Ein letzter kleiner, bockiger Widerstand kämpfte in ihr. »Aber warum hast du dich denn nicht gemeldet?«

»Weil mein Vater ganz plötzlich noch mal auf die Intensivstation gekommen ist. Noch eine Not-OP. Ich habe

48 Stunden im Krankenhaus an seinem Bett gesessen und gehofft, dass er aufwacht.«

Melinas Widerworte schmolzen wie ein Schneemann in der Sonne und ihr schlechtes Gewissen trieb ihr die Schamesröte ins Gesicht.

»Oh«, hauchte sie.

Robin sah sie an und lachte schon wieder dieses wunderschöne volle Lachen. »Ja, genau, oh, und der Mensch, von dem ich mir in dem Moment vielleicht ein klitzekleines bisschen Support gewünscht hatte, dem ich nur Stunden zuvor mein Herz geöffnet habe, wie niemandem zuvor in meinem Leben, dieser Mensch hat nichts Besseres zu tun, als einfach wortlos zu verschwinden, als wäre die Nacht mit mir die furchtbarste Erfahrung seines Lebens gewesen. Eine wunderschöne Nacht übrigens … und ich meine nicht nur wegen des Morgens danach.« Auch seine Wangen waren jetzt erhitzt von seinen Worten und er war Melina immer näher gekommen, bis er so dicht vor ihr stand, dass sie den Kopf in den Nacken legen musste, um zu ihm aufzusehen. In seiner Erregung strahlte er so viel Hitze aus, dass ihr der Schweiß ausbrach und sie die Wahl ihres Sweatshirts zutiefst bereute.

Sie glaubte, seinen Herzschlag spüren zu können, als er leiser fortfuhr: »Und dann kriege ich diesen total wirren Anruf von Tarkan, der mich auf den Pott setzt, weil Lara ihm die Hölle heiß gemacht hätte, dass er das mit meinem Baby nicht gewusst hätte und du jetzt hier sitzt mit gebrochenem Herzen oder so …«

»Mein Herz ist nicht gebrochen …«, protestierte Melina kaum hörbar.

Mit seinem Geruch in der Nase war sie immer weniger in der Lage, einen klaren Gedanken zu fassen.

»Ist es nicht?«, fragte er und legte seine Hände ganz sanft an ihre Oberarme. Melina wollte widerstehen, sie wollte darüber nachdenken, was sie gehört hatte, wollte sich verteidigen, dass es nicht sein konnte, dass sie das alles so falsch verstanden haben sollte … sie wollte … sie sollte …

Er beugte sich vor und sie spürte seinen Atem auf ihren Lippen.

»Und schlägt es denn vielleicht ein bisschen für mich? Wenigstens ein ganz kleines bisschen?«

Sie schluckte hart und räusperte sich.

»Du hast also kein Kind? Und keine Freundin?«

Lachend warf er den Kopf in den Nacken und beugte sich dann hinunter zu ihr, um sie impulsiv zu küssen. Zwischen zwei Küssen murmelte er: »Nein, habe ich nicht. Thanee ist nur die Freundin von meinem Kumpel aus Raglan.«

Sie begann, seine Küsse zu erwidern, und zog dann doch noch einmal den Kopf zurück.

»Und deinem Vater geht es wieder besser?«

»Der ist wohlauf, den haben sie Freitag rausgeschmissen. Nun ist er schon in der Reha.«

»Gott sei Dank.«

Erst jetzt gestattete sie sich, seinen langen und intensiven Kuss wirklich zu genießen. Wie sehr er ihr gefehlt hatte, spürte sie erst jetzt, als er seine Hände um ihr Gesicht geschlossen hatte und sie immer wieder küsste.

Doch ihr Trotzkopf wollte noch nicht Ruhe geben.

»Und …«

Er hielt ihren Kopf in den Händen, sah ihr tief in die Augen und sagte bestimmt und keinen Widerspruch duldend: »Und jetzt bist du mal still. Ich finde, wir haben genug Zeit mit Missverständnissen und mangelnder Kommunikation vergeudet. Ich werde dir jetzt mal ganz klar kommunizieren, wie ich gedenke, das neue Jahr zu starten … und zwar mit dir.«

Mit diesen Worten zog er sie an sich und küsste Melina, wie sie noch nie in ihrem Leben geküsst worden war. Eine Träne rann ihr aus dem Augenwinkel und dieses Mal war es aus purer Freude.

Viel später, nachdem sie sich ausgiebig im Wohnzimmer geliebt hatten, lagen sie zusammen in der mittlerweile eher kühlen Wanne und Robin spielte mit ihren Fingern.

»Was hast du denn jetzt eigentlich vor?«, fragte er sie und küsste von hinten ihr Haar.

»Ich weiß nicht«, antwortete sie ehrlich. »Vermutlich werde ich mir wohl erst mal wieder einen Job suchen, oder so.«

»Hm«, machte er.

»Wieso?«, fragte sie und umfing spielerisch seinen Zeigefinger, »was hast du denn so für Pläne?«

»Ich muss noch mal nach Raglan.«

»Oh«, machte sie. Ihrer veränderten Tonlage war anzuhören, dass er damit mal wieder einen Nerv getroffen hatte. Sie bemühte sich vergeblich, die Enttäuschung in ihrem Gesicht mit einem neutralen Ausdruck zu tarnen..

»Ich habe Tahnee versprochen, dass ich ihr helfe, den ersten Sommer allein mit der Kleinen und dem Backpackers Inn zu überstehen.«

Melina schwieg und kaute auf ihrer Unterlippe.

Als habe er die Wolken an ihrem gedanklichen Horizont aufziehen sehen, fügte er hinzu: »Mein Kumpel Kenny, ihr Mann, ist im Frühjahr ertrunken. Der Idiot. Dabei kannte niemand die Wellen wie er. Aber es war eben auch niemand so ein Angeber und Draufgänger. Na ja, und ich habe ihr versprochen, dass ich, sobald das mit meinem Vater geklärt ist, wiederkomme und ihr über die Saison helfe, weil sie so kurzfristig einfach niemand Zuverlässiges für das Business hat und Arama ist auch gerade erst ein Jahr alt ...«

»O Gott, das ist ja furchtbar«, sagte Melina und fühlte sich schlecht dabei, dass sie zwar voller Mitgefühl für die Frau und ihre entsetzliche Situation war, aber sich trotzdem persönlich betrogen fühlte, Robin in Kürze wieder zu verlieren.

»Und wie lang ist die Saison so?«, fragte sie vorsichtig.

»Mindestens bis März.«

»Oh.«

»Oh, was?«, neckte er sie. »Rede doch mal mit mir, Cookie.«

»Das ist lang ...«

»Und ...?«

Er hatte offensichtlich nicht vor, sie entkommen zu lassen, also gab sie so cool wie möglich zu: »Und vielleicht würde es mir ja was ausmachen, dich zwei bis drei Monate nicht zu sehen.«

Nun lachte er wieder und schloss sie von hinten in die Arme.

»Und, war das jetzt so schwer? Ich jedenfalls würde es unmöglich so lange ohne dich aushalten, Trotzköpfchen.«

Sie wurde hellhörig, doch dann musste sie enttäuscht einräumen: »Aber ich kann nicht mit. Ich habe einen Termin mit dem Arbeitsamt und außerdem hätte ich gar kein Geld für den Flug …«

Er strich ihr Haar hinter ihr Ohr und begann, ihre Ohrmuschel mit kleinen Küssen zu bedecken. »Wenn du das mit dem Amt klärst, klär ich das mit dem Flug.«

»Nein, das will ich aber nicht …«

»Und du glaubst wirklich, dass du da mitreden darfst, wenn ich gerade plane, dich nach Neuseeland zu entführen?«

Sie musste zugeben, dass ihr diese Aussicht irgendwie gefiel, und seine Hand, die mittlerweile von ihrem Arm in ihr Dekolleté gewandert war und dort feine Muster malte, trug nicht dazu bei, dass sie den Fokus halten konnte. Doch dann fiel ihr noch etwas ein und eine tiefe Traurigkeit bemächtigte sich ihrer.

Als habe er die Veränderung in ihrer Aura gespürt, flüsterte er sanft in ihr Ohr: »Na, was bedrückt dich noch?«

»Ach …«

»Cookie, nichts in dich hineinfressen, ich bin doch hier, sprich mit mir.«

»Okay, okay, es geht um das Café. Was wird denn jetzt bloß aus meinem Traum?« Die Verzweiflung schnürte ihr den Hals zu.

»Also, Udo hat gesagt, er hätte nichts dagegen, wenn in seinen Laden im Sommer wieder Leben käme. Und auch wenn er nicht so der Gesundesser ist, fand er die Idee mit den selbstgebackenen Keksen irgendwie charmant.«

»Du hast einfach mit Udo gesprochen? Ohne mich?«

Melinas Empörung hatte das Wasser der Wanne zum Überschwappen gebracht.

»Ich wollte dich überraschen. Und falls es nicht geklappt hätte, hätte ich dir die Enttäuschung erspart.«

Sie hatte sich in der Wanne halb umgedreht und wusste nicht, ob sie ihn würgen oder küssen sollte.

»Aber ich wollte … also echt, du kannst doch nicht einfach losgehen und so was allein machen … wie war das mit der Kommunikation?«, neckte sie ihn mit vorgeschobener Unterlippe. »Außerdem kann ich mir den Laden bestimmt immer noch nicht leisten …«

Er grinste sie an und angelte sich eine Haarsträhne, die er um seinen Finger wickelte, um sie damit unaufhaltsam an sich zu ziehen.

»Erstens habe ich ja nur vorgetastet und ein bisschen den Weg bereitet, die eigentlichen Verhandlungen obliegen natürlich komplett der Chefin persönlich. Zweitens bin ich ein ziemlich guter Berater und gemeinsam werden wir schon für alles eine Lösung finden … und drittens würde ich jetzt gern zum feierlichen Teil übergehen, wenn's geht …«

Er grinste und küsste sie so fordernd, dass sie weitere Widersprüche einfach vergaß.

Nachdem sie es endlich aus der Wanne und dem Bad geschafft hatten, saßen sie im Wohnzimmer bei Sushi und alkoholfreiem Prosecco.

»Gute Portion«, stelle Robin scherzhaft fest und deutete auf die vor ihm stehende Platte mit Sushi, die selbst für sie beide zusammen schlicht überproportioniert war. »Das reicht sicher bis ins neue Jahr.«

»Ja«, gab sie lachend zu, »irgendwas wollte ich da wohl unterbewusst kompensieren.« Sie rückte Teller und Stäbchen zurecht, während er zwei Gläser befüllte.

»Hast du Lust auf Dinner for One?«, fragte sie.

»Wie jetzt, du willst mich rauswerfen? Jetzt? So?« Mit übertrieben gespielter Empörung sah er an seinem nackten Oberkörper hinunter und auf die Decke, in die sie beide gekuschelt waren.

»Spinner«, schalt sie ihn.

Er zwinkerte ihr zu und reichte ihr ein Glas.

»Im Fernsehen, klar.«

Dann sah er sie plötzlich sehr ernst an und erhob sein Glas.

»Aber im wahren Leben, bitte nie wieder.«

Melina sah ihn an. Konnte das wirklich wahr sein? Hatte sie dieses verrückte Auf und Ab der Vorweihnachtszeit nicht nur geträumt? Dieses dunkelste aller Weihnachtsfeste und dann dieses völlig unerwartete Silvester, das so viele Chancen und Möglichkeiten für das neue Jahr verhieß? Gab es ein Happy End auch im echten Leben?

Sie schluckte hart und blickte in die ihr in der Zwischenzeit so vertraut und lieb gewordenen blauen Augen mit dem dunklen Rand um die Iris. Island.

Kaum merklich tippte sie ihr Glas gegen seines und behielt ihn dabei fest im Blick.

Sein Lächeln vertiefte sich und er zog sie, noch ehe sie einen Schluck hatte trinken können, in einen leidenschaftlichen Kuss.

Im Fernsehen erschien Heinz Piper, verbeugte sich und begann mit den berühmten Worten: »Verehrtes Publikum, meine Damen und Herren, wir befinden uns hier auf dem Landsitz von Miss Sophie …«

Doch davon bekam vor dem Bildschirm niemand mehr etwas mit.

– Ende –

## Danke an alle, die dieses Buch zu etwas Besonderem machen:

Meiner zauberhaften Familie, die mich sogar im Sommer Wintergeschichten schreiben lässt.

Sabine Albrecht von Benisa Werbung für das zuckersüße Cover und die Fehlerfindung.

Meinem wundervollen Blogger_innenteam, das mich auf Instagram und Facebook begleitet.

Meinen herzerfrischenden Testlesenden, die mich so unterstütz haben bei diesem ganz neuen Buch-Baby.

Den Menschen, die mich mit ihrer Vorbestellung unterstützt haben, um auch diesen Taschenbuchdruck fristgemäß anstoßen zu können.

Und vor allem dir danke ich von Herzen, dass ich für dich schreiben darf. Ich hoffe, du hattest unterhaltsame Stunden, blättere einfach weiter und entdecke noch mehr Bücher!

# Über die Autorin

Moin, mein Name ist Amélie und ich bin eine Hamburger Deern. Mein persönliches Motto lautet: my babies, my books, my business.

Sprich, ich bin Mama, Autorin und Speakerin – ich liebe Vereinbarkeit.

Seit 2013 schreibe ich als **Melanie Amélie Opalka** Frauenromane für mehr Selbstvertrauen und zum Wohlfühlen und seit 2023 als **Marley Alexis Owen** Thriller mit einer starken weiblichen Protagonistin.

Wenn du mehr über mich lesen und regelmäßig über Neuerscheinungen und Gewinnspiele informiert werden willst, dann abonniere meine mao-News unter:

www.melanieamelieopalka.de/mao-news

Und bitte vergiss nicht: Als Autorin lebe ich von Sternen und Rezensionen, also freue ich mich auch von dir über eine Bewertung. Ich danke dir sehr. Bis zum nächsten Buch!

Deine Amélie

## Du willst mehr von mir lesen?

### Mehr Meer statt Paartherapie

Sommer, Sonne, französische Lebensfreude – so schön hatte Emilie sich ihre sechs Monate an der Atlantikküste ausgemalt. Doch ihr Mann Daniel zieht überraschend im letzten Moment nicht mit.

So landen sie und ihre beiden, kleinen Kinder allein in dem malerischen Saint-Georges-de-Didonne, einem Ort, den Emilie nur aus den Erzählungen ihrer Mutter kennt. Hier heißt es für Emilie „Courage“ – denn „Alltag“ ist auch auf Französisch kein Zuckerschlecken, vor allem nicht alleinerziehend und selbstständig.

Als sie am Strand der älteren Marie begegnet, atmet sie endlich mal wieder auf – doch was verbindet diesen guten Engel mit ihrer Vergangenheit? Und plötzlich ist auch Daniel wieder da und ihr auf Distanz so nah wie nie.

Wird Emilie das Geheimnis ihrer Großmutter lüften und ihre Familie wieder vereinen? Wenn überhaupt, gelingt das wohl nur in der Sprache der Liebe …

Überall als Taschenbuch und bald auch als Hörbuch erhältlich und als eBook bei Amazon

**Herz in Acryl**

Eigentlich will die 29-jährige Anne nur malen – doch nun muss sie unfreiwillig als Maltherapeutin für den 17-jährigen Leo herhalten.
Der will eigentlich nur Tennis spielen – und steckt Anne mit seiner jugendlichen Leidenschaft gnadenlos an.

Gefangen zwischen ihrer künstlerischen Blockade und der finanziellen Abhängigkeit von ihrem Mann muss Anne sich entscheiden, was sie von ihrem Leben wirklich will – trautes Familienleben oder künstlerische Freiheit.

Aber kann das gut gehen – und was macht sie mit Leos Herz aus Acryl?

Überall als Taschenbuch und als Hörbuch erhältlich und als eBook bei Amazon.

Die komplette Papa–Reihe über das Leben und Werden eines modernen Papas.

**Mach mir'n Kind**
**Papa – 1. Lehrjahr**
**Papa 2.0 – Nestbau inklusive**

Alle Bücher sind einzeln bei Amazon als eBooks und Taschenbücher und überall als Hörbücher erhältlich.

Das Komplettpaket ist ausschließlich als eBook zu kaufen.

Viel Spaß beim Lesen und Verschenken – und vergiss die Sterne nicht!